Qi He
Lai Ying

阿微木依萝 著

骑鹤来迎

时代出版传媒股份有限公司
安徽文艺出版社

阿微木依萝，彝族，1982年生。四川省凉山彝族自治州人。自由撰稿人。巴金文学院签约作家。作品见于《钟山》《天涯》《作家》等刊。已出版中短篇小说集《出山》《羊角口哨》《蚁人》《我的父亲王不死》《书中人》《太阳降落的地方》六部，散文集四部。曾获第十届广东省鲁迅文学艺术奖（文学类）中短篇小说奖、第十届四川文学奖特别奖、第八届四川省少数民族文学创作优秀作品奖、第十二届全国少数民族文学创作骏马奖等奖项。

Qi He
Lai Ying

阿微木依萝 —— 著

骑鹤来迎

时代出版传媒股份有限公司
安徽文艺出版社

图书在版编目（ＣＩＰ）数据

骑鹤来迎/阿微木依萝著.—合肥：安徽文艺出版社，2025.4
ISBN 978-7-5396-7944-0

Ⅰ.①骑… Ⅱ.①阿… Ⅲ.①长篇小说－中国－当代 Ⅳ.①I247.5

中国国家版本馆CIP数据核字(2024)第025814号

出 版 人：姚　巍
责任编辑：张妍妍　　宋潇婧　　　　装帧设计：张诚鑫

出版发行：安徽文艺出版社　　www.awpub.com
地　　址：合肥市翡翠路1118号　　邮政编码：230071
营 销 部：(0551)63533889
印　　制：安徽联众印刷有限公司　　(0551)65661327

开本：700×1000　1/16　印张：16.5　字数：250千字
版次：2025年4月第1版
印次：2025年4月第1次印刷
定价：58.00元

（如发现印装质量问题，影响阅读，请与出版社联系调换）

版权所有，侵权必究

目 录

第一章 /001

第二章 /004

第三章 /008

第四章 /017

第五章 /022

第六章 /023

第七章 /028

第八章 /033

第九章 /042

第十章 /047

第十一章 /053

第十二章 /054

第十三章 /057

第十四章 /067

第十五章 /070

第十六章 /075

第十七章 /079

第十八章 /082

第十九章 /083

第二十章 /086

第二十一章 /099

第二十二章 /103

第二十三章 /108

第二十四章 /112

第二十五章 /130

第二十六章 /133
第二十七章 /134
第二十八章 /140
第二十九章 /144
第三十章 /147
第三十一章 /148
第三十二章 /151
第三十三章 /153
第三十四章 /156
第三十五章 /157
第三十六章 /159
第三十七章 /172
第三十八章 /175
第三十九章 /176
第四十章 /180
第四十一章 /182
第四十二章 /190
第四十三章 /193

第四十四章 /194
第四十五章 /196
第四十六章 /200
第四十七章 /202
第四十八章 /212
第四十九章 /216
第五十章 /218
第五十一章 /221
第五十二章 /235
第五十三章 /237
第五十四章 /238
第五十五章 /240
第五十六章 /243
第五十七章 /252
第五十八章 /255
第五十九章 /261

第一章

曲里布说,他有一只巨大的玄鹤(我从未见过),力大无比,可轻松驮起我和他,一日飞行万里不成问题。但我不知他家乡何处。听说那儿满山遍野都是杜鹃花。他天生一种忧郁气质,说话仿佛细风从林间穿过。我就爱他这种味道。他喜欢蓝色长衫,偶尔换成白色。

我有点想念他,觉得心口闷闷的。

曲里布离开我们特儿果寨子是在去年八月十五,天气已经凉了,晚间的花香一阵一阵扑进院子。曲里布是这么跟我说的:"阿苏依薇,美丽的特儿果主人!我很感谢你救了我的命,也收留我这么长时间,现在我要走了,好长一段时日没有回去看望家人。你可愿意放我出去?你看月亮又圆了一回。"

我就答应他了。如果知他并非跟我随便说说,我哪会随口答应?我沉浸在他说的那句"月亮又圆了一回"。拉苇姑姑说得对,我就是个容易心软的人。他随口一句话就勾起我的心事。我生于中秋月圆之夜,只要有人跟我提起月亮,我就觉得特别亲切,仿佛提起的不是月亮,而是我的母亲。

据说八月十五那天晚上,我母亲将我生下来放在特儿果的一块平头石板上,然后她就走了。我在八月十六被特儿果的人发现。她给我取了一个好听的名字。我是跟第一个发现我的人姓,也就是拉苇姑姑,是她最先看见我降生。但她不敢保证自己看到的是一个美人。她只跟我说:"你母亲非常神奇。"经过一番追问,拉苇姑姑跟我说了实情。八月十五那天晚上,她因为守夜,恰好从平头石板旁边的草路中穿行,听见异响而走近察看,看见平头石板上站着一个没有头没有尾的黑影。那黑影逐渐放亮,仿佛体内藏有星辰,转瞬之间,它整个身体比先前庞大许多,通体变得赤红,六足稳立,浑圆的身体上有两对翅膀在不停扇动,当它停止扇动时,它的身体的亮光也逐渐暗淡,紧接着,石板上出现一个婴儿。那婴儿就是我。拉苇姑姑看过一册关于太阳神女的记载,认出眼前看到的正是特儿果族人传说中的太阳神女。根据传说,太阳神女每次在特儿果出现,都是以这种样子显现。神女生下我就朝天空飞远,自此不见影踪。反正,我就是那么一个圆圆滚滚的东西生下来的,谁也说不清我母亲的容貌,我幻想她是月亮,也觉得她是太阳。后来又认定她是月亮。后来又觉得,她就是太阳神女。但我还是会隐约想象母亲有月光一样的肌肤、月光一样的眼睛、月光一样的微笑,她是太阳神女,也是月光一样好看的女人。拉苇姑姑目睹了我的降生,从此往后,我就必须是她亲手抚养长大。我没有父亲,虽然我时时刻刻都想要一个父亲。特儿果居住的全是女人,从不允许男子落脚,拉苇姑姑说,这是上天注定的(特儿果从未有男婴降生)。我生于特儿果的平头石板上更是上天注定的,我是太阳神女的后裔,是命定的特儿果的主人。那块平头石板就是特儿果的灵石,可惜在她将我抱起的一刻,那块灵石忽然消失了。

我相信拉苇姑姑的话。我就是太阳神女的后裔。我身上有与生俱来的神力。

特儿果的人都惧怕我,除了必要的见面她们几乎不与我接触,除非我去见她们。我能时常见到的人只有拉苇姑姑。拉苇姑姑越来越担惊受怕,随着我一天一天长大,她越来越不开心。她在担心五十年之期。我虽为太阳神女的后裔,却难逃祖先定下的法则:每五十年就会有新的特儿果主人降生,我将被取而代之。我的归处就是特儿果谷底的深渊,五十年之期一到,八月十五月圆之夜那一天,是我们特儿果主人的生辰,也是我们特儿果主人的死期,特儿果的人会亲自将我送到深渊旁,看着我跳下去。"飞升者成神,堕者为世间最普通的亡灵。"这咒语或告诫,是特儿果的女人们最后要对主人说的话。她们已经习惯这种送别了。她们惧怕我但并不永远惧怕。五十年一到,新的主人会降生于此,她们也就不必听命于我了。

  拉苇姑姑就是在担心这个。除此之外,每到八月十五那天,她就要带着我在特儿果东躲西藏。(特儿果是一个四面绝壁环绕的大峡谷,因此,特儿果的人也将主人称为"谷主"。)特儿果外面早有野心勃勃的人,几千年来,每一个谷主都难免被外面那些人派来的高手追杀,据传,凡能亲手杀死谷主之人,就会被奉为君王。所以每年八月十五这一天,就成了我东躲西藏的日子。那些人说,只有在这一天将谷主杀死,才能破坏神族定下的法则,他们外间的世界才能真正由他们做主。我不能使用神力去杀死任何一个谷外的人,这是祖上定下的规矩。我只能躲避。不过,躲避虽然狼狈却并不难,我有的是办法。作为太阳神女的后裔,我从未听说有谷主丧生于谷外之人手中。她们只是难逃祖先设下的深渊之劫。她们都在深渊中死去。

  其实,拉苇姑姑可以不躲避,她可以杀死任何一个闯入特儿果的人。稍微用点儿法力,就能收拾那些自以为武功高强的凡人。

  我一点也不害怕五十年之期。我觉得我是不一样的。

  "五十年还远呢。"我是这样安慰拉苇姑姑的。

  我其实也不快乐。倒不是担心五十年之劫。我只是单纯地觉得不快乐。遇到曲里布之前我一天都没有开心过。

  曲里布是从特儿果上面的悬崖掉进谷中的,摔个半死,我把他治好了。他在谷中居住了一年多,也就是两年前,我把他强留下来,直到去年八月他要求离开,我没想好就答应放他离去。他说他是修道的,看着不像。他说话神神道道不着边际,但我喜欢听。

  我现在后悔死了。要是曲里布突然回来该多好。

  他要是回来,我就不惹他生气了。

第二章

曲里布又气又恨,想不到特儿果的人竟然私自将他囚禁在地牢将近半年。阿苏依薇肯定想不到,他压根儿没能出特儿果。他也很奇怪,以自己的能力,想出谷应该不困难。可他就是出不去,被困得死死的。

他的面前摆满了松子,这是他爱吃的。除非饿得扛不住,不然他绝不动口。

这是二月初,春天已经来了。他见识过特儿果的春天,可惜了,这地牢之中哪有什么春天?

"有人吗?有活人吗?!"曲里布踢了一脚牢门,像往常那样朝外间喊话。

没人搭理他。

半年来,每次只要一喊,那些负责看守的女人就在外面哈哈大笑。有人喝酒,有人故意高声说话。她们的每一任谷主都能歌善舞,她们也能歌善舞。在这地牢之中也不例外。地牢门口设有跳舞的台子。但凡他声音大一点儿,外间歌舞声就更大。

她们吃定他是逃不掉的。

不过,总会有人来问他话,早、中、晚各一次。

现在是晚上。透过密网上的孔子,他看见黑天之中隐隐地亮着两颗星。

问话的人来了。

她一脚踢开密网外面的门。

"曲里布!你死了吗?"她粗声粗气。

"让您失望了。"曲里布整整衣衫,走到密网跟前,以便更近地面对她。

"给你准备的住所怎么样?有没有让你清醒一点?现在可以说实话了吗?我飞姑有的是耐心,如果半年想不明白就一年,一年想不明白就十年,十年还不行,那就一辈子咯。我有的是时间。而你就不一样了,你不是急着逃走吗?你可耽误不起。"

飞姑这几句话和上几次说的近乎一样。她大概也懒得想新词了。

"我看您的耐心也就到这儿了。您正在失去耐心呢。"曲里布说。曲里布故意让飞姑生气。

飞姑很生气,却不显露出来。

"那就继续住着吧。"她准备走。

"等一等!"曲里布急忙喊住。

"怎么?"

"我有话说。"

飞姑脸露喜色。

"说吧。你可不要像前几次那样,跟我提什么要见谷主。我的耐心小得很哪。"她搬了把椅子坐着,准备听曲里布说。

曲里布清了清嗓子,看看飞姑,然后看向密网顶端说:"我要见阿苏依薇。"

飞姑从椅子上站起,指着曲里布:"你闹够了没有?!"

"我没闹。我就是要见阿苏依薇。有什么话我会亲口跟她说。"

"你死了这条心。拉苇姑姑说了,你这辈子永远也别想见到谷主。"

"她有什么资格替谷主做决定?"

"有什么不能?她亲手抚养谷主长大。我们特儿果的事情还轮不到你来指指点点。你还是想想怎么跟拉苇姑姑解释,你作为一只当扈鸟,不在老窝待着,闯入我们特儿果有什么企图。别以为没人看透你的歹心。谷主年幼,你欺她认不透你的真面目。"

"你就是想说你的谷主傻呗。"

"闭嘴。"

骑鹤来迎 | 005

"是你让我说话的。"

他这么说的时候心里感到愧疚。每次只要对阿苏依薇说一句重话，他的心就会不忍。正是这个缘故，他才想要离开特儿果。

"你说吧，你的真身是……"

"……我说了我不是。"

"你不是什么？你就是！你的脸上明明白白地写着你就是一只鸟。你敢说你不是当扈？难道你无耻到连自己的真身都不认了吗？就算你能力再好，化成这副模样，迷得谷主认不清你的真面目，也逃不过我们拉苇姑姑的眼睛，还有我飞姑的眼睛。那些松子你吃得可不少呢。曲里布，就算你是一只鸟，原本也没什么可恨，可恨的在于，你好好的一只鸟不当，为什么要去当一只走狗？"

"我说了，我不是当扈，也不是走狗。我是人。"

"你还嘴硬。"

飞姑走近密网，命人拿来法器。所谓法器，是一面通体红色的镜子。

"这是什么？"

"这是我们特儿果世世代代流传下来的宝贝，专门对付你们这种……鸟。本来想让你亲口承认，看在这份诚意上或许留你一条性命，毕竟修炼到如今这个境地也不容易，可你偏不识抬举，那就只能让你现出原形，看你还有什么话说。"

飞姑抬手一照，镜中立刻现出一只当扈鸟。

"怎么，还有话说吗？"

曲里布仔细观察镜中，果然是自己的真身。

"好吧，"他说，"既然你们要我说明白，那我就明白地说了吧。我还就是不高兴当鸟。我现在要当人。我这长相还不错吧？"

"曲里布，你总算承认要杀我们谷主了。"

"你这是胡乱加罪。"

"素来只听说人心贪婪，想不到你们鸟族也有这个习性。谷主要是知道自己奉为知己的男人要亲手杀她,该多难过。拉苇姑姑早就看透了谷主对你的情意,担心她无法对你下手而遭你迫害,才打算瞒着谷主将你处死。不过,我们会让你死得明明白白,这样一来,也不算我特儿果错杀无辜。特儿果儿千年来,从未杀过一个无辜之人。你若不动邪念,也不必遭遇今天的结果。"

"你们竟然因为我是一只鸟要杀我?"

"不。是因为你是一只走狗。"

"我说了,没有人指使我。"

"没人指使?那就是你自己想要杀人立功,出去做你的快活王!"

"你越说越过分了。你们的谷主还活得好好的,不是吗?"曲里布语气忧伤。

"那是因为拉苇姑姑警觉。"

"你们何时动手?来句痛快话。"

"算你没辱没神鸟之名。明日午时就是你的死期。若你家乡还有父母亲人,我们会将你的尸身护送回去。"

"不必。我无父无母多年。"

"那好。看在你主动赴死,我们会将你葬于特儿果西面的茂盛园中,那儿遍地都是花草,算是满足你当初跟谷主撒的谎,说你家乡有多少杜鹃花。谁不知你家乡寸草不生?除了石头和荒沙,哪有什么花草?我飞姑的这个决定你是要感谢的。葬于茂盛园中,不致冷了你的骨头。"

飞姑说完,转身离去。

曲里布仰躺在地上,就像当年躺在出生地的荒沙上看天空,心想总算可以出去透透气了,真的受够了这座密网交织的地牢。半年来他与她们耗得心力交瘁。明日,地牢门口唱歌跳舞的台子就是用来杀他的场地。这倒没什么好害怕的。他敢肯定,阿苏依薇一定会来。就算她不来,他也有自救的把握。作为一只能飞的当扈,怎么能轻易让人砍了头?曲里布盘腿而坐,调理气息,脑海中总也抹不掉阿苏依薇那张好看的笑脸。

骑鹤来迎 | 007

第三章

　　午时，飞姑命人将歌舞台子周围的彩色布条全部换成黑色。这是特儿果处决作乱之人的方法。但凡黑布出现，作乱之人必死无疑，并且只有起心杀谷主的人被处决时，才会使用黑布搭建处决台，若一般作乱之人被处决，则只用白布。

　　曲里布眼睛蒙着黑布，被带出地牢，到门口停下。黑布完全将歌舞台子蒙住，顶棚罩好之后，才让曲里布继续向前。

　　到了台上，飞姑亲手摘下曲里布面上的布条。

　　曲里布顿觉眼睛刺痛，别说仰头直看太阳，数十米开外地面上的阳光，都让他眼疼。

　　"你不见天日很久，等一下就习惯了。我们已经帮你把阳光赶得远远的。要知道以往那些歹人可没这待遇，出牢门就会取下布条让太阳刺他的双目。看在谷主待你不同，我特意让人在周围铺满黑布，以减少阳光对你眼睛的伤害。当然你也不必太高兴，这另一层意思是说，你这样的人只配死于暗无天日之中。我特儿果历来待外间之人如故友，他们却狼子野心，非要杀我们谷主而后快。这就怨不得我们了。既然你要伙同他们一道作乱，那就更不能怪我今日如此对待你。我就再问你一次，家乡何处？可有父母亲人？是否需要将你的尸身护送回去？"飞姑说。

　　"你倒是好心，对一个将死之人还能如此关心。"曲里布嘲讽了一句。他心里正冒着火呢。以为起码在通风敞亮的地方处决他，不想竟是这么一个形如黑洞的台子，根本像是仍然处于地牢之中。原本用来囚禁他的密网此刻竟然缩成一件"衣服"罩住他，使他动弹不得，就算他有多高的法力也使不出来。

　　曲里布试着挣开密网，反而更有些紧了。

"竟然用这样的手段!"曲里布吼道。

"什么手段用在你们这样的人身上都是应该的。"飞姑也不客气。

二人瞪眼对视,火气都不弱。

而那边,阿苏依薇早已在院中玩厌了。几日来她心绪不宁,总觉得有什么不好的事情要发生。正巧此时,院中花色突然变成黑色,整个特儿果上空的云也成了灰的。她立即知道了原因。只有在处决企图迫害谷主的坏人时,特儿果的颜色才会变得这么暗沉。

"是要处决什么人吗?"她急忙转身去问拉苇姑姑,心里还有些迫不及待。往年凡是捉住歹人,她都会偷偷前去处决台观望。

这几日拉苇姑姑寸步不离,仿佛是特意要看住她,这儿不准去,那儿也不准去。

"不是的,就是一般作乱的人。"拉苇姑姑说。

"不可能,这谷中的颜色都是黑的,你看……"

"我看了,是白的。"

"不是的,姑姑,你看明明是……"阿苏依薇扭身去指,发现园中花草尽是白色,天空云彩也是白色,"不对呀,刚才不是这样。"

"你看花眼了,在这里玩了这么些时辰,总有眼累的时候。你回屋歇会儿。"

拉苇姑姑从腰间抽出令笛,朝外吹了一声,很快就有谷中负责看守的敏云姑娘赶来。

敏云也是拉苇姑姑一手带大的,跟阿苏依薇同年,生得俏丽聪慧,身姿柔美,只是平日里不苟言笑,看着冷冰冰的。她虽然跟阿苏依薇一同长大,二人却因性格和身份不同,来往较少。

此刻她来,连眼角的余光都没有扫一下阿苏依薇。

阿苏依薇知道此女脾性,也懒得理会。要说她阿苏依薇有什么值得让谷中之人佩服,恐怕就是她对敏云忍让的耐心。

"你陪谷主待一会儿。我有事去办。"拉苇姑姑说,说完急匆匆走了。

阿苏依薇顿觉无聊透顶,心里生出抱怨,让这位神仙来陪,不如让谷中那只喜欢转圈子咬自己尾巴的狗来陪她更有意思。

她叹了口气,偷偷斜了敏云一眼,又叹一口气。

"你要是不舒服可以去装睡。"敏云说。敏云深知阿苏依薇此刻心里怎么想。以往为了逃避她,阿苏依薇就声称困了要去睡觉。

阿苏依薇被说穿心事,赌气似的说了声"不困"。

敏云别过脸,也觉无趣,看着顶上天空。

"我们两个可真是天造地设地不对啊!"阿苏依薇哀叹道。

敏云听她这样一说,心里顿觉好笑,脸上却未表现丝毫。

"这样耗着也不是办法,敏大姑娘,要不然我们两个出去逛逛?"

"不行。"

"你这个人……我真是没话说你了!"

"我这个人就是这么听拉苇姑姑的话,你想说这个吧?阿苏依薇,反正拉苇姑姑让我看着你,你就别想出去捣乱。虽然你是谷主,但毕竟拉苇姑姑的话你也得听,那么,我的话你自然也不能违背,我现在说的话相当于拉苇姑姑说的。"

"你说话的时候脸上能不能带一点笑意?好歹我也是特儿果的主人,你跟我说话不应该这种模样。"

"阿苏依薇,总有一天你会知道我这种样子才是真的为你好。最烦那些虚情假意的嘴脸。你要是喜欢看她们那种脸色,就该要求拉苇姑姑把我换掉,换成别的人来看管你。可惜拉苇姑姑只信任我。所以你的心思还是收起来吧。"

"你看看你,阿苏敏云,让我说你什么好?"

"那就别说了。以后别喊我阿苏敏云,虽然我也是拉苇姑姑带大的,可我不愿跟谷主一个姓,免得别人以为我沾光。获取今天特儿果第一看守的位子,是我自己一手挣来的。谷主以后叫我的名字就行,我只有名字没有姓。还有,我今天跟你说的话已经够多了,再往下我什么话也不会跟你多说。"

阿苏依薇伸手指着敏云,又好气又好笑。要是说特儿果有什么人能克住她,那就是这个不愿意跟她一个姓的阿苏敏云。她们明明可以成为好姐妹,却非要闹得如此生疏。阿苏依薇心里十分清楚,敏云是个要强的人,如此避讳,无非想要证明就算没有谷主扶植,她也照样能凭本事立足。阿苏依薇想起一件往事,那时的阿苏敏云还没有像现在这般排斥她的姓,有一次她们奉拉苇姑姑命令到谷中深林修炼法术,阿苏依薇不小心被蛇咬伤,是敏云为她医治并背她回家。当时天下大雨,林中小路湿滑,为了锻炼她们,拉苇姑姑特意撤走了林中看守,敏云硬是在求助无门之下将她救了出来。阿苏依薇为此深受感动并铭记在心。也因此,无论何时何地,敏云如何冷淡,她都觉得敏云仍然是从前那个敏云。何况她早已看穿,这位外表坚强的姑娘内心十分脆弱。有一次见她躲在墙角哭泣,显然是又做了噩梦。多年来,她总是被噩梦纠缠。这肯定与她的身世有关。阿苏敏云并非特儿果神族,身无法术,仅凭自己的聪慧和本事硬生生破了特儿果的先例,成为第一个凡人身份的特儿果第一看守。特儿果所有的安危都交在了她的手中。她来自谷外。拉苇姑姑说,敏云的亲生父母遭遇匪盗,恰巧是在特儿果上方的山道上发生了劫难,拉苇姑姑从歹人刀下救了敏云。从此往后,敏云就跟着姑姑一同修炼,姑姑教她的所有功夫她都学会了。如果摒弃法术,特儿果没有谁能胜过她;就算用了法术,特儿果能胜她的人也在少数。

"阿苏依薇,你想什么呢?"

阿苏依薇回过神。

"你不是不说话了吗?"

"我是不想说。但你一直这么指着我,手不酸吗?你手不酸,我眼睛都看酸了。"

阿苏依薇这才放下手,眼睛看向园中。那些花草开得正旺。她突然想起先前所见的花草颜色,顿时跳起身。

"你又怎么了?"

"我跟你说,阿苏敏云,我现在十分内急,你要么跟我一同去茅房看着我,要么我自己去。"

"一惊一乍。"

"你去给我找颗糖。"

"阿苏依薇,你口味真不浅。我看你这毛病到死也改不了。"

"那就不要改。快去,别废话。"

阿苏依薇每次进茅房嘴里都要含一颗糖,以往都是曲里布给她找糖,现在只能让敏云去找。

其实她早就不吃糖了。

敏云回屋拿了糖出来,扔进阿苏依薇手中。她也跟着走到茅房门口,不过紧接着她就往后退了好几步。她可不想离茅房太近。

阿苏依薇钻进茅房,跟敏云东拉西扯说了些话,乘机从茅房底下的狗洞钻了出去。

"在特儿果想困住我是不可能的,永远不可能。"阿苏依薇自言自语,脸上一片得意,拍拍身上和手上的泥土,朝着处决台走去。处决台与园子隔着好长一段距离。要是拉苇姑姑没有将她的法力封住就好了,她可以顷刻之间到达处决台。拉苇姑姑恐怕早已料到她会逃脱阿苏敏云的看管,才会提前封了她的法力。

这边,处决台上曲里布和飞姑正在争吵。曲里布早就不顾什么了,时而大声嚷嚷,时而蹲在地上暂时歇气,只盼着阿苏依薇能听到他的声音。要是阿苏依薇够细心的话,肯定会发现那些花草颜色的变化,就算她的拉苇姑姑会使障眼法盖住真相,但总会有蛛丝马迹。

曲里布还是很担心,阿苏依薇虽然机敏过人,可惜过于贪玩,半年前她还很喜欢侍弄花草,谁知道现在有什么兴趣。他如此轻易地认罪,就是赌她还念念不忘园中那几株他们两个一起种下的植物。她曾亲口答应他,在他回家的这段时间,她会每日上半天寸步不离地看守那几株植物,等着他再回到特儿果。为了顺利脱身,他当时满口答应回了家还来找她。但愿她不要出什么岔子,上半天一刻没有离开园子才好。如果这样的话,她肯定会发现花草颜色的变化,会跑来处决台看热闹。

拉苇姑姑平心静气地坐在台下。

"吵够了吗,曲里布?"拉苇姑姑说。

曲里布这才注意到拉苇姑姑已经坐在台下。

"拉苇姑姑,我自问对你还很尊敬,怎么突然翻脸要害我性命?你将我囚于地牢半年时间,经过谷主同意了吗?我看这都是你的主张,莫非起了歹心要自己当谷主了?"

"信口雌黄。特儿果谷主乃神族后裔,容不得别人起半点儿歪心。你这么造次是想死得更惨一些吗?"

"难道你布置的这一切还不够惨?"

"确实不够惨。对一只鸟来说已经太便宜了。照我们特儿果从前的规定,你是要被打出原形,拔毛剥皮上烤架。"

"拉苇姑姑,我还跟着阿苏依薇叫你一声姑姑真是便宜你了。她要是有一天知道了你所做的一切,不知道该多伤心。"

"你可以不这么称呼,可以叫我拉苇。"

"你有本事把我放了,我们一对一单打独斗:我若输了,任你拔毛剥皮上烤架;你若输了,马上离开特儿果,从此不管闲事,把这儿的一切交给阿苏依薇掌管。"

"原来你是在打这种主意?哈哈哈,我为什么要跟你单打独斗?我们特儿果的规矩容不得你来破坏,更不用你来设定。你这个狂徒还是省点儿力气吧。"

"阿苏拉苇,你是心虚害怕了吗?你知道打不过我,所以要用见不得人的手段残害我。反正这种事你又不是头一回做。我就不用明说了吧?如果你现在把我放了,我什么都不会说出去的。"

"我拉苇做的一切都依照本心,有什么错?"

"你不配做特儿果的管事,你是个小人,你把所有人都骗了!"

"你激我也没用。就算我是个小人又怎么样?你反正都快死了,看在我谷主待你如挚友,你骂我什么都无所谓,就当是你死前我送你的厚礼。"

曲里布还想说话,嘴巴却被一团黑布堵住,是飞姑把他的嘴给堵住了。曲里布狠狠瞪了一眼飞姑。

"姑姑,处决的时辰马上到了。"飞姑对拉苇姑姑说。

拉苇点头。她恨不得马上处决曲里布。要不是特儿果几千年来的规矩不容破坏,她哪会眼巴巴等到处决的时辰?

阿苏依薇被封了法力,走路慢,不过,她总算是走到通往处决台的大门口了。两名看守见她到来,向她行了礼,说道:

"谷主,您不能进去。"

"有谷主不能进去的地方吗?"

"拉苇姑姑说,不让您进去……"

"拉苇姑姑……在里面吗?"阿苏依薇故作镇定。

"是的。"

"那就对了,是拉苇姑姑请我过来的。我来看看什么人想杀我。"

"可是……"

"没有可是。再说了,就算是拉苇姑姑,最后也得随我的心意办事,因为我才是谷主。你们可要想清楚,是去抄写特儿果规矩一千遍,还是立即放我进去,你们自己选吧。"

两名看守互相望望,退到了一边。

阿苏依薇大摇大摆走进门,到达处决台的小门外面,听到里边传出对话:

"阿苏依薇!你再不出来我就要被害死啦!"

"堵上,快堵上他的嘴!飞姑,堵嘴!"

"姑姑,现在不能堵他的嘴了,你忘了特儿果的规定?行刑时不能堵犯人的嘴。"

"他这样会把阿苏依薇惊动!"

"姑姑别着急……"

"阿苏依薇……阿苏依薇……阿苏依薇,你快给我出来啊,阿苏依薇……"

阿苏依薇听到这儿,脸都气红了。她全都明白了,难怪曲里布走后一点儿消息都没有,竟是被关在地牢准备处决了。

阿苏依薇飞跑过去,推开处决台小门,奔向前方,看见曲里布被押着站在台上,全身上下已经被换成了黑色衣服。

"你怎么才来啊!拉苇她不是好人,你要小心她!"曲里布见到阿苏依薇,激动不已。

阿苏依薇被曲里布此刻的衣装给吸引了。没想到这一身黑色的曲里布比从前非白即蓝的曲里布更好看。

"阿苏依薇,你干什么呢?你知不知道她们要把我杀啦?!"

"我知道。但你这么打扮我还是头一回见!我就说你除了穿白色和蓝色,黑色肯定也适合。"阿苏依薇说。她背着双手,弯腰走来走去,左看右看,上看下看,反正就是在那儿看来看去。

曲里布都快急疯了。

拉苇姑姑走向阿苏依薇,大概是要让人将阿苏依薇带走。

"阿苏依薇!"曲里布又喊了一声。

阿苏依薇这才回过神,恍如梦醒,突然生气地望着走向她的拉苇姑姑。

"姑姑,你这是要做什么?为什么要杀曲里布?"

"你先回去,我回头跟你解释。"

"拉苇姑姑,人命关天,你必须在这儿跟我说清楚。"

"他是歹人,他不是……"

"他不是什么呀?他是我的朋友曲里布。"

"依薇,你还小,许多人和事你还看不透。不要被他的话给骗了。相

骑鹤来迎 | 015

信姑姑的话没有错,他要害你,这一年多来,他每天都在想法子怎么将你害死,现在又妄想挑拨我和你的关系。"

"姑姑,我已经十六啦,等到明年就要接过整个特儿果大小事务,成为这儿真正的主人。你不能将我一直当成小孩子看待。我已经长大了。曲里布是我的朋友,我很信任他,并且他也不是小孩子,做什么事情只会比我明白,不会比我糊涂,他已经二十岁了,姑姑,他不会这么糊涂的。难道他不明白杀我的下场吗?如果他真的要杀我,一定瞒不过我的眼睛。这件事我说了算,你快把他放了。"

"不行。现在你还没有正式接管特儿果大小事务,放不放曲里布还得我说了算。有一点你说对了,曲里布可不是个糊涂人,他很清楚此次闯入特儿果的任务。你还小,有些事你看不明白我也不怪你。不过这个曲里布,无论如何都放不得。"

"拉苇姑姑……"

"阿苏依薇,你还没看明白吗?你姑姑是要自己当谷主啦!"曲里布插嘴道。

"你闭嘴!"飞姑一脚踩在曲里布的脚背上。

曲里布痛叫。

阿苏依薇气得要上台教训飞姑,却被拉苇姑姑拽住了。

"别闹了!阿苏依薇,你听我说,曲里布他不是好人,并且……算了,我不瞒你了,他其实是一只当扈,是一只神鸟的化身。飞姑用法器照出他的原形。他收了外面那些歹人的好处,故意摔下悬崖博取你的信任,他是来取你性命的,你怎么执迷不悟呢?你怎么能相信一只鸟会摔成重伤?"

"姑姑,就算他是一只鸟……鸟?曲里布怎么是一只鸟?"阿苏依薇急忙转头去问曲里布。她可从未想过曲里布竟然是一只当扈。

曲里布不好意思地望着阿苏依薇,笑了笑说道:"我担心你不喜欢跟鸟做朋友,所以没跟你说。但我保证,我确实一不留神从悬崖上摔了下去。谁也不能保证长了翅膀就一定安全,是不是?"

拉苇姑姑阻止曲里布继续往下说。她拉住阿苏依薇,继续说道:"难道你忘了那次他将你撞下深渊?那不是意外。你好好想想。"

"是意外,姑姑,这事情我明白得很,你忘了是他把我救上来的吗?要不是他背我上来,我就死在悬崖底了。"

"那是他良心发现……不,他没有良心。他只是不想这么快让你死。他对我们特儿果肯定还有别的企图,除了将你害死之外,还有其他图谋。"

"姑姑,一定是因为我每年八月十五都会遭受追杀,因此任何一个闯入谷中的人,你都觉得是来杀我的。你不要紧张,曲里布真的不是坏人。曲里布,你快说,你不是来杀我的,你跟姑姑保证。"

曲里布说道:"我保证……"

"你闭嘴!"拉苇姑姑打断曲里布的话。

"你的话自己信吗?摸着你的良心想好了再说。"拉苇姑姑又说,双眼瞪着曲里布。

曲里布神情失落,眼睛看向阿苏依薇的时候心是痛的。他在心痛阿苏依薇肋骨的旧伤——那次摔到悬崖底下造成的。

"姑姑,话我就不多说了,今日若不放了曲里布,那就将我一块儿处决。反正你封住了我的法力,我什么都做不了,这个谷主我当得不痛快,也实在不想当了,谁高兴接替我的位子就让谁来坐。"她转身对曲里布说,"不管你是不是来杀我的,我现在陪你一起死。"

"你注定了是特儿果的主人,做不做谷主不是我说了算,你说了也不算。"拉苇姑姑说。

阿苏依薇走上处决台,和曲里布并肩站在一起。

第四章

曲里布算是被我救下来了。他现在哪儿都不能去,除了我的园子,别的地方都有看守,只要他敢踏出园子一步,拉苇姑姑就会差人将他抓起来。

拉苇姑姑为了保护我,已经解封我的法力。不过,再等一个月,拉苇姑姑就不能封住我的法力了。神族后裔在接任谷主的前半年,与生俱来的一切就生了根,谁也破坏不了。

曲里布很不高兴。这么好的春光他却懒得多看几眼。我们两个一同种下的植物开了花,他站在花前像根木头。

今天早晨我起得早,为了让他起床后一出门就看见我。我得让他知道,在整个特儿果只有我阿苏依薇是关心他的,在这段特殊时期,也只有我能保他周全。

曲里布起床了。他一出门就看见我了。

"早啊,大谷主。"他没好气地说,像我欠他钱似的。

我不高兴他这种语气。

"你怎么了?"我问。

"你不知道吗?"他沉着脸。

我摇头。

曲里布走出几步,盯着我上下打量,说道:"你不会是个傻子吧?"

"你才是傻子。你越来越不尊重我了,我可是你的救命恩人。"

曲里布张口就笑,露出洁白牙齿。他今天穿了白色长衫,看样子莫非要出远门?我突然发现他肩上扛着一个包袱。

"我出去走走。"曲里布说。

我当然不能放他出去。说着说着,我们两个就吵起来了。我感觉委屈极了。

"你怎么……又哭了?"曲里布走到门边又折回来。

我就知道他见不得我流泪。

"你到底想我怎么样呢?阿苏依薇,我也不能一直待在这个地方。这儿除了你,每个人都想着怎么杀我。若是再不离开,我早晚会死在你拉苇姑姑手上。"

"那你也不能就这么走了。"

"我只是出去逛逛。"

"拿包袱干什么?"

"你知道我爱吃点儿松子,别的东西都不吃。"

"你不用说谎。一撒谎你的手就抖。看看你的手,早就出卖你了。"

"阿苏依薇,你就放我走吧。我不想和你的拉苇姑姑再闹出矛盾。那样你也挺为难,不是吗?"

"你放心吧,曲里布,拉苇姑姑说了,你一天待在我的园子中,她就一天不对你动手。这是她那天在处决台答应我的事。你不要乱跑就行。"

我其实很怕自己一个不留神,曲里布就被砍头了,但更害怕他逃走。既然是一只鸟,此刻他想走就一定可以走。上次他是被骗进地牢。在地牢那个地方(特儿果差不多所有厉害的法器都集中在那个地方),任你法力多大,稍不留意就会被击败。在我屋子门口就不同了,他要走,恐怕也没人拦得住。我已经试过他的法力,在我们特儿果可能也只有拉苇姑姑能接上几招。我眼下只能使劲掉眼泪。这可能是我最后能留住他的"法器"。我真恨自己没有听拉苇姑姑的话好好修炼,不然此刻哪需要浪费泪水?昨天晚上我没有睡好,这会儿眼泪一出,把眼睛都冲疼了。

曲里布替我擦了一下眼睛。我很贪恋他这份关心。

也许拉苇姑姑说得对,我对曲里布的感情不是一般的深厚,她要我远离曲里布,作为特儿果谷主,我不可能跟曲里布有多少交集。我的身份只能是曲里布的救命恩人。如果我愿意放走曲里布,拉苇姑姑说,她可以既往不咎,饶他一条性命。可我不能放走曲里布。我不知道自己对他的感情是一般还是二般,反正将他留在我身边,我就高兴。特儿果除了那些跟我一样无聊的姑娘们,成天在谷中晃来晃去,哪有什么乐趣?往常也只有在外人闯进来杀我的时候,我才觉得生活有点儿意思。可惜杀我的人总是在八月十五才来,他们掐好日子来,不是天天要来杀我,不会时刻逼得我和姑姑东躲西藏。他们来杀我的日子和我的生日同一天。据说只有这一天才能彻底击溃我们神族的秩序。在遇上曲里布之前,我可是每日祈祷外界那些人赶紧来杀我,这样才能给我带来一些乐子。据说外界乐子挺多,曲里布跟我保证过,终有一日,他不仅会骑着那只巨大的玄鹤迎我去他家乡看看,还会带我四处游历。他在家乡养了许多白鹤,据说个个身形巨大。因为他喜欢蓝色,所以他用法力把其中一些白鹤变成了蓝鹤。

我羡慕那样的生活。昨天晚上我之所以睡不着,其实整夜都在想,将曲里布强留下来是否做错了。他已经脱离外界不短的时间,肯定会想念那些令我羡慕的日子。可是……

曲里布敲了敲我的脑门儿。

"你怎么了?"

"没什么。"我说。

我看着他的眼睛,从他的眼睛里面看到我自己的眼睛,我的眼神很伤心。

"你不要难过。"他突然说,"我今天不走了。"

曲里布回屋将包袱放下,又出来站在我身边。他很担心我。这样一个人,怎么可能会是来杀我的?

"我不知道怎么了,曲里布……"

"你要是现在改口叫我一声曲里布大哥,我还会多留几日。"

"真的?骗我是狗。"

我已经抓着他的手了。我都不知道自己何时抓他手的。

曲里布眼神有点儿闪烁,他是有点儿不好意思吗?大概我把他的手给拽疼了。

我放开他。

曲里布却又一把将我的手抓了过去。

"你说说看,阿苏依薇,你是不是喜欢我?"

"喜欢你?"我盯着他。

"不是吗？那你为啥留下我不准我离开？你是不敢承认还是不知道自己心里怎么想的？"

"我什么都不知道。"我说。

心跳得不行。我抽回手来，手足无措。

"我去那边看看。"我说。

我跑到一棵树下。这树几千年了，只有树干和树枝是腐朽的颜色，是随时会被风吹散的形状。它从不长叶子，也就从不会开花，更不会结果，只有枝丫永远附在树干上。闻一闻，却不是朽木的味道，而仿佛是露水的味道。这恐怕是它唯一有用的地方。这树无法拔除，今日砍去，明日一早起床，又会见它如昨日一般站在园中。拉苇姑姑说，这是一棵无论如何也去除不掉的死树。这棵树只有谷主园中才有，仅此一棵。按照记载，只有谷主能活过五十岁，这棵树才会发芽开花。然而从未有活过五十岁的谷主，也就从未有人亲眼见它成活。一切只是那本《特儿果侧记》中记载的传说。每一任谷主等来五十年之期，都会死于深渊之中。新的谷主又会住进这所园子，睁眼看到的永远是这样一棵死树。

我顿时觉得晦气……唉，更觉得悲愁。我是不能陪曲里布很久的人。眼下虽然才十六岁，可剩下的岁月对于曲里布来说，只是眨眼之间。

我仰头看着死树。树顶天空晴好，死树却无半点生机。

"怎么了？你不要紧张，我只是随口问问。如果你不想说就不说。"曲里布走了过来，声音温和。

我的视线很模糊，看不清他的脸。

"你不要这样。我答应你暂时不走了。"

他说"暂时不走了"，也就是说他总是要走的。

我的手在颤抖，仿佛刚才手中失去了什么。

"去那边坐一下。"曲里布说，"刚才跟你开玩笑的，我哪儿都不会去。"

我们在向着椅子走去。如果向着一只飞鹤走过去就好了。

骑鹤来迎 | 021

我们向着椅子走去——一把永远不会带我离开特儿果的椅子,在此地生了根的椅子。我石头一样落座,恍惚。

曲里布还说了些什么。

"你是生病了吗?"我听清了这句话。

"没有。"我说。

第五章

曲里布化成原形,一只巨大的当扈鸟,用两边肋下长长的羽毛把自己甩荡起来,在园中花树上左左右右飞了好几圈。数日以来,他就是用这种方法逗阿苏依薇高兴的。她近来情绪一天比一天坏,眼中透出的都是不高兴的神采,是忧愁,是绝望。曲里布很心疼她。八月十五转眼又要到来,如果不离开特儿果,之前那个任务就必须由他继续完成,然而离开特儿果,他更害怕下一个来杀她的人不会像他这么……不舍得。

曲里布一边转着圈子飞行,一边盯着阿苏依薇,看她那忧愁的脸上是否有点儿笑容。

"小心!"

敏云话才出口,曲里布就已经撞到树上。

敏云是拉苇姑姑派来照顾阿苏依薇的。说是照顾,无非就是死死地监管着曲里布。

曲里布一头撞在树上,痛叫一声,跌落在草地上,瞬间转回人形。阿苏依薇扑到跟前,伸手准备揉他的额头,却又缩回手去。

"你到底怎么啦?"曲里布抓着她的手。阿苏依薇轻轻推开了,回了屋,一声不吭。

"她很奇怪啊!她到底怎么啦?你们谷主是不是有什么……我是说,她会不会身体哪儿不舒服?"曲里布指着阿苏依薇的背影,问敏云。

敏云横他一眼："我怎么会懂？问我做什么？"

曲里布实在摸不透阿苏依薇的心思，她不开心的这段时日，他觉得天光再好也是暗淡的。

第六章

柳尘依把所有能去的地方都走遍了，还是没有找到曲里布。她和曲里布一起长大，是从小的玩伴。不仅如此，她对曲里布早就生了爱慕之心。也正是她穷追不舍，逼着曲里布承认也喜欢她，才导致曲里布突然离开了住地，把她一个人丢在那片光秃秃的荒山上。她也是一只当㠇，只要他高兴，她可以化身为人类最美貌的女子的样子。

柳尘依打听到曲里布最后出现的地点是密云山庄。人间的地方很广，她花费两年多时间，也只是大致将人多的地方走完，至于人烟稀少之地，她实在无力继续前往。半道上有人给她指点迷津，说天下之事，尤其天下之人，没有密云山庄不知道的。密云山庄高手如云，未来能杀掉特儿果谷主的人选肯定都在密云山庄里面。既然曲里布也是高手，并且拥有神力，密云山庄肯定不会放过栽培这样一棵好苗子。

柳尘依相信了路人的指点，赶往密云山庄。

此刻，她已身在山庄门外。

山庄高楼入云，非常气派。门外看守身穿金色铠甲，手执长刀，看见山外有人来，并不急着问话，只把眼睛抬得高高的。

柳尘依等了许久，仍然不见看守有找她问话的意思，心里不免气恨。

她走到看守跟前，说道："你们看不见我吗？"

看守睨她一眼，又把视线移走，高高地仰着头。

"你们密云山庄就是这样待客的吗？"

看守还是没有答话。

柳尘依脾气暴躁，从腰间抽出软绳——这是她在途中购买的武器。曲里布从前说过，只要离开了家乡就是与凡人接触，要像凡人一样生活，不能随意使用法术，更不能用法术害人。曲里布的话她是听的。

柳尘依绳子一挥，两个看守竟然如尘烟似的不见了。待她收回绳子，发觉他二人已经变成山鸡，形状与她的真身差不多。柳尘依看傻了眼。

"你们不是人？"

"不是。"看守这才拿正眼瞧她一下。他们总算肯说话了。

"密云山庄竟然请两只山鸡来看守？！哈哈哈哈哈！"柳尘依笑得停不下。

"山鸡怎么了？英雄不问出身。你一只鸟有什么资格取笑我们兄弟俩？"其中一个看守说，他更是抬高了脖子。

"是是是，我没取笑的意思，我只是……啊，难怪你们一直这么昂着头，这么……哈哈哈哈哈……"

"你闭嘴！没见识的鸟！"

柳尘依止住笑声。

"说来我们算是同类，请二位仁兄放我进去吧。"她直言，也不绕弯子了。

"不行。就算你是一只厉害的当扈，我们打不过你，也不能破坏规矩放你进去。"

"为什么不行？打不过还要拼命吗？"

"对。打不过就拼命。"

"愚蠢。我再给你们一次机会，放我进去。"

"不。"

柳尘依不再多言，举起软绳："那就不要怪我了。我一定将你们的鸡毛打得一根不剩。"

就在此时，从内院中走来一位身穿灰色长衫的男子，看那神情，是听到门口打闹特意前来阻止。

柳尘依放下软绳。

"姑娘,请您回去吧。不要为难两个看守。"灰衣男子边走边说,很快走到门口,挡在两个看守跟前。

"你来得正好。既然他们做不了主,那你一定就是那个能做主的人吧?我远道而来,找你们庄主打听点事儿。"

"姑娘贵姓?"

"柳。"

"柳姑娘有所不知,密云山庄有密云山庄的规矩,若想见到谷主,必须去黄柳镇找白芯儿拿一份求见函,再将您希望见到我们庄主的日期写在上面,然后交给长生海的书生柯风,他会将您的请求转给我们密云山庄。这期间您可住在五里外的永成客栈等待消息,那儿的老板永成公子,是我们庄主的远亲。您就放心吧,我们会尽量按照您求见的时间安排见面。越早办理,就能越快见到庄主。"

"这么麻烦,不就一个山庄吗?摆这等架子!"

"我劝姑娘不要白白生气浪费时间。若您真想见我们庄主,就去按规矩办事。"

"这七弯八绕,你们庄主也不嫌累。"

"没有规矩才累。您不知道,密云山庄客流量大,有来求取各路消息的,有来请求招纳的,还有如您这样远道而来、在门口纠缠不休的。真正懂得我们山庄规矩的都会按规矩办事。您看左边,那儿排队的是准备打听他们想知道的事务。您看右边,那儿排队的是来请求招纳,里边儿传来那些刀剑声是因为在比试。而您所处的这道大门,只有我们庄主邀请的客人才能通行。您若拿了求见函,得去左边大门排队。姑娘,其实您作为一只当扈,天下还有什么事能难住您?希望您是真的遇到麻烦才来的,可不能戏弄密云山庄,否则下一次无论如何您是拿不到求见函的。"

柳尘依被看穿身份,原本想要说几句抱怨的话也不能说了。一个小小的管事儿就有这等眼力,还有修炼成人的山鸡作为前门看守,密云山庄恐怕真有两下子。虽然这二位看守在她面前不堪一击,但对付别人绰绰有余。目前最重要的是打听曲里布的下落,只要能告诉她曲里布在哪里,眼前这点儿亏吃了也就吃了。

柳尘依连夜赶往黄柳镇找到白芯儿,为顺利取得求见函,她学会了说好听的话。这招果然奏效,那白芯儿客客气气地将求见函给了她。她未作停留,又前往长生海见了书生柯风。柯风是个翩翩公子,身材高大,面庞干净,眉眼有神。初见他,柳尘依心里顿时生出赞叹,若她不是最早认识曲里布,眼前这男子倒是个……有几分好看的人。她看呆了。柯风自己打破沉默,主动问她是不是要交求见函——来见他的人只有两个目的,一是交求见函,二是请他帮忙写书信之类。

柳尘依交了求见函。她本来打算不走了,就在长生海住下去,可是想到曲里布,又改了主意。毕竟曲里布在她心中的位置是没人能轻易替代的。

遵从密云山庄的规矩,她来到五里外的永成客栈。到了此地她才知道,并非此地与密云山庄相距五里,而是地名就叫"五里外"。

永成客栈造型雅致,若不是门口悬挂招牌,还以为这是哪个大户人家的宅院。房舍占地宽广,亭台楼阁,鸟语花香,小桥流水,恍如仙家小住之所。柳尘依步入大门,在房舍周围的小路上走了许久,还未将园子走完,又走回起初进门的那个地方,找到管事的人,要了一间上等客房。

未见到客栈老板。柳尘依问了管事的,管事的人平平淡淡地、说不上热情也说不上冷漠地告诉她,永成公子说来就来,说走就走,谁也不知道他何时来何时走,若住店就住,若见永成公子,得碰运气。柳尘依听后心里一通嗤笑:谁稀罕见他!

夜间,柳尘依觉得风冷,起身关窗户,忽然听到远处传来笛声,感到好奇。谁会在这寒凉时辰有此雅兴?或许吹笛人周年四海漂泊,此刻深夜,突然心里愁闷,临时起来吹奏一曲,算是抚平漂泊之苦?柳尘依立于窗下,受笛声所激,心中涌出伤心的味道,不由得抬脚下楼,循笛声走去。

笛声从前边竹林中传来。

柳尘依绕过竹林,笛声更响了。根据声音分辨,她拿准了笛声就是从假山背后传来的。她加快脚步,快到假山背后时突然又放缓了。她在犹豫,若对方是个花甲老人,半夜前来惊扰是否合适?就算是个青年男子,恐怕也有不妥。不过,万一和她一样是个女子呢?"都走到这儿了,又何必回头?"柳尘依心想,打定主意便走了过去。

忽见在不远处,石头上站着一个穿白色衣衫的人,她只能隐约地分辨出这是一个男子。

男子仿佛早就知道有人靠近,笛声瞬间停下了。

他背对着柳尘依,始终没有转过身来,但后边的一切似乎都在他的掌握之中。当柳尘依还差几步就要走到他对面时,他突然喊了一声"停下"。

柳尘依停下脚步。

"姑娘深夜跑到这儿,不嫌冷吗?"

柳尘依说:"不冷。"

那人听后哈哈一笑,迅速转过身。不过,即使转身也看不清长相。

"你就是柳尘依吧?"

"你怎么知道?"

"姑娘住店时告诉管事的。我是客栈的老板,想知道谁的名字不难。并且五里外人人知道我记忆力超群,凡是入我永成客栈的客人,叫什么名字,住在哪个房间,我看一眼单子全都不忘。今夜我只记了少许人的名字,姑娘的名字就在其中。"

"你就是永成公子?"

"正是。"

"真是抱歉,深夜打扰你的雅兴。"

"不不,你既然能来,说明我的笛声还能入耳,是我的荣幸。听说姑娘到此暂住是为了等待密云山庄接见?"

骑鹤来迎 | 027

"是的。我想打听一个朋友的下落。"

"那好,密云山庄的庄主是我的远房亲戚,按照辈分,我得称呼庄主一声'叔父'。姑娘在此住下,若有难处一定告知,永成必定尽量给你提供帮助。"

"我真是想不明白,密云山庄的规矩实在太多。永成公子应该跟庄主提一提,不要设定那么多规矩。尤其我,远道而来,风尘仆仆。永成公子……不,永成大哥,今天晚上要是有月亮,你就能亲眼看到小妹这副狼狈不堪的样子,我真是太不容易了!我还得在这儿等很久呢!"

"姑娘不要着急,住在我的客栈不会让你感到孤寂。我深夜里的笛声不知抚慰了多少人心。凡是到五里外居住的人,必定要选永成客栈,只有我的客栈满客,他们才会选择下一家。今夜风冷,姑娘早些回去休息。"

"可是……"

"明天见。"

永成公子不等柳尘依说完,已抢先告别,飞身而去。他那离开的本事都快赶上鸟了。

柳尘依望着他消失的方向,心里暗自称赞他的功夫,也暗自抱怨他这么不客气,竟将一个姑娘丢在黑漆漆的夜里。

当然,她也感到好笑,因为她听出来,永成公子分明是听了她那声"永成大哥"落荒而逃,最后道别的声音都在打战呢。

"这肯定是个傻货。"柳尘依边往回走边说。

第七章

次日,柳尘依故意散步到假山背后,昨夜偶遇的那位永成公子没来。只要他在,通过声音定能认出。

她想找到永成公子,请他帮忙引见密云山庄的庄主。这么苦等的日子什么时候是个头？才等了一个晚上,感觉已等了一辈子。

柳尘依心事重重地喊着曲里布的名字,喊得眼泪都快涌出来。她四处走了走,看见客栈里藏有一间风雅别致的酒馆,客人早已满座,喧闹嘈杂,但气氛非常适合她此刻的情绪。她就要找这么热闹的地方排遣心中苦闷。

柳尘依走到管事的人面前,问什么样的酒会让人醉倒,但又不至于醉得不省人事。

管事的人抬头笑道:"没有这样的酒。"

柳尘依面色伤感,今日情绪低得不行。她转眼看向眼前高声大气说话的人,其中也有女子,嗓门尖声尖气,看来酒若不醉人,也就不值得喝。曲里布曾偷偷跑到荒山下买人间的酒喝,她从未品尝,不知滋味……不对,她品尝过,难以接受那股冲破喉咙的烈性,口感极差。

"姑娘。"

柳尘依听到熟悉的声音。

"柳姑娘。"对方又喊了一声。

正是昨夜那熟悉的声音。

柳尘依抬眼看去,看见一个不知什么时候来到管事身边的人。此人英俊挺拔,面带笑容,话正是从他口中说出来,他手中握有一支银色笛子。她猜到他的身份。

"你就是永成公子。"

"正是。"

"我正要找你呢。"

"你不是来买酒喝的吗？这些酒都是我们永成客栈自己酿造的,口感舒缓,酒香缭绕,与外面人售卖的酒大不相同,你不打算尝一尝？"

"我不会喝酒。"

"那你刚才……"永成公子迟疑片刻,没继续说话,只是面上露出笑意。

"我刚才不是说了嘛,我要买那种不醉人的酒。"柳尘依难为情地笑笑。她还是头一回主动承认自己不会喝酒。之前四处奔跑的时候,她总是装着自己酒量不浅,摇摇晃晃提着酒瓶走在街上,希望曲里布突然从哪儿冒出来看见,会上来帮她丢掉酒瓶。可惜,一次也没见到曲里布的影子。

"柳姑娘,你想什么呢?"

"没啥。装醉的人等不来她要等的人。"

"什么?"

"没什么。"

"我看你心事重重。"

"我当然心事重重。永成大哥,我是真的有很重要的事找你帮忙。"

"你叫我永成公子或者永成老板……别叫大哥……我感到……我不适应,我们两个昨天才相识。"

"你是第一次跟女孩子打交道吗?不应该啊。作为一家如此庞大的客栈的老板,你太容易害羞,不知道的还以为你是个女的。"

"我们公子很少管理客栈的事。"管事的人插嘴道。

"我知道。我看得出来。但是永成大哥,你就当我们一见如故,或者把我当成你失散多年的妹妹也行,总之,你这次一定要帮我这个忙,柳尘依往后必定报答你的好心。"

"除了引见密云山庄的庄主,其他什么事都好说。只要我能办到,绝无二话,柳姑娘……"

"叫我尘依。"

"尘依姑娘……"

"不是'尘依姑娘',是'尘依'。今天我就要改掉你这个毛病。你要是不肯这么称呼,接下来的话也就别说了。我行走人间……江湖……这么长时日,第一次遇见你这样古板的人。你这毛病要是改不掉,将来会娶不到妻子。现在这份人情算你欠我的,等你改了毛病,未来娶了漂亮女人,再来跟我道谢。"

永成公子面色红得像刚刚喝了酒,脱不开柳尘依那认真的样子,只好张口喊了她一声"尘依"。这话一喊出,心里顿时轻松许多,他本来就想这么称呼她。不能不承认,他对眼前这个女子特别有好感。多少年来,客栈中女客来来往往,他从未主动跟人说上两句话。柳尘依算是破了这个例。

柳尘依的身份他早就看破:一只来自神秘荒山的当扈鸟。密云山庄早已传给他消息。"她有大作用。"庄主让人捎来的原话就是这样。或许未来她会在密云山庄谋个不错的职位。

事实上,他此刻恨不得柳尘依根本不知道人间有个非常厉害的地方叫密云山庄,这样至少她往后的人生永远是自在的。他希望她过得自在。

"永成大哥,你真的不帮我吗?"

"我真的帮不了你。就算是我,也不能并且无法破坏山庄的规矩。要说世上谁能破坏山庄的规矩,按照密云庄主的说法就是,那人尚未出生,也不会出生。密云山庄不是今日才建立的,也不是昨日,而是历经千年,有些规矩早已成为定局,好比天意造化,是不能随意更改的,就算庄主本人也不能破例。姑娘若一定要让我做这个不能做成的事,到头来不仅为难我,恐怕也会闹得你再也无法见到庄主,这样的结果姑娘也是不能接受的吧?"

"曲里布从未跟我说过这些……算了,我给你说实话,我不是人……"

永成公子急忙捂住她的嘴:"别说出来。"

柳尘依挣开:"怕什么?我柳尘依……"

她话未说完,永成公子拉住她的手到了酒馆外面。

"此地人多嘴杂,你若暴露身份,就别想顺利见到庄主了。"

"为什么?难道这些人里面还有想害我的不成?"

"还真有。"

"不会吧,听你这样说来,你们这儿很复杂呀。"

"确实复杂,而且非常复杂,尤其对于你这样未经世事的人。你初来人间行走,许多事很难跟你一下子说清楚。人间有的时候恐怕还不如你的荒山平静。"

"荒山?你知道我是……"

"我知道。密云山庄传来口信,要我好好照顾你这只远道而来的当扈。"永成公子面带笑容,这些话里面没有嘲讽的意思,不过,他故意说得像在拿她开玩笑。

"当扈怎么了?没见识的家伙。我们修炼成人靠的不是小本事,靠的是真本事,天时地利人和,知道吗?瞧你虽然是这么大一家客栈的老板,见识却只有这么一丁点儿。要不是我来客栈住店,你还长不了见识呢!"

永成公子急忙附和道:"是是是,感谢姑娘让永成长了见识。希望姑娘以后多多跟永成讲讲外面的大事,让永成也做一个有见识的人。"

"这个你放心,我会的。"柳尘依拍拍双手,仿佛永成公子不是长她几岁,而是小她很多岁的人。

忽然,她想起正事来了。

"哎呀!你耽误我的正事了。"

"什么?"

"我要让你帮我办的事啊!"

"你还不死心。我的天哪,我刚才那些话都白说了吗?"

柳尘依委屈道:"我真的无法通过你的关系早点见到密云庄主吗?"

"我确实办不到。这事儿你说几天几夜都不会改变。"

柳尘依听后瞪圆了眼睛,生气道:"那我还跟你说个什么劲儿?我要回去睡觉了!"

"你这丫头真是……不讲道理嘛!"永成公子话还在嘴边,赔着笑脸,柳尘依却转身就准备走。

"反正我现在很不高兴了,永成公子,你最好离我远点儿!"

"听听你转变有多快,刚才叫我什么,现在又叫我什么?"

"什么什么？我真的很累，要回屋里休息！"

永成公子摇头，脸上挂着笑。

柳尘依本来要回屋，突然又停了下来。因为迎面走来一个人，上气不接下气地喊着永成公子，说外面出事了。

永成公子扶住柳尘依双肩，神色严肃但语气和缓地说："你快回房间，没什么事儿不要出来。我刚才跟你说的都是实情。另外，你要去密云山庄见庄主的事情千万保密，你不知道，有人为了阻止庄主招纳贤才会痛下杀手的。"

"可我只是要去打听朋友的下落。"

"不管是什么，你肯定会被招纳。以你的本事，密云山庄只会看重，不会轻视。"

"我不是去……"

"别说了，尘依，我真的有急事。"

"出什么大事了吗？"

"快进屋。"

永成公子走到那个报信人身边，对他说："送柳姑娘去房间休息。"然后他就匆匆向外走。

那人走到柳尘依身边，刚要开口说话，却被柳尘依施了法术昏过去了。她忘记曲里布让她不要在人间随便施展法术的话。

柳尘依追着出去。

第八章

柳尘依追到客栈门口，并未见到什么人闹事。永成公子不见踪影，唯有客栈前门管事的中年男子一脸焦急地望着远处。

"你们家公子哪儿去啦？"柳尘依上前询问。

管事的一脸愁容,说得心不在焉:"天知道啊。"

柳尘依瞪他一眼,再大声问道:"你总知道他去了哪个方向吧?"

管事的仿佛梦醒,说:"我家公子是往北面去了。"

柳尘依问出方向,准备追上去,被管事的叫住了。

"姑娘一片好心,我们感激不尽。这样追上去恐怕来不及,我们店中有一匹好马,平日里认主,谁也骑不得,脚力非常好,姑娘若能骑上,保准能赶上我们公子。"

管事的立即让人牵出一匹白马。

柳尘依本不想骑马,却又不好拂了管事的好意,飞身上马,绝尘而去。她听见身后管事的和另一人大声赞叹,大致是在说她与这匹倔强的白马有缘。

北面十里之后尽是悬崖峭壁,好在这的确是一匹好马,难走的山道在它脚下不成问题。只是难为了柳尘依,她何曾受过这等苦?

她正准备喝住马,下来行走,拐弯处的巨石背面忽然跳出四个五大三粗的汉子,手持长刀。其中二人满脸胡子,一个是棕色胡子,一个是黑胡子。黑胡子的人整张脸都像是黑的,两个眼睛瞪得溜圆。

"站住!"他们齐声吼道。

柳尘依拉紧缰绳,怒目望向四人。

"作为一只鸟,不在天上飞而在地上骑马,真稀罕!哥儿几个可是头一回见识。"

"是啊,瞧这模样倒是不错。这么着急赶路是去见谁呢?"

"大哥有所不知,这鸟姑娘是来见我的,哈哈哈……"

"你有什么好见?她要见也是来见我。是不是啊柳姑娘?"

"你们怎么知道我是谁?"柳尘依心里慌了。她从前虽然四处游走,但从未遇到今天这样的状况。

"这有何难?天下所有事,只要我们四虎想弄明白就不会糊涂。你想去见密云庄主,得先问问我们的刀同不同意。"

"为什么要为难我?"

"因为你不是普通人,你是神鸟化身。如果你是普通人,想要见密云山庄的庄主随便见,可你本事不小,早晚会被招入密云山庄门下,最终会成为我们万古楼的敌人。"

"什么万古楼?我不知道。你们是万古楼的人?"

"正是。"

"万古楼,这名字野心不小,你们当家的莫非想要当王?"

"是又怎样?谁不知天下之大,也无非两个人能胜任为王,一是密云庄主,二是万古楼主。我们楼主可不想一个位子两个人争,所以,你该知道,你若投靠密云庄主,结果只有死路一条。你现在既然要死了,我们告诉你实情也无妨。"

"好大的口气!谁死还不一定呢!"

"嘴上强硬有什么用?等一下如果你死了,可别说我们四虎以多欺少。就算你是只当扈,也别想逃出我们的手心。"

"逃?怎么可能?我柳尘依永远不会做这种事。既然你们四个如此有把握杀死我,那就试试看吧。"柳尘依抽出腰间软绳。她此刻才暗自后悔,当初不该选软绳作为武器,在快刀面前绳子算个什么?于是她急忙又改口说道:"你们本来就是以多欺少,就算打败我又怎么样呢?传出去只会让人耻笑,到那时候,你们是四虎还是四鼠,那就不知道了。"

"鸟姑娘好一张利嘴。那你说,你要怎样比试?规矩让你来定可以吗?你是要挑我们一对一,还是你觉得我们兄弟武艺不精,可以二对一,你说了算。反正不管怎么选,你的结局是变不掉的,无非是死在一个人手上或者两个人手上的区别。你尽管说出比试规则,我们虽然不是什么英雄豪杰,但也不会随便欺负一个女流。"

"你们可别后悔。那就单打独斗。若我赢了,你们放我过去。若我输了,这条命随你们处置。"

"好!"四人齐声答应。

柳尘依跳下马,指着前方说:"选个好地方。"

到了山崖顶端,陡峭之上有平原,作为比武的地方算是很大了。悬崖底下深不见底。柳尘依要做的就是避免被他们直接杀死。至于后面的,她早就有了打算。

"鸟姑娘,比试之前可要想清楚。"

"我想清楚了。"

"是吗?你看看那边。"黑胡子指指悬崖右边,那儿站着棕色胡子和他的另外两个弟兄。柳尘依定睛一看,瞧见地上有一根长绳,一端拴在平原中间的一棵大树上,一端延伸出去,地上磨出了痕迹,像是捆了什么东西挂在悬崖下面。

柳尘依正要走过去看,被棕色胡子喊停,不许她再往前走一步。

就在这时,悬崖底下传来永成公子的声音:

"尘依……我听到你的声音了,是你吗?你在上面吗?"

柳尘依急忙答应。

"你们挂他做什么?"柳尘依怒问。

"自然是让你安心受死啊。"

她灵机一动,说道:"你们肯定不知道情况,我和这位公子相见不过一天,用他来威胁我,还不如用一只鸟来威胁我有用呢。"

"别装了鸟姑娘,你的一举一动从来不是秘密,从你离开荒山那天开始,我们楼主就在关注你的动向。他原本是想邀请你加入万古楼,可惜你把那个前去发请帖的人给打了回来,那就是公然与我们楼主过不去了。这些日子你见了什么人,什么人喜欢你,我们楼主一清二楚。这位永成公子心里怎么想的,我们更是一清二楚。"

"他能怎么想?我今天早上才看清楚他的样貌。"

"那又如何?这又不能妨碍他喜欢你。既然他喜欢你,你也把他当朋友,那挂在悬崖下面的不是他还能有谁?"

"你们恐怕要白费心机了。"

"不管什么,反正你若逃走,我们就砍断这条绳子。鸟姑娘,我们让你想清楚的意思是,你有翅膀,永成公子可没有。为了他,你必须跟我们好好比试,分出胜负,总之你赢了也是死,输了还是死,这个结果是改变不了的。要按照我们的意思,你不如立刻在我们眼前抹了脖子来得干脆,只要你一死,我们马上将永成公子拉上来,将他完完整整地送回客栈。毕竟永成公子不是个坏人,他跟着密云山庄做事,却并没有做什么直接让我们楼主为难的事。我们不会要他的性命。"

"原来你们打的是这个算盘。这么说来,我必须死了才能让你们安心。"

"正是。"

"我不过是想打听一位朋友的下落,谁想掺和你们的事?"

"这不关我们弟兄几个的事。我们只听楼主的安排。他说你不能活,你就不能。"

"你们楼主总有错的时候,何况楼主享受的,你们可享受不着。如果楼主让你们去死,你们也去死吗?"

"当然!死有何惧!"

柳尘依无话可说,面对眼前这四人,她实在想不通人类的脑袋里怎么都装着这么些板结如土的东西,根本不会翻来覆去地想问题。

"你说吧,如何比试?"他们问。

柳尘依回过神,正要说出比试的规则,听到悬崖下面永成公子在喊她。她只好走到离棕色胡子近一些但不是他跟前的地方。她低头看向悬崖,看见永成公子正抬头看着她。

"永成大哥……"柳尘依喊出声,喉咙莫名其妙地哽咽起来。也许是因为受到眼前这四人威胁,感到万分委屈。

"你不要害怕,我会救你上来的。"柳尘依又说。

永成公子在底下摇头,又摇着绳子,说道:

"谁让你来的!我不是让你无论如何都不要出门吗?"

骑鹤来迎 | 037

"我要是不来,你就被吊死啦。"

"你快走吧,不要管我。他们不会杀我的。"

柳尘依笑了笑:"我不能走。"

她也不知道为何要这么说。相识不过一日,就算她拔腿逃走,谁又会真的怪她?可永成公子给她的感觉,虽不及曲里布给她的感觉那么……那么让她着迷,可也交情不浅了,至少在她离开荒山之后,能真心待她好的人只有永成公子。何况目前他所遭遇的迫害,都是因她而起。

"你这个傻子,你不要多管闲事!你赶紧给我走开,走得远远的!我现在告诉你,永成客栈不欢迎你,去找别的地方落脚吧!"永成公子在底下大声嘶吼。

黑胡子和他的弟兄们嘴角挂着嘲讽的笑。

柳尘依仍然只微笑地看看永成公子,她没再说话。当然,她知道永成公子根本看不到她这副笑容。

"你还要浪费时间吗?"黑胡子对她说道。

柳尘依走到平原中间,说:"那就比试。"

"爽快。早这么爽快也不用浪费这些时间了。你说说看。不过,有一点我们要说清楚,你可不许使用法术。若我四人今日死于你的法术之下,那我万古楼也不是吃素的,就算你是当扈能飞能逃,我们楼主也有办法亲自将你煮了。"

"放心,既然你们自称英雄豪杰,那我也不会让你们死得太难看。我不用法术。"

"你知道厉害就好。然而谁死谁活,你说了不算。"

"我的比试规矩很简单,那就是,你们不用跟我一对一或者一对二,还是按照你们的规矩,四人一起吧。"

"狂妄!"黑胡子说。

"你必死无疑!"棕色胡子说。

柳尘依不理他二人,又说道:"你们可是真让我随便按照自己的意思说出比试的规则?"

"当然,一言既出,驷马难追。"

"好。那就比试不眨眼睛,谁先眨眼算谁输。"

"什么?!"

"怎么?要反悔吗?"

"你这算什么比试?说出去让人笑掉大牙。"

"那就不要说出去。我可是问过你们,你们都齐口答应,随便按照我的意思比试。那我要比试不眨眼睛,有什么不对?"

"你是鸟!"

"我是鸟啊,你们不是早就知道吗?"

"不行,不眨眼本来就是你擅长的。这样还有什么公平?"

"公平?你们追杀我威胁我,又算什么公平?让我随便按照自己的意思说出比试规则你们却不遵守,这公平吗?"

四人面面相觑,说不出道理。

"还比不比?"柳尘依笑问。

黑胡子脸色一沉,对他身后几位弟兄说道:"我们总不能就这么认输吧?这鸟狡猾,即使输了,相信楼主也不会怪罪。"

四人意见一致,揣着受辱的心情,接受了柳尘依刁钻古怪且幼稚可笑的挑战。

柳尘依忽然觉得这四人其实挺有趣,长相蛮横,倒也说话算数。只可惜他们脑子里只装着楼主的命令,要不然倒可以跟他们做个朋友,闲来说说笑笑也好。

比试开始了。柳尘依一声"开始",四人怒目圆睁,盯着远处,眼睛一眨不眨,样子滑稽可笑。

柳尘依自然一眨不眨地望着他们四个,这四人只好也盯着她。只有彼此亲眼看着,才知道谁先眨了眼。棕色胡子已经忍不住眨了眼睛,他装着自己没有眨眼,不肯承认。直到黑胡子实在忍不住,两只眼睛狠狠地闭在了一起,另外三人瞬间崩溃,眼睛都眨个不停。

"我们居然让这小姑娘给耍了!"棕色胡子怨恨地吼道。

柳尘依哈哈笑道:"你们输了!"

"那又如何?反正你必须得死。"黑胡子多眨几下眼睛,说道。

四人一起举刀向柳尘依砍去。

柳尘依急中生智,伸手一点,那几人仿佛生了根,动不了了。

"柳尘依,你可是亲口答应我们不用法术。"

"我是答应不用法术杀死你们,可没答应不用法术。我要是这个时候还讲什么规矩,那就对不起自己是一只鸟。并且你们自己输了不认账,我又何必管那么多?"

"你!"

"我现在玩够了,不想再陪你们浪费时间。救人要紧。你们放心,等我们走了之后你们就能动了,这一个月别想动武,别怪我没提醒你们,动武会残废的。"

柳尘依说完,化身当扈,飞向悬崖底。不一会儿,永成公子就被带上来了。她累得不轻,作为一只女当扈,她的力气还是小了些。

"我看你翅膀还没长齐就出来胡闹。我要是你,就乖乖躲起来,什么都不管。"永成公子说。

"我是一只神鸟,天生神力,法术无边,天下无敌。刚刚我还救了你呢。"

"是,是你救了我。真不知道怎么感谢你。还天下无敌!怎么不说你只是运气好?要不是先前你为了凑热闹用法术打晕那个给我送假消息,想故意引开我,然后悄悄杀你的人,你现在已经是一只死鸟了。"

"这么说来,你那个送消息的人被收买啦?"

"他是被收买了。你也差点被他杀死。抓我作为威胁,肯定是想着如果你没有死在客栈,就一定会追出来看个究竟。你果然就上当了。"

"听你这样说来,是有点儿危险。"

"你才知道害怕。"

"我不害怕。但是刚刚下去救你的时候好险。我其实没想到你这么重啊。还有,我以为你的功夫很高。"

"那你要我怎么感谢你呢?"永成公子模仿她的语气。事实上他是故意这样说,也好逃避她的追问。难道好意思跟她说,他除了轻功好一点儿,打斗方面向来不如别人?何况他落入傻乎乎的四虎之手,是因为他在悬崖顶上与他们打斗的时候,发现她骑马从悬崖底下过来,心里一慌,就被捉住了,就被挂在悬崖上了?

"这份儿人情先欠着吧,慢慢还,不着急。"柳尘依笑道。她拍拍手上的尘土,才发现刚才飞下悬崖解绳子的时候,因为太着急,掌心擦出了血。她最怕见血了。

"哎呀!"她叫道。

永成公子也看见了。他急忙抓过她的手,一脸紧张。"你就是不让我省心。"他说。这话像是对他相识多年、很重要的人说的。他自己也惊住了,脸红,忙撕下衣角给柳尘依包扎伤口。

柳尘依抽回手,心里一阵扑通乱跳。

二人竟然忘记身边还有活生生的四个人八只眼睛圆溜溜地瞪着他们。

"瞧瞧,这永成公子都快急疯了!"黑胡子说道。

柳尘依真后悔先前定住他们的时候没有顺便封了他们的嘴,现在封嘴也来不及了,令她害羞的话已经说了出来。她不知如何是好,看向永成公子,又急忙收回目光。

还是永成公子冷静。"我们走。"他说。

二人迅速离开悬崖顶。

第九章

阿苏依薇仿佛大病初愈,走出门时看见曲里布失落地蹲在门口。

"你怎么坐在这儿?"

"你醒啦!"曲里布听见阿苏依薇的声音,从地上迅速起身。大清早他就跑到这儿来了。今天准备给阿苏依薇表演的是上回她在处决场救他的事。他怀疑阿苏依薇患了失忆症——他早就有此怀疑,这段时间所做的事情都是为了唤醒她。

为了让阿苏依薇恢复记忆,拉苇姑姑终于对曲里布放松警惕,让他可以在谷中任何地方行走,凡是从前他们二人去过的地方都可以去。

曲里布什么办法都想了,该去的地方也去过,阿苏依薇仍然不见好转,恍恍惚惚,看上去像个傻子。

后来拉苇姑姑才说了实情——就在昨天晚上她说了真话——历代谷主凡是坠入感情旋涡,都会经历这样一段恍惚时日。不过,拉苇姑姑没有告诉曲里布,如果阿苏依薇被人为地唤醒,醒来便会忘记她所爱之人。她是想要曲里布自己喊醒阿苏依薇,从而使醒来的阿苏依薇彻底将他们之间的事情忘却。谁料阿苏依薇自己醒来了。自己醒来,也就意味着她已经认定了曲里布,她的感情将在朦胧之中变得清晰。

"不要告诉我你这么早是来乘凉的。"阿苏依薇说。

特儿果最好乘凉的地方就是谷主的居所。已是夏月,天气炎热。

曲里布笑笑,擦了擦脸上的汗水。

"你这段时间怎么啦?"曲里布问道。

"我怎么啦?"

"我就是问你啊。"

"我没怎么。倒是你,神鸟曲里布,你不是要离开特儿果吗?时间过去这么久了,我以为你已经回到你的老家。"阿苏依薇说道,话语中夹带着不高兴的情绪。

"你叫我什么?"

"你不是当扈鸟吗？神鸟曲里布,这个名字算我送你的。不用谢。"

"能开玩笑了,也好,证明你现在确实好了。这才是阿苏依薇该有的样子。"

"今天还打算给我表演什么呢？或者又要带我东走西逛？"

"原来你什么都知道。那就好。今天哪儿也不去,既然你好了,我当然要好好休息一下。"

曲里布说完伸个懒腰,准备回屋。

"看来你是不打算陪我出去走走。神鸟曲里布,你啊,就是没什么长进。"

"你要出去?"

"那是自然。"

"你不能出去。"

"什么?"

"你的拉苇姑姑不让你出去。"

"这可不是拉苇姑姑能做主的了。"

"阿苏依薇,我真的很累。"

曲里布说完,突然伸手扶住自己的额头,似乎头痛难忍,接着蹲在地上,而后更是倒在地上了。

阿苏依薇吓坏了,她原本以为曲里布是在开玩笑,谁料他真的昏了过去。

阿苏依薇伸手探了探,发觉他中了毒。此毒阴险,若不是她身怀神力,很难发觉他遭了暗算。恐怕连他自己也还未察觉呢。

"来人!"阿苏依薇喊道。进来的人自然只能是阿苏敏云。

阿苏依薇环顾四周,小声问道:"是你们做的好事吗?"

"说什么?"

"跟我装糊涂是没用的,阿苏敏云,你只需要告诉我,是不是你们对曲里布下了毒。是不是你?只有你能出入我的园子,这段时间也只有你跟在我们身边。"

"你想多了,曲里布是你的好友,我们这么做有什么好处?特儿果想要取谁的性命,用不着使这样阴暗的手段。"

"不管怎么说,我需要你告诉我实情,看在我们一起长大的分上,敏云。虽然我们两个长大以后不怎么交流,感情似乎也淡了,可我心中从未将你当作外人。我视你如手足,在这个地方除了拉苇姑姑,也只有你能直呼我的名字。"

这些话确实起了作用,阿苏敏云深深看向阿苏依薇,然后坚定摇头,说道:"我敢起誓,拉苇姑姑、我,都没有对曲里布下毒。"

阿苏依薇就更觉得奇怪了,在特儿果能悄无声息毒杀曲里布的人,除了拉苇姑姑和敏云,还能有谁?绝不可能是谷中其他人。阿苏敏云一脸认真,不像是做了亏心事的样子,她的话说得也很诚恳。敏云也不是那种做事不敢承认的性格。

曲里布醒来后,看到阿苏依薇和敏云一起站在旁边,心下一阵高兴,又一阵疑惑。高兴的是阿苏依薇看上去非常在意他,疑惑的是阿苏敏云也在旁边,神色委屈。

"你们这是……"

"你刚才晕过去了。"阿苏敏云说道。

"我晕过去?怎么可能?我只是浑身困倦。"

"你确实晕了。"阿苏依薇说。

曲里布吃了一惊,莫非他体内的毒发作了?他一直不敢告诉阿苏依薇,打算离开特儿果之后再想办法解毒。算上自己之前被抓进地牢囚禁的时日,再加上因为阿苏依薇而耽误的时间,的确应该发作了。

曲里布故作镇定,脸露笑容说:"我没事儿,除了困倦以外没有不适。"

"你是不是知道什么?"阿苏依薇问道。她隐约感觉到曲里布有事瞒着自己。

曲里布心里也吃惊,阿苏依薇经历了那段恍恍惚惚的时期,醒来之后仿佛变了一个人,言谈虽然俏皮幽默,但其中透露出来更多的是冷静和果断。她不再由着拉苇姑姑做主。就拿昨日夜间来说,拉苇姑姑要新增几个特儿果的看守,以便让敏云有更多时间替她做别的事,阿苏依薇坚决不同意(即便当时她还没有完全清醒过来)。为此,拉苇姑姑脸色当场就有些不好看。

"我确实好好的。只是前段时间天天给你表演飞翔,又带你四处寻找记忆,太累了。说来羞惭,我一个强壮的男人此刻落得像个柔弱女人,让二位姑娘看了笑话。希望你们不要说出去,以免未来我在外边无法混出模样。"

"你都快毒发身亡了,还混模样!"阿苏依薇说。

"不混出个样子怎么回去当鸟?"

"先别管混不混出个样子,曲里布,最要紧的是好好地开动你的脑筋想一想,体内邪毒到底是谁给你下的。"阿苏依薇起身,她回想这几年在特儿果期间,曲里布都接触过什么人,可是没有特别印象,记忆中没有找到可能对他下毒的人。

曲里布怎么会不知道他中了谁的毒?但他不能说,也没必要说。

"想到了吗?"敏云插嘴问道。

曲里布摇头。

"你还真是一只……"

"笨鸟。对吧?"曲里布接了阿苏依薇的话。

"我出去了。"敏云说。她实在不愿意继续待在这个房间中。气氛完全不适合她。阿苏依薇眼里尽是曲里布,曲里布的心思更是半点儿离不开阿苏依薇。

骑鹤来迎 | 045

曲里布走到桌前,想倒一杯水喝,不料杯子直接掉在地上了。看来中毒虽然不深,但也正在影响他的身体,很快那些毒会逐渐加重,就像那个人说的,若不及时拿到秘制解药,他会逐渐僵硬而死。他会慢慢走不了路,行动能力逐日降低,最后死于痛苦之中。

曲里布望着地上的水杯发呆。

阿苏依薇喊他一声,想安慰他,话却没有想好。

"我该出谷了。"曲里布说,神情恍惚,像刚刚梦醒。

"神鸟曲里布,我知道有些事你想一个人承担。可是既然你在我谷中出了事,我作为谷主,自然有推卸不掉的责任。这样的事情如果传到外间之人的耳中,我神族后裔还有什么颜面再去插手他们的事情?那么外面只会比任何时候更乱。特儿果既然受天所托,要管理人间琐事,自然不能不管你,你也是其中之一。天下之物,没有特儿果不管的道理。曲里布,你就安心住在这里,从今天开始保证没有谁敢害你性命,我会查出是谁给你下了毒。不管是谁,我绝不轻饶。这些年我确实过于贪玩,导致谷中之人说我是唯一一个不干正事只知道玩乐的谷主。她们都期待五十年之期早早到来,这样就会有更好的谷主来管理特儿果。"

"阿苏依薇,你说话的样子……"曲里布没有说下去,也吃惊,也心疼。不知为何要心疼她这个样子。大概是觉得一个人想要承担一些事情,也就没有了快乐。他希望阿苏依薇永远是快乐的,就算样子傻傻的也无所谓。他喜欢她。不,他爱她。从进谷第一天见到她,他就知道这辈子再也不可能爱上别的女人。

"觉得我陌生了是吗?"阿苏依薇说,突然低下头。

"不,你仍然是阿苏依薇。"

她抬头,眼里闪着光。

"我给你倒水喝。"她说着,调开视线。

杯子还未递到曲里布手中,水却洒了出来,烫了手。

曲里布慌忙过去,将她的手握住,刚要责备她几句,却撞见阿苏依薇正在看向他的两束目光,那目光中尽是星辰。他看得发痴,发昏,恍如做梦,阿苏依薇也收不回视线。二人越靠越近。曲里布低头吻了阿苏依薇的脸颊,又吻了她的额头。阿苏依薇更像是处于梦里,仿佛星光下,她终于看清了自己心上人的样子。再也不想违背真心,在曲里布放开她手的那一刻,她突然抓紧他的手并且踮起脚尖,吻在了曲里布的嘴唇上。然后,她就迅速退开了,面色通红,目光闪躲。

曲里布愣了一下,突然开怀大笑。

阿苏依薇拔腿跑出门外,撞到了正准备再次进屋的敏云。

"她怎么回事儿?"

曲里布一脸高兴,笑道:"好事儿。"

敏云看阿苏依薇的背影,再看曲里布那高兴模样,已猜到刚才发生了什么。看来,拉苇姑姑又要操心了。

第十章

阿苏依薇召集谷中之人,她要宣布一件重要的事。一早,特儿果所有人聚集在园子外边,等候她发话。

原本谷中之事,外人不能参与,阿苏依薇却点明了让曲里布一起,曲里布只好参加。

拉苇姑姑早已到场,她也想知道阿苏依薇到底要宣布什么重要的事。

阿苏依薇镇定自若,走到众人跟前,伸手招了几下,让远处的曲里布站到自己身旁。

"今日我有事要说。"她看看众人的反应,众人相互看看,都没有说话,"你们都到齐了。我知道,天气炎热,我的话越快说完,大家就能越早去忙自己的事情。那我就直说。"

"依薇,"拉苇姑姑插话道,"有什么事情应该跟姑姑先商量着来,你看,夏天就要过去了,再有三个月左右便是八月十五。这个时候无论什么事情都应该提前跟我说一声。"

拉苇姑姑的意思是,这次聚会应该提早让她知晓。

"我自有打算。姑姑,虽然明年春月才是我正式接任谷主的日子,但据我所知,所有的谷主都会提早半年接手谷中事务,也就是说,我现在已经算是特儿果的谷主,我的话是有作用的了。姑姑已经辛苦十六年,这些年感激你担起重任,让我轻轻松松过了十六年无忧无虑的生活。依薇在此向你致谢。"

拉苇姑姑心里一惊,更觉得气愤,小小年纪突然学得如此强硬,不仅忘记她之前的那些教导,还做出眼下这么无礼的举动。好歹她在谷中也是有地位的,经营十六年,手下早有一大批忠心之人,要不是几千年来太阳神女后裔注定是特儿果的主人,她自认打理谷中之事也丝毫不逊色于任何一位谷主。不过,她眼下不能随意暴露自己的脾气。毕竟在众人跟前,她必须保持忍让和宽容的样子。于是,她抬眼对阿苏依薇笑了笑,又恭恭敬敬给阿苏依薇行了一礼。阿苏依薇也恭恭敬敬还她一礼。二人算是达成一致,跟从前一样,一人坐左边,一人坐右边。只不过今日椅子多了一把,阿苏依薇的位置在中间。

"你就告诉她们吧,有什么吩咐。"拉苇姑姑说道。

阿苏依薇望向众人:"下个月初,也就是两天之后,我要离开特儿果一段时日。在这期间,我会将谷中要处理的事务拜托给……"

"你要走?依薇,你这决定我不同意。"拉苇姑姑截了话。

"姑姑,请让我说完。这是我的决定,我下了决定就不能改。"

阿苏依薇又招了招手,将阿苏敏云喊上台。

"敏云,我走这段时间你就负责谷中所有事务。无论大小事情,你一定帮我看好了。姑姑常年劳累,这次实在不好再劳烦她操心。你好好留在谷中替我照管一切。"她转头对拉苇说,"姑姑安心住着,我一旦出谷,相信外间那些歹人也不会再来谷中追杀,外面天大地大,想找一个人不是那么容易,姑姑也不必担心我。"

"你让敏云替你照管一切?敏云虽然也是拉苇姑姑带大的,可她一介凡人,让她当特儿果第一守卫已经很不错了,怎么如今还准备让她当家?"众人里面有人突然插嘴说道。

"你走出来说。"阿苏依薇说。

"依薇,不要说了。"敏云压低声音说。她想让阿苏依薇不要为了她得罪众人。她第一次用这么温和的语气跟阿苏依薇说话。昨日一夜长谈,她三番五次推托却仍然抵不过阿苏依薇的哀求。直到今天早晨,阿苏依薇还跟她说,在特儿果,自己只信任一个人,那个人就是她阿苏敏云。敏云不知道阿苏依薇到底发现了什么,总觉得她在防备拉苇姑姑。从前她不这样谨慎,也不这么果断,近日却一反常态。莫非她还在怀疑曲里布中毒跟拉苇姑姑有关?可是,拉苇姑姑怎么会……可是,别说阿苏依薇对拉苇姑姑有了戒备,就连自己,也不知不觉地跟拉苇姑姑有些生疏,一种本能的直觉性的生疏。

敏云偷看一眼拉苇姑姑,发觉姑姑正在看她。四目相对,敏云立即觉得后背一阵寒凉。敏云自小害怕姑姑的目光,在众人跟前,姑姑的目光那么柔和,待她也仿佛亲生女儿,可是背后的事情谁又能看见呢?离了众人的眼睛,拉苇姑姑的目光就冷了。敏云长期处于那样的注视下,早已不会笑,也不敢笑,觉得人心变幻莫测,人人都是两面的。因此,她才故意疏远阿苏依薇,害怕阿苏依薇对她的那些好,也是短暂和虚假的。

敏云急忙收回目光。她在压制恐惧。她又看向阿苏依薇,这果断严肃的姑娘,突然给了她无限力量和信心。

"别担心。"阿苏依薇对敏云说。

敏云也就抬起了头,看向众人。

在人群中说话的那人走出来了,生得倒是貌美,只是面色严肃。她一点也不害怕,再次对阿苏依薇说:"虽然你是谷主,但你这样做不对。"

"你叫什么名字?"

"红玉。"

"你说来听听,我什么地方做得不对?"阿苏依薇问。

"那我就实话实说了。谷主,拉苇姑姑费心劳神将你养大,到头来你要这么羞辱她吗?谷中之事向来由姑姑做主,怎么到了今天却要换人?另外,虽然按照规矩你是可以提早半年行谷主之权,可我们都看到了,你并没有跟拉苇姑姑商议,一切是你自作主张。就算你是谷主也得尊重长辈,只有经拉苇姑姑正式宣布你接任谷主,才算是你真的担负了责任。我们还未听说哪一位谷主像今天这样可以直接跨过所有规矩,自己宣布正式接任谷主。"

"看得出来你很不服气。但什么时候谷中之事也轮到你来管了?就算姑姑有意见,那也是我和姑姑之间的事,我们会自己解决。你擅自插嘴,就不怕我惩罚你吗?"

"我绝无私心,只是说了几句公道话。若谷主一定要使用谷中规矩惩罚红玉,那就惩罚吧。"

"为什么要受惩罚?我们也有说话的权利。虽然我们不能做特儿果的主人,但一直以来,我们都是神族后裔的护卫,一直生活在这片土地上,特儿果就是我们的家。在自己家中还不能自由地说几句率直的话吗?"人群中又一个人说道。

"你也出来说。"阿苏依薇喊。

曲里布见场面有点儿失控,急忙喊住阿苏依薇,向她摇头,示意她忍住脾气,不要做冲动的事。毕竟未来她还要倚仗这些人,才能好好地打理谷中和谷外所有事情。

阿苏依薇看向曲里布,只笑了笑,以眼神告诉他,一切都在她掌握中。

人群中走出来的不止一个人,是好几个,站了一长排。

"你们都是反对阿苏敏云暂时替代我,对吗?"

"对。"

"那你们有什么好的人选吗?"

她们互相看看，心有灵犀，齐声说道：

"我们推选拉苇姑姑！"

"我就知道你们要这样说。可我已经说明白了，谷中之事暂由敏云掌管。"

"不行，敏云不姓阿苏。"

"哈哈哈，拉苇姑姑也不姓阿苏。我已经翻过关于谷中大小事情的记载，其中说，历代所有谷主都姓阿苏，而拉苇姑姑之所以和我一个姓，那是因为但凡第一个发现谷主降生的人，都跟着谷主的姓，并将谷主抚养长大，这是天定之事，不可违背，所以，不是我继承拉苇姑姑的姓。你们之前不告诉我没有关系，在你们的执念中，我还是那个游手好闲的人。前几日我才匆匆补了一些特儿果的知识，按照记载中的规矩，凡是谷主看重之人，不仅能当谷主的贴身守卫，谷主还能委以重任。今日我让她暂代谷主之位，还会与她结为姐妹。她长我半岁，从此之后我便称她一声'姐姐'，那么，做姐姐的给妹妹做点儿事情有何不可？"

"可是……"

"没有可是。如果你们一定要反对我作为谷主下的命令，那么按照规矩，我只能让你们去灭灵园。相信过不了多久，你们被困在灭灵园的身体就会变成青草长出来，而你们的灵魂将永生永世化作夜间闪光的亮虫，永远照亮那片囚禁你们的土地。"

"你们退下。"拉苇姑姑说道。她看到阿苏依薇生气了。她从未见到阿苏依薇这么生气。可那些人站着不动。她们平日里很少跟阿苏依薇打交道，此刻以为阿苏依薇只是吓唬人。拉苇姑姑不同，阿苏依薇是她亲手带大的，这小姑娘什么时候真生气什么时候假生气，她一清二楚。去灭灵园可不是闹着玩的，那是特儿果神族护卫的绝命之地。

"退下！"拉苇姑姑再次大声喝道。

那几人赶忙退回人群。

"看来姑姑在特儿果的确很受爱戴。她心善，及时阻止了你们将要受到的惩罚。看在姑姑面上,这一次我就不跟你们计较。你们也听说过,书中更是有记载,历任谷主脾气暴躁,我敢说,我是这些谷主中脾气最好的。若按从前那些谷主的脾气,你们这些今天出来冒犯谷主的人,不管谁求情,都得给我全部送到灭灵园。听说进了灭灵园的人不是被困在里面,而是被埋在里面,想不被土埋起来都不行。那儿没有天空,那儿的天空就是一大片厚厚的黄土,凡是进了灭灵园的人一下子就被黄土盖住了,无论她用什么方法都不能钻出地面。过了四十九天以后她的身躯才会腐烂,灵魂不得不钻出来,却走投无路,永生永世离不开灭灵园,只能在那个地方继续接受更严酷的拷打。"阿苏依薇微笑着说完,笑容温和,语气不急不躁,仿佛说着什么有趣的故事。

众人却早已慌了,惊恐万分。就连先前那几个插嘴的人也紧紧抓住衣角,手在发抖,终于明白拉苇姑姑刚才为何那么凶地将她们吼回人群。这些事她们早有耳闻,书中也有记载,早年看过一次,因为太害怕而不敢一直记着,选择性地遗忘了。此刻阿苏依薇说起,打开了恐惧的阀门,有人已经吓得掉眼泪了。虽然在场所有人都拥有神力,可神力在灭灵园半点儿用处也没有,那地方就是专门消解神力的,可以说,灭灵园是让她们最终灰飞烟灭的地方。

拉苇姑姑看向众人,微笑之中尽是难为情,外加一些隐藏在眼底的责备,很不高兴她们之中那几个人如此冲动顶撞阿苏依薇,弄得此刻处境非常尴尬。

"你们还有什么话说吗?"阿苏依薇问道。

众人一齐摇头。

"那就好。谷中一切事务由阿苏敏云打理。下月初一,我会暂时离开一段时日。曲里布也会离开,我亲自送他出谷。"

阿苏依薇特意看了看拉苇姑姑。拉苇姑姑什么都没说。

众人散去,拉苇姑姑也不声不响地走了。以往不论多忙,她也会跟阿苏依薇说几句话,这次没有。

第十一章

我不能不防着拉苇姑姑了。经过盘查,谷中总算有人愿意告诉我,前年夏季的一天晚上曲里布是怎么被下了毒。

为自己心爱的人,我要怪罪拉苇姑姑吗?不会。至少不能急着如此。但我不可继续让她加害我在乎的人。我很感激拉苇姑姑,有的时候我已经将她看作自己的母亲。

然而她对敏云太残忍了。那天夜里长谈,敏云说了一些她的事,我才知道敏云为何要疏远我。敏云是个善良敏感的姑娘,我不信她真的会将我视作仇人。只怪拉苇姑姑狠心,从始至终都将她看作一颗棋子。她之所以让敏云成为特儿果第一守卫,是想让敏云她将来为自己做更多事情。谁料敏云近日跟我走得近了,不,是很早以前她就发现这颗"棋子"并不完全忠心于她。敏云虽然疏远我,但内心并不真的仇恨我。不准她姓阿苏这件事不是我的本意,可拉苇姑姑有意将这种罪责推到我的身上,好让敏云因此痛恨我,敏云却并不将这件事放在心上。她本来也无所谓自己的姓氏。曲里布说得没错,拉苇姑姑是想自己当谷主了。既然她要如此绝情,我也只能接受现状。

曲里布知道自己被下毒的事,因为那毒是他自己喝下去的。逼他喝下毒药的是一个长着九个脑袋,九个细瘦身子连在一起,看起来非常庞大的怪人。这个人与拉苇姑姑是一伙的。那天晚上,曲里布亲眼看见拉苇姑姑带着那个怪人进了他的房间,逼他喝下毒药。

拉苇姑姑是这么威胁曲里布的:"你若喝下毒药,那么阿苏依薇自然就不用喝它。我想让阿苏依薇中毒很容易,毕竟她是我一手拉扯大的,她信任我,我也对她多少有些感情,怎么说也不会这么快看着她死。等到时机成熟,我会放你们两个一起离开此地。"

曲苇布跟我说了这些事情,才跟我坦白,之所以想着独自离开特儿果,并非真的要将我一个人置于险境,而是出去寻找援手,如果幸运的话,还能解了身上的毒。

我也不知下月初一如何脱身。

拉苇姑姑不敢轻易对我下手,肯定是怀疑我如今的神力已高她许多,就算她把整个特儿果的人都集合起来想置我于死地,也未必得逞。可我要顺利逃离特儿果也没有十足把握,毕竟我还带着一个中了毒的曲苇布。毕竟我还不知道如何灵活运用。

希望敏云不要怪我,在这个时候将她拖入险境。特儿果谷中,除了敏云,我还能相信谁?

第十二章

事情越来越蹊跷,拉苇姑姑竟然没有阻拦我和曲苇布,她还特意前来相送,就好像我是她的宝贝亲生女儿,她面上做出的愁容完全就是一个母亲的愁容。"我很担心你,依薇,你在外面一切都要小心。如果遇到什么危险,立即吹响这个,"她给我一小段竹节,像笛子又不完全是,一吹就发出一阵尖厉的声响,"到时会有我们的人来相救。"

我知道被安排在外面的那些"我们的人",都是拉苇姑姑这些年在外界收的徒弟。她这么做恐怕不仅是为了让人以为她真的很关心我,而是让我知道,想轻易扳倒她并不容易,也顺便掌握我和曲苇布的行踪。

我只能跟她道谢。但若真吹响竹节,恐怕来救我的人正是要杀我的。

她还将我拉到一旁,低声跟我说:"我知道你对曲苇布一片痴心,但我还是要提醒你,曲苇布就是一只来自荒山的野鸟,他除了配不上你,可能还别有居心。就算他本着杀你之心,最后却阴差阳错爱上你而放弃杀你,也不保证他没有别的用意。人心最善变,人间男子大多薄情。当然,我知道你不肯相信,你相信人间有真情,我无法改变你的看法。现在你想出去看看也好,说不定你会遇到比曲里布更好的人。你在谷中住得太久,猛然让你看见这样一个人,对他动心也属正常。外面的世界很大,人也很多,你总会发现比曲里布更好的。"

她像是真的为我好,句句肺腑之言,差点儿让我感动了。她历来就是用这种样子待我,我从未怀疑过她的心。

我和曲里布离开,可能正是她求之不得的。

拉苇姑姑一直站在山谷上看着我和曲里布离开,真像一个送女儿远行的恋恋不舍的母亲。那会儿我真有些难过。

我跟敏云说过了,若发现拉苇姑姑集合众人要加害她,就立刻出谷。以她的聪慧,即便不能打败那些人,想平安出谷也不难。我留了雾灵给她。雾灵是我与生俱来的法器,形同药丸,服下即可与主体融为一体。所有特儿果主人体内都会有三颗雾灵,只有到了十六岁,这三颗雾灵才能经由谷主的神力取出,其余任何时间,哪怕谷主本人也无法取出雾灵。神族先辈英明,大概是为了防备谷中歹人将雾灵骗走。雾灵之所以叫雾灵,还因它有灵气:若服雾灵的人没有上乘之功,不仅身体受不住,还会有性命之忧;另外,怀有加害谷主之心的人也不可服,否则雾灵必然自毁,再无作用。往明白里说,雾灵能试探真心。这或许就是拉苇姑姑从未跟我求取雾灵的缘故。她的心从来就是两样,她知道就算得了雾灵也没用。她只是还不知道敏云已经服下雾灵,如今想要置敏云于死地是不可能的。

要是我早一些给曲里布服下一粒雾灵他就不会中毒了。如今再服下已来不及。除了特儿果的深渊能毁坏雾灵让它失去效用,在深渊之外,雾灵就是一道保护主人的屏障,危险之时,神力尽显,令歹人和所有明枪暗箭无法靠近。以拉苇姑姑的见识,她肯定不会一开始就动用明枪暗箭,她只会使用温和的方式,以免唤醒雾灵。虽然她不知道我将雾灵给了敏云,可她一定会谨慎小心,猜测那雾灵就在敏云体内。她会故技重施,让敏云也服下她亲手调配的毒药。她会赌一把,若雾灵不在敏云体内,敏云必死无疑。我真要感激神族先辈,就算如何令人惊奇的毒药入了口中也会被雾灵化解。如果我的猜测全是对的,那么,敏云会倚仗这颗保命雾灵逃出来。

现在,我和曲里布已经出谷,我们在一个不知名的地方……路边,蹲着。这些年我只安排谷中的人到外界察看,有没有什么地方的人需要我们帮助。她们对外界的熟悉个个都超过我。

曲里布很无奈,正喘着大气——刚才我俩被一伙人追打,就因为我要了一碗茶水喝,喝完没有给钱。曲里布也没有钱,并且他知道规矩,所以在此之前他就阻止我向那个凶狠的店主要水喝。他说带我去河边喝冷水。我怎么能喝冷水呢?冷水那么冷,何况还是河水,说不定上游哪儿有人正在洗脚呢。钱是什么我怎会知道?我只听说过,没使用过。从前这些事都是拉苇姑姑打理。外界每年都会按时给我们特儿果送钱,包括吃的东西、穿戴的东西,大大小小,都是按时送到特儿果。我没有仔细过问。我就知道想吃什么就有什么,怎么来怎么去,我不管。

想不到我阿苏依薇竟会落得喝一碗茶水都被追打的地步。

我是被曲里布拉着拔腿就跑的,跑到路边蹲着。

曲里布说:"怎么样?两眼一抹黑了吧?如果你早点像今天这样出来走走,也不至于到了什么地方都傻乎乎的,连买一碗茶水都不知道给钱。"

"想不到我……"我说不下去。

"也会落到这个地步!"曲里布接了我的话。他像是刚才看见我心里想什么了。

"你刚才为什么不飞?你不是鸟吗?"

"我是鸟,可现在飞不了。我没办法变身,并且我中毒了呀。再说,我还没试过背着一个人飞。你知道我们跟别的鸟不一样,我们要这样这样甩着脖子飞。"他左右摆着脖子,一荡一荡的,很滑稽,"你要是不小心抱着我的脖子,我们两个岂不是要摔死?我死了不要紧,你不能死,你还要回去管理特儿果,那儿还有很多事情等着你去做呢。"

"你可以不变回鸟就飞啊。你本来就是一只鸟,变不变成鸟都能飞。为什么你一只修炼成人的鸟,飞行的时候还要苦巴巴地变回原形?你没有想过吗?"

"没有想过。你怎么现在才跟我说?"

他试了试不成变鸟能不能飞。能。他气得……气一会儿突然将我抱住,忽然又很激动地说:"以后我知道怎么来保护你了。"

曲里布有时候比我还幼稚,可他从不肯承认。

只希望他的毒不要那么快扩散,不然变不变成鸟,他都飞不起来了。

第十三章

密云山庄门口早已排了长队,总算轮到柳尘依了。她是按照之前那守卫的话排在了左边。左边隔着一道门,门上有一个窗口,坐在门后的人背对着柳尘依,她只看到那人的后脑勺。

臭架子,故弄玄虚!柳尘依心想。

"柳姑娘,你排错队了,你该去右边排队。"那人说。

柳尘依心里一惊,怎么这人看也不看她,竟知道她是谁?心里正在琢磨,却听到后边有人催促:"说你排错队啦,姑娘,快别耽误时间。"

"我没有排错。"柳尘依说,对外面的人也是对窗口里面的人说。

"姑娘,你若真想早点儿完成自己的事情就去右边排队。我这儿无论如何给不了你答案。"窗内那人又耐心说道。

柳尘依心想,莫非当时那个管事的人给她说错了顺序,不是左边询问事情,而是右边询问事情?她退出队伍,抬眼看看,门顶上确实写着"左门",自己的确没有走错,如果有错的话,那真是当初管事的人给她指错了。

"对不起。"柳尘依跟后边排队的人道了歉,急匆匆赶往右边。好在右边排队的人并不多，清清楚楚看见前方不远处的门顶上也写着二字："右门"。

这次该不会错。

轮到她时，还未开口，那人也在窗口后面直接喊了她的名字。

"柳姑娘，你往侧门等一等，会有人迎你进去。"

"进去？"柳尘依急忙问道，"我进去做什么？"

"当然是参加比武选拔。"

"不不不，你弄错了，我不是来参加什么比试，我是来打听一个人——我朋友的下落。"

"那你为何要到右边排队呢？姑娘，既然到了右边这道门，那就是上天注定，注定你将成为我们密云山庄的人。你放心，我们对你有信心，你参加比试肯定没有问题。"

"你真的搞错了，我不是来比试的。"

"那你为何……"

"为何来右边是不是？我跟你说，不是我要来右边，是你们左边那个人让我来右边的。虽然我很佩服你们看后脑勺就能把我认出来，可我不想知道你们如何有这等本事。我只是想问一个人，你们告诉我那个人在什么地方或者可能在什么地方，答案就算不确定也没有关系，给我指个大概的方向就行。我在外面找了他很久，已经没有主意了，不知道该去哪儿寻找。"

"这个事情我们右门是不管的。我们只负责招纳贤才，不管其他。"

"你们这是合着伙来耍我吗？我知道了，刚才那个人是故意的，他是故意让我到右边来！我不管你们什么居心，今天必须跟我说明白，我的朋友曲里布到底在哪里？"

"曲里布？"

"你认识？"柳尘依听出他的声音有些激动，显然他对这个名字是不陌生的。

"你告诉我,他在哪儿?"柳尘依迫不及待。

"哦,我不认识他。"

"撒谎!你认识!你的声音已经出卖你了。"

"柳姑娘,你不要浪费自己的时间,也别浪费你身后排队的人的时间。里边的人已经等着你去比试。你若赢了,就能留在密云山庄;你若输了,立刻离开密云山庄。你现在不参加比试,那就等于你浪费了两次机会:左门和右门。你将在一年之后才能重新去拿求见函,在此期间,你的任何求见都不会被我们接受。要不要参加比试你自己决定。我数到十。"

"什么?数到十?你们这是儿戏吗?"

"一……"

"神经!"

"二……"

"你们密云山庄故弄玄虚,这是欺骗!"

"三……"

"你!"

"四……"

那人加快语速,一眨眼数到了"九"。柳尘依慌了,立刻喊停。

"姑娘想通了吗?是走是留?"

"留!"柳尘依一咬牙,先留下来再说,总不能真的再等一年吧。留下来慢慢打听。

"请进。"那人说。侧门应声而开。

柳尘依走了进去。

场地上一位精壮汉子已经早早地候着,一看就是密云山庄的顶尖高手。

"有什么条件吗?"

那汉子摇头。

"可以随便出招,怎么出招都行吗?"

那人点头。

柳尘依抽出软绳,一挥而上。不过,她上了场中却把软绳收了起来,因为一瞬间她发觉,凭着一根软绳根本赢不了这个人。既然怎样出招都行,那使个法术也可以。

她轻轻一抬手,那汉子就昏昏沉沉在原地转了几圈,倒在了地上。柳尘依一阵得意。凡人再怎么强壮,在她面前也是不堪一击。柳尘依走过去,半蹲在地上,仔细观察这壮汉要几时才能清醒。谁料他一个翻身,将柳尘依狠狠撞开,她差点倒在地上。

"你怎么没事?"

"因为我并非凡人。"

"密云山庄果然什么样的人都收。那你说说看,是鸟还是豪猪?"

"豪猪?!"

"不是吗?我看你头发粗得跟豪猪刺一样。"

"看你年幼无知,我就不多怪罪。本爷是正正经经的山鸡化身。"

柳尘依摸着下巴长声长气地"噢"了一声。

"你'噢'什么?"

"我是在想你跟中间那道门的两个看守的关系。"

"实话告诉你,那是我拜了把子的兄弟。原本他二人也可以像我一样到这儿替密云山庄测试像你这样的人的武功,可惜我们兄弟从前是做……别的事……他们更愿意做个看守。这样也满足他们的好胜心,觉得好像还在干以前的行当。"

"噢!"柳尘依伸手指着壮汉,笑道,"我懂了,你们以前就是拦路抢劫的。"

"话不能说得这样难听,我们那是劫富济贫。"

"劫谁的富?济谁的贫?"

"劫富人的富,济我们三人的贫。当然是因为我们穷才去劫,不然谁平白无故去干那遭罪的活儿?那些年可把爷给累够了。密云山庄招纳贤才,我三人就来了。如今混到这等职位,也是我们自己的造化,说明我们当年的壮举是有用的,不然,又怎么如此顺利地入了密云山庄门下?"

"竟然什么样的人都收。"柳尘依嘲笑道。

"你别太骄傲,密云山庄的高手可不止我。之所以让我来考验你们,是觉得我从前干过那些行当,知道除了武功之外还可以耍点儿别的聪明,就好比先前你以为自己得逞了。我若不是早就听了庄主密令,小小地试探你一下便可放你过关,我早就一掌将你扇出门外。"

"庄主密令?他刻意要留住我?为什么?"

"这不是我该管的。反正你现在可以进入那道绿色的门了——通往密云山庄的主门。里边有人带你去见庄主。以后我们就是密云山庄的人,同在一处,还要互相帮扶。希望你不要怪罪我先前那一撞。毕竟庄主让我小小地试探你一下。"

柳尘依这才感到自己双膝隐痛。要不是她机敏,膝盖骨肯定坏了。

"这就算过了关?"

"快走。我得迎接下一个比试的人。"

柳尘依半信半疑,走到绿门跟前,门从里边一下子被打开了,一位粉红色衣裙的姑娘笑脸相迎。

"请。"那姑娘说。

柳尘依左右看看,还在回想自己怎么糊里糊涂被带到这一步。这显然是庄主故意让她进的门。她只想打听曲里布的下落,却成了密云山庄的门徒?

山庄内部宽敞无比,大路交错小路,这门接着那门,左弯右拐,有时还要经过一条密道,甚至要乘坐一艘小船经过一片宽阔水塘。说是水塘,倒像是一条穿过两旁屋舍的河。直到下了船,柳尘依才确信这并非水塘,确确实实就是一条河。她暗自赞叹,早已忘记自己先前还在担心如何才能尽快脱身,眼花缭乱地又被带到一条密道。这密道与先前的不同,像是一条藏在地下的大路,两旁都有火把照亮,其中一边有一条细细的水沟,另一边则尽是花草,花朵都是黑色的,茎秆却是白色。从未见过这么奇怪的植物,花香浓郁,竟有鸟儿飞到花中停留,不过只在有花的一侧停留,飞行也是靠着有花的一侧,像是排了队来的。柳尘依想起外面那些规矩,什么左门右门,现在又是靠着一侧飞翔的鸟,心中又是嘲笑又是惊叹。在她的家乡荒山上,可就没这些规矩了。当然,那些黑色的花朵倒是挺好看。毕竟世间所见的花再多,也未见过黑色的。只是不知道这黑色花朵能不能在阳光下开放。

出了密道,眼前出现的居然是大片大片的黑色花海。每一朵花都是黑色的,都开在阳光下。

"它们不死吗?"

"不死。"

"好神奇!"

"姑娘,再往前就是谷主的密云楼。"

"密云楼?"

"对。我只能送到这里。那边不属于我能去的范围了。姑娘往前走,会有那边的人接你去见庄主。"

"你们庄主可真能装啊!"

"姑娘小心说话。到了密云山庄,最重要的一条就是别胡乱说话。管好自己的嘴巴,就好比是管好了自己的性命。"

柳尘依见她说得如此严重,又是一片诚恳,只好跟她道了谢,然后再往前走。

前边是一座小桥。

"天哪!"柳尘依看到桥都快气疯了,心里苦叫一声。这一趟过来走了无数小桥,没有二十座也有十八座了。真怀疑这位庄主的亲爹是一座桥。

过了桥,一位年轻的黑衣女子已等在桥头。

"柳姑娘,庄主等你多时。请。"她客客气气地说。

柳尘依跟了上去。越走越靠近一间茅屋,比起先前那些建筑,这儿简直太寒酸了。到了茅屋门前,只见那门顶上挂着一块木匾,匾上正正经经写了三个字:"密云楼"。

"这就是密云楼?"柳尘依问。

"是的,姑娘,这是我们谷主的居所。"

"你们庄主的谱摆得可真是令人意外。我还以为他的居所只会比刚才任何房舍都大呢。"

"我们庄主喜欢过田园生活。"

"啧啧啧,那么大的宅院摆在前头,到这儿过起田园生活来了,我真看不懂。"

"看得懂你就是庄主啦!姑娘,快请进屋。我们庄主在后院已经备好了茶点。"黑衣女子笑道。

柳尘依左右看看,茅屋周围竟然种满蔬菜瓜果,要不是先前走了那一趟路,见识许多精致屋舍,还以为确实到了某个村落的庄户人家。

进了屋,柳尘依才知道刚才又被表象给蒙住了。前院看来只不过是个简陋的茅屋,进了门才知道天地多大,一条大道直通前方几百米处的凉亭,那凉亭边上又是宽阔的池塘,虽已过了时节,却仍然有睡莲躺在水面上,景色壮阔,布局大气。

亭中坐了三个人,柳尘依走了过去,那三人便起身相迎。

"柳姑娘总算来了,快请坐。"其中的老者,大概就是庄主,他说道。

柳尘依行了一礼:"是密云庄主吗?"

"正是我,庄密云。"老者慈眉善目,谦虚有礼。

"我知道了,密云山庄的名字就是这么来的。"柳尘依说。

庄密云赞许地打量她,不知道的以为他在挑选未来的儿媳妇。

"这是我的儿子,庄柏瑜。"

柳尘依看向年轻男人,长得倒是英俊,只是差了那么一点儿什么,文文弱弱,像个书生。柳尘依向他行了一礼。

"这位是……"

"我是密云山庄的大小姐,我叫庄柏玉。"红衣姑娘热情地自我介绍。她看上去很漂亮,柳尘依却总觉得此女并不好相处。那表面的热情仿佛裹着一层布,让人看不清她的真心。

"柏玉姑娘好。"柳尘依恭恭敬敬。她可不想得罪这个厉害的姑娘。

"尘依姐姐不要这么拘谨,就当到了自己家里,好吗?"庄柏玉走近柳尘依,将她的胳膊挽起来,仿若好姐妹。

"你坐,尘依姐姐。"庄柏玉又说。

柳尘依只好入座。那三人也都坐了下来。桌上摆满好吃的茶点,甚至有榛子,柳尘依记得曲里布最爱吃这个,突然想起正事。

"庄主,我来是想跟你打听一个人。"

"曲里布,是不是?"

"庄主果然知道他的下落,我真是没有来错!"

"不,我不知道他的下落。就在一个月前,我与他失去了联系。他是我们密云山庄最得力的人。"

"你是说,他也在这儿做事?"

"以前是。恐怕他现在并不这么想了。"

"那庄主让我进来是……"

"当然是招纳你为密云山庄的门徒。你放心,我们不会亏待你。我知道你来自荒山,法力了得,可你要想找到曲里布的话,只能跟我们合作。"

柳尘依听后脑子一转,算是明白自己为何这么容易就被招了进来,密云山庄肯定早已掌握了曲里布的一切,包括他曾经接触密切的人。柳尘依心里一凉,知道自己是要被扣下来做人质了。看样子,曲里布是打算脱离密云山庄,所以才会失去联系。

"我只是随便问问他的消息,我和曲里布有仇,他在荒山的时候偷了我的东西,我这次是来讨要的。既然他不在,那我也该回去了。"柳尘依起身要走。

"尘依姐姐,你可不能就这么走了。你要是这么快出去,别人会以为我们密云山庄招待不周,那以后我爹和哥哥的面子往哪儿放?你就安心住下来吧,反正你已经找了曲里布这么久还找不着,不如暂时住在我们密云山庄等待消息。我相信曲里布如果知道你在这里,绝对会来找你的。"

"不不不,柏玉姑娘,谢谢你的好意,曲里布要是知道我在这里,他肯定跑得远远的。"

"柳姑娘不用推辞。以后你跟着玉儿,做她的贴身护卫。"

"我没说要留下来。"

"进了我们'右门',总不能什么事也不做,更不能说走就走,否则规矩何在?希望柳姑娘理解和明白。"庄密云突然变了脸色,先前那温和态度不见了。

柳尘依不服,抽出腰间软绳,退到亭子外边。"我不能留在山庄,还请庄主不要勉强。后会无期。"柳尘依双手一拱,行了一礼,再抬手将软绳抛向天空准备飞出门去。

庄密云此时并未说话,只是往前招了招手,柳尘依想要高飞的身体迅速被一张从天而降的密网罩住了。庄密云走到摔倒在地的柳尘依跟前,伸脸笑道:"我劝姑娘不要冲动,进了密云山庄的'右门',就别想着随随便便出去。"

柳尘依刚张嘴想说话,突然嘴里多了一粒东西,微苦,入口就像烟雾似的往喉咙里钻。不一会儿,她整个人都瘫软,发抖,仿佛生了急病。

"这是我密云山庄独门研发的,专门对付姑娘这样能飞能打不听话的人。以后你再也不能使出法术,形同凡人。不过你练的那些基本的功夫还是在的,只不过想要飞来飞去就不行了。"

"密云庄主,你阴险卑鄙!有本事放了我!"

"放了你?好,我放了你。"

庄密云果然抬手一收,那网子就被收走了。

柳尘依从地上起身,瞪了在场三人一眼,转身就走。庄柏玉上前想要阻止，却被庄密云给拦下来。

"让她走。"庄密云得意地笑道，"柳尘依，你要是从这儿走出去，这一辈子都别想见到曲里布。如果我猜得不错，此时曲里布体内那慢性毒药已经发作了。你要是选择留下来，我们可以合力找到他，以便早日替他解毒；要是坚持离开，那就走吧，密云山庄就当开个先例，免得将来有人说我欺负你一个小丫头。"

柳尘依停住脚步。

"看来是你们给他下的毒。"

"那倒不是。我只知道他肯定中了毒，并且此毒的解药只有下毒的人才有，别人无法研制出来。我们只能尽力帮他找到下毒之人，以便挽救他的性命。你要知道，以我密云山庄的影响，必定加大找到解药的可能。如果凭你一己之力，恐怕救不了你的曲里布大哥。"

"柳姑娘自己的法力还没恢复呢。"一直未曾开口说话的庄柏瑜轻声说道。他语气温柔，听来悦耳。要说这密云山庄里还有顺眼放心的人，可能就是这个庄柏瑜。他这句话显然是要提醒柳尘依不要草率离开，而是等待时间拿到解药，恢复自己的法力。

庄柏瑜说完向后退了一步，因为庄密云用眼睛斜了他一眼。柳尘依看出来了，这山庄里边，最没话语权的就是庄柏瑜。庄柏玉都比他受宠。而且，接下来的一件事更让她确信，这山庄坐在第二把椅子上的人就是这个表面热情仿佛天真活泼的庄柏玉。庄密云让庄柏玉去外间处理事务，顺道去察看是否万古楼的人在作怪，据说属于他们管辖的地方出了人命。

庄柏玉匆匆走了，都没有跟庄柏瑜打个招呼。

柳尘依看看庄柏瑜，发现他淡定自若，倒是没有对此有任何不高兴，似乎他早就习惯这种事情了。

"父亲，我回书房了。"庄柏瑜说。他跟密云庄主行了礼，又跟柳尘依行了礼，退开几步，向左边那片菜园的栅栏门走去。

庄密云只是点一点头，话也没跟庄柏瑜说，脸上很不高兴。

"柳姑娘,你是走是留,自己决定。"

"我留。"柳尘依说。

"那好,你去找庄柏瑜,他会给你安排住所。老夫要回屋休息一会儿了。"

庄密云刚这么说完,从茅屋东面的房间走出来一个年轻妖艳的女人,摆动着细腰到了庄密云跟前。"庄主,我扶你进屋。"她说。她把手放在庄密云的胸口,揉着,又低眼看了看柳尘依,居然横了柳尘依一眼。

柳尘依顿感莫名其妙,是怪她耽误了庄密云这么长时间吗?二人才进茅屋,就听见那女人撒娇痴笑,说的话让人听了面红。柳尘依急忙逃开茅屋,向着刚才庄柏瑜离开的方向走去。

第十四章

这是一个偏僻的村落,因为要避开拉苇的眼线,阿苏依薇和曲里布不得不走小路,甚至选择一些荒村野店住宿,可谓非常狼狈。曲里布还好,只是苦了阿苏依薇,在特儿果娇生惯养的神族后裔,到了这儿却混得像个贼。

阿苏依薇说什么都不告诉曲里布,她是如何弄到钱住宿、吃饭的,看她出手阔绰,好像腰缠万贯。

这日清早,阿苏依薇又从外间回来,仍然满面春风。

"你是又弄到钱了吧?"曲里布问道。

"是啊,满载而归。"阿苏依薇说,"反正我们未来很久很久,根本不用愁钱的事。"

"说吧,你为何要去偷?"

"我没有啊。这怎么能是偷呢?"

"你做的事我都看到了,还撒谎。"曲里布故作严肃。

"你看到啦？怎么样,很替我骄傲吧?"

"你不能这么下去了,往后若传出去……"曲里布都不好意思往下说了。

"也怪我……"曲里布又说。

"你想到哪里去了？我真的没有偷钱。神鸟当扈,你小看我阿苏依薇了。我是神族后裔,特儿果谷主,怎么可能会……一直做贼呢?"

"看,你都承认了。"

阿苏依薇性子直率,见无法编造谎言,干脆说了实话:"前几天确实很饿,顺手拿了别人一个钱包,买了东西自己吃,也给你带了些。后来我还准备这样干,谁知街上正在喊抓贼,我转身就帮他们抓贼去了,那钱包的主人立刻给我拿了酬金。我见这是个好行当,所以连续干了好几天。又有几天,就是最近几天,一个大人物雇我当护卫,专门给他们看管钱仓。你看看,我拿了不少酬劳！事情就是这样,你完全不用担心我将来的名声。"

"大人物？什么大人物?"

"不知道、不认识。"

"不知道不认识你给人干什么活呢！你也不怕暴露自己的身份！对方好人坏人你都分不清,怎么轻易就答应给人当护卫？你堂堂一个谷主,怎么能给别人当护卫?"

"哎呀,大丈夫能屈能伸。"

"你是姑娘家！"

"大姑娘能屈能伸。"

"那你明天还去吗?"

"明天？算了,不去了,你不高兴我去,那我就不去。反正他们给我的钱已经很多。不过可惜了,那老板真是不错,讲义气……"

"我看你这么认真地描述那个老板,莫非你是看上人家了？他真有那么好看吗?"

阿苏依薇歪头一看,看出曲里布不高兴了,语气酸酸的,她岂会不明白当中意思?于是笑道:"当然没有我们曲里布大哥好!我们曲里布是谁?英俊潇洒!义薄云天!还是荒山一带最了不起的当扈!"

曲里布抿嘴一笑,知道她在胡说八道,但听后确实觉得高兴。阿苏依薇最吸引他的就是这副样子,没心没肺,天真善良。只可惜命运总是要跟这样的人开玩笑。想到她年复一年都会面临的追杀和五十年之期,他心里万分疼惜,突然将阿苏依薇搂在怀中,嘴里说道:"我不会让你出事的,永远都不会。"

阿苏依薇不知他何出此言,但是在他怀中,觉得很温暖、很踏实,仿佛天下一切好的都在他的怀中。

"我们明天去哪儿?"

"不要说话。"

阿苏依薇便不再开口。

次日,阿苏依薇和曲里布又到了另一个荒村,只有这样的地方才能使曲里布获得安全感。即使他知道阿苏依薇神力无比,也不能不防。她初涉江湖,对人心的防备不足。密云山庄早已谋划好了,就在八月十五另请高手诛杀阿苏依薇。这是他无意中听到路人说的。这话他还不敢告诉阿苏依薇。阿苏依薇出谷的事情肯定已经被拉苇透露给外界。这事情在他们落脚的荒村已经得到证实,那留在村中的几个人竟然也知道特儿果的主人到了外面,可能会随时遇见,他们已经做好了随时发现阿苏依薇就将消息通传给密云山庄的准备。所以这个地方他们也不能待了,又连夜赶到下一处。下一处是什么地方,曲里布也不清楚。只恨当日鬼迷心窍,想杀死神族后裔,然后坐上人间王位,突然便加入了密云山庄,将阿苏依薇的生活习惯和特儿果的不少消息报送给了密云山庄。其实也不怪自己,凡是有点儿心思的人,都会被一个大梦迷惑,谁不想成为天下第一人呢?听说之前有好几个女人也想坐上那把王座,都去杀过前面几任谷主,都是无功而返或者死于谷中。仔细算来,他曲里布是第一个为了阿苏依薇而放弃整个天下的人。也因此,从今往后,他都注定只能和阿苏依薇一起被追杀,从特儿果到外界任何一个地方,都会有人想要杀掉他和阿苏依薇。

曲里布又觉得毒性要发作了。为了及早拿到解药,他只能冒险到鸿雁楼一趟。鸿雁楼就是那九头九身的怪人的住地。那儿的人都是九个脑袋和九个细弱身子连在一起。还在密云山庄做事的时候,曲里布被鸿雁楼的人抓过一回,不过,他千辛万苦逃了出来。没想到,这次却被拉苇和那帮人联手暗算了。

阿苏依薇是不能带去的。那儿的人恐怕个个都等着杀她。

第十五章

庄柏瑜极少走出他的房间。这位少主人从来不管庄中事情,他的父亲已将希望寄托于他的妹妹。

"七月十五日,天气晴朗,适合郊外垂钓。"庄柏瑜在纸上写下这句话,将它合起来,一并收在从前写的那些纸条之中。已经足足写了九张。也就是九年了,每一年的七月十五他都会去郊外垂钓,记下那一天的天气情况。这九年的七月十五,有四日晴朗,三日下雨,两日阴沉。庄柏瑜翻看一下,脸露笑容,自言自语说:"人生大半如晴天,是有盼头的。"

他拿了鱼竿,戴上斗笠,穿上灰色衣服。这副打扮,若不是从密云山庄走出,真像是个普通渔民。

柳尘依早就等在山庄门口。

"公子,我也想去。"她笑脸相迎。

"你不跟我妹妹去庄外办事吗?"

"我不想。"柳尘依说。

庄柏瑜没说让她跟着或者不跟,自己走了。

柳尘依急匆匆跟上去。

到了郊外河边,庄柏瑜刚取下鱼竿,还未准备好,就遇到万古楼的人。

"小心他们,是万古楼的人。"庄柏瑜说。

柳尘依心里有些疑惑,对方并未说出来头,庄柏瑜却一眼认出。只能说此人并非呆子,哪门哪派他清清楚楚,只是不想参与山庄事情,一直在装糊涂。

柳尘依做出迎敌的准备,软绳已在手中。

可是,没有用,她失去法力之后根本无法一下子对付如此多的高手,眼前足有十人。并且这些人的打扮非常奇怪,与她上回遇到的那三个万古楼的人完全不同。这些人身躯庞大,用麻袋似的宽氅将身体裹起来,两肩高耸,仿佛肩膀两边还堆积着什么,根本看不清他们的脖颈。

"怎么办?"柳尘依低声问庄柏瑜。

"你趁机逃走吧,不用管我。"庄柏瑜说。

柳尘依怎么可能将他一个人丢在此地?她挥出软绳,先下手,并且顺势对庄柏瑜说:"你快走。"

她还没将最后一个"走"字说明白,庄柏瑜居然已经落到那些人手中。就好像是他自己把自己送到那些人手中,那么轻轻松松的,柳尘依就被人拿住了软肋。

"哎呀!"柳尘依暗叫,前去搭救庄柏瑜。

庄柏瑜脖颈上架着刀子。

"别动!"那人说,仿佛一群人在说这句话。柳尘依更觉吃惊,从未听过如此奇怪的声音。音色如婴儿,身躯庞大。

"你们到底是什么怪物?!"柳尘依怒道。

"我们万古楼主想请柳姑娘去做客!"

"太张狂了!这是'请'的样子吗?"

"这就是'请'的样子,万古楼主待人一向如此,姑娘会习惯的。"

"既然是请我去,那就快放了我家公子。"

"放也可以,姑娘先过来,你来换他过去。"

柳尘依想了想,总不能见死不救,庄密云再不看重他的儿子,也毕竟是他的亲生骨肉,若在她手中出了事,那曲里布的事情就不好办了。

柳尘依走了过去,走到庄柏瑜跟前。庄柏瑜脸上并无害怕之色。他一个书生竟如此临危不惧,倒也让她心里佩服。

那人见她自己走过来,也就顺势将她捉住,将庄柏瑜推开了。

庄柏瑜站在对面,什么都没有说。他面色有点儿复杂,看了看柳尘依,又看看那些人,突然猛烈地咳嗽起来。

就在他咳嗽的时候,那些人抓着柳尘依走了。柳尘依回头看了看庄柏瑜,原本想要喊他赶紧回去找庄柏玉救她,却发现庄柏瑜好像没事儿人似的,在整理他的鱼竿准备钓鱼。柳尘依突然后悔,人类情薄,真不该动了恻隐之心去救他。说到底,她跟他庄柏瑜有什么交情?最该救的人还在受毒药的折磨呢。

柳尘依眼睛一酸,心中万分委屈。不过,她是不会在这些歹人跟前掉一滴眼泪的。

往前走一段路之后,柳尘依的眼睛就被蒙上了。路越来越难走,好像经过一座水流很急的桥,又穿过什么地道,有一段路肯定是在山坡上,以她过去的生活经历,能感觉到那儿正是一处很急很陡峭的风口。众人走的时候还互相抓着身体。这说明,那地方是个悬崖峭壁,不小心会跌落下去。

之后,柳尘依被揭开眼睛上的布条时,发现已身处牢笼。四面皆是铁墙,阴暗潮湿,冷森森的,只在很高的墙顶留有几个出气孔。此刻定是晚间,所以那孔子是黑暗的,只不过区别于屋里的黑暗,稍微亮一些。

"这是什么地方?"柳尘依喊了一声。

没人搭理。

这牢笼周围并无其他被关押的人。也就是说,只她一人。

柳尘依觉得害怕,能听到自己的呼吸声和心跳声。

"你们楼主在哪儿?我要见他!为什么把我关起来?!"柳尘依一连

串地胡乱喊道。反正,她不要这死一般的寂静。

没人搭理。

柳尘依绝望了,没有忍住眼泪。她还是头一回哭鼻子呢。她抽出软绳,使劲将它塞出牢笼的铁柱间的缝隙,丢得远远的。"没用的东西!"

第二天,有人来送吃的。饭菜竟然特别好,都是她在密云山庄爱吃的。柳尘依心里顿时犯起了嘀咕,莫非万古楼主还研究她的伙食?

她太饿了,就算被毒死也不能饿死。既然如今被关在牢笼里,逃也逃不走,想救的人也不知是死是活,那还不如被毒死呢。她抓起碗筷狼吞虎咽。突然,她听到外面又有人被抓住了。那人的声音那么熟悉。

他们走了进来,被抓的人连人带笼子被放置在距她十几米处。借着顶上那几个小孔透下的有限亮光,她看见,那人十分眼熟,虽然长发蒙着面孔,白色衣服也脏了,她仍觉得眼熟。

送他进来的人走了出去。给她送饭的人也收了碗筷出去了。

柳尘依敲了敲牢笼,发出响动,以引起那人注意。

那人好像是个聋子。他听不见柳尘依给出的"招呼"。

"嗨,你是谁?"她直接喊道。

那人突然抬了一下头,仿佛听到了柳尘依的声音。

"你不要怕。你听得见我说话是不是?"

那人激动地双手往脸上一扒拉,将乱发从脸上给拨开了,露出一张脸。

柳尘依惊叫一声,带着哭腔喊道:"曲里布!"

被抓进来的人正是曲里布。

"曲里布大哥,你怎么……怎么搞成这副样子啊?"柳尘依脸上全是泪水了,她从前在曲里布面前就忍不住掉眼泪,现在见他落得如此这般,更是心疼不已,眼泪绷不住。

"你怎么在这儿?"曲里布也激动。

"还不是怪你,走也不跟我打个招呼。我找你很久很久啦。我总算把

骑鹤来迎 | 073

你找到了。"

"傻姑娘,你为什么要来找我?"

"你不在那儿了,荒山还有什么意思?我住在那儿还有什么意思?"

"尘依,我跟你说过我只是……"

"你不要说,"她抢话道,"我不想听你说这些。"她怕曲里布再次强调,他看她如亲生妹妹。

曲里布只好收了话,叹息。

"现在怎么办?你为什么被抓到这儿来了?"曲里布问。

"我也想知道这个问题。他们跟我说,是万古楼主邀请我来做客,谁知道把我关在这儿了。"柳尘依委屈道。突然,她想起重要的事,问道:"你的毒怎么样了?"

"你怎么知道我中了毒?"

"密云山庄庄主跟我说的。我去密云山庄打听你的下落,误入陷阱,阴差阳错成了他们家庄柏玉小姐的贴身护卫。他们说你也是密云山庄的人,我才留在那儿等消息。而且……我被喂服了什么独门什么药,给压住了法术,眼下真的只是一只废鸟。曲里布大哥,你的法术也使不出来了吧?要不然也不会落到这些人手中。"

"这不是万古楼,这是九头仙山。"

"什么鬼地方!"

"确实是个鬼地方。我也是刚刚想明白这个地方,它以前不叫九头仙山,以前叫鸿雁楼。我总算弄清楚自己着了什么人的道。对了,你忘记那些抓你的人都长什么样了吗?"

"没忘,他们肩膀很高,看不见脖颈,身材庞大,说话难听。"

"不是肩膀高,是他们将另外的脑袋都遮起来了,还有,他们把细细瘦瘦的九个身躯也藏起来了。"

"那还算是人吗?他们是妖怪啊!"

"哪有那么多妖怪?他们……我想想啊,也许很久以前是人。照我的推测,这些人一定是被什么人用什么邪术给控制了,也是可怜人。"

"他们为何抓我们?"

"我是来盗解药,失手被擒。"

"快想办法怎么出去。"

"你飞不成,我也飞不动,怎么出去?索性休息几日看看情况。"曲里布说。他心里其实急得要死,可眼下如果着急,柳尘依就更急,以她的脾气,只会没完没了地掉眼泪。他最受不了的就是柳尘依的眼泪。

他真后悔将阿苏依薇一个人丢在外面,此刻她一定在四处找他;他也万分庆幸她没有跟来,不然如今这种没底的状况,搞不好随时丢了性命。他不能让阿苏依薇出半点危险。

第十六章

半个月之后。地牢之中。

柳尘依和曲里布终于看到了牢笼之中的全景,因为无数火把将这里照亮了。柳尘依彻底看清了曲里布的面庞,曲里布也看清了柳尘依的相貌。二人都还是从前那个样子,只是没有之前那么光鲜、干净。在此蹲了半个月,没有臭出十里开外已经不错了。

"这是八月初三,午时。"门口的看守张口念出这个日期。不知道为何要摆出这些迷惑人的阵势。但好歹这是半个月来听到的唯一声音。那些送饭菜来的人从来不与曲里布和柳尘依说话,就算拍打他们,扔了饭碗,他们不发火,也不说话。这次终于听到他们的声音了。曲里布心里突然又很恐慌,觉得危险就要降临了。

莫非要杀我们了?柳尘依心想。

曲里布望着地牢外面,他觉得那道门很快就要被打开。

果然,看守念完日期,大门就开了。

看守又喊了一声:"仙主到!"

仙主?曲里布和柳尘依互相看看。柳尘依低声对曲里布说:"肯定是个九头九身的怪物。"

曲里布没回话。他盯着地牢大门。这种感觉比当时在特儿果大牢中还让人紧张。

看守口中的"仙主"走了进来,头戴斗笠,手握鱼竿,一身灰色长衫。柳尘依看后一阵吃惊,心里暗叫:这不是庄柏瑜吗!

"你……庄柏瑜……"柳尘依结结巴巴说不清楚。她真恨自己,在曲里布面前就是这种不成器的样子。她一个人的时候什么都依靠自己,活得也挺不错呀。大概这就是永成公子有一回跟她说的,姑娘们遇到自己喜欢的人就会变得笨拙,像是故意在索取心爱之人的保护。

柳尘依又看向庄柏瑜,说道:"庄公子,你为何在此?"

"柳姑娘是真糊涂。"庄柏瑜轻言细语地回答。

"莫非你就是他们口中的仙主?那些九头怪物都是你的手下吗?"

"是的。"

柳尘依气得咬牙,怒道:"亏我先前还救了你!"

"亏你先前还救了我,不然你早就死啦。你的恩情我已经还给你了。这几日的饭菜不错吧?"

柳尘依这才明白那些合口的饭菜是这么个缘故。

"你为什么抓我?"

"因为你是我父亲挑选的人。再过几天,你就要和我的妹妹去杀我心爱之人,我怎么可能会放你出去呢?柳姑娘,你服下的那个药丸是我研制的。虽然我不会参与密云山庄的事情,可谁要加害我心爱之人,我都不会让他好过。父亲控制你的原因很简单,是为了牵制曲里布。牵制曲里布也是我的目的。所以我拿了那颗药丸,给父亲让你服了下去。你使不上法术是好的,这样你才不能加害我要保护的人。"

"你要保护的人是谁?"

"密云山庄让你杀谁,我就保护谁。她是我心爱的姑娘,我不许你们伤她。"

"是你父亲要杀她,不是我。"

"都一样。谁杀她,我都不同意。"

"那你为何不去跟你的父亲说?"

庄柏瑜伤心失落地说:"说了有什么用?"

曲里布听到这儿,问道:"你要保护的人是阿苏依薇?"

"正是。"庄柏瑜说。

"那你为何下毒害我?我并没有加害她。"

"因为你爱上阿苏依薇,就该死!"庄柏瑜面色难看,怒不可遏。

"你说什么?!"柳尘依问道。她慌慌张张,看庄柏瑜,又看曲里布,不敢相信自己所听到的。

"柳姑娘,你爱的人他爱着别人,你不知道吗?"

"曲里布,他说的是不是真的?他是在胡说对不对?你不会爱上别的姑娘,我们一块儿在荒山长大,我们青梅竹马,曲里布大哥,你快跟他说,他在胡说八道!"

曲里布看看柳尘依,心里不忍,但更不忍说出别的,跟柳尘依挑明了说道:"我确实有心爱的姑娘了,她叫阿苏依薇。"

"我早就听说过这个名字,是那个特儿果谷主,庄密云过几日要派人去杀掉的……那个小谷主!你为什么要喜欢她?"

"我喜欢谁是上天安排的。我不能说假话骗你。"

"不!曲里布,你不喜欢她,你不能喜欢她!"柳尘依大哭,捶着铁门。牢笼里顿时一片嘈杂。

庄柏瑜走到柳尘依跟前:"柳姑娘,八月十五之前你都只能待在此地。看在你之前不顾性命救我一场,即使那只是一场我和手下扮演的苦肉计,我还是记你的恩情。过了八月十五,自然就会放你出去。"转身对曲里布说,"至于你,就慢慢等死吧。"

曲里布眼含怒火:"你苦扮书生不问世事,实际上背地里组织了这么一批邪恶的人。这些年你干的坏事还少吗?你这样的人有什么资格喜欢阿苏依薇?你没资格!"

"我为什么没资格?曲里布,你以为只有你能为她放弃登上王位的机会吗?我也能!这些年来,父亲一次一次要杀她,我就一次一次阻止。要不是我插手,特儿果能有今天的太平吗?我知道她把我忘记了,可我没忘记她!我从始至终记得年少贪玩,不慎从特儿果顶端的悬崖摔下山谷,被她所救,她又将我托给别人送回密云山庄的事情。从那一刻开始,我就记住这个小姑娘了。我发誓要一辈子保护她。我每一年春天都会去特儿果,差不多可以这样跟你说,我是亲眼看着她长大的。我们是很好的朋友。只可惜我从未揭开面具与她相见,我不敢告诉她我的身份。如果她知道我是密云庄主的儿子,该如何想?我不知道。我实在不忍心面对这种局面。要不是你,曲里布,要不是你的闯入,我和依薇现在已经在一起了,她也不会每年都忘记跟我约定好的见面时间。"庄柏瑜低下头,做悲凄之状,幽幽说道,"她可能真的把我忘记了。你为什么要学我,也摔到特儿果悬崖底下?你是故意的。你是要挤出她脑海里对我的记忆。"

"是你自己想多了。她对你的感情不是你想的这么回事。她的记忆中根本没你。我和她不同,她已经是个大姑娘了,知道自己的情感。我和她这样的相遇这样的感情,才能称作真心相爱。"曲里布说。

"你闭嘴,曲里布!"柳尘依插嘴道。

"你闭嘴!"庄柏瑜几乎同时说了柳尘依说的话。二人为此也互相看了一眼。

曲里布更气愤。突然,他嘴角有一点血迹,像是受了内伤。庄柏瑜还未反应过来,曲里布突然化成一只极小的鸟,闪电般飞出牢笼,振动翅膀直冲大门,向着外间的高空逃走了。

庄柏瑜气得牙痒,瞪眼怒视着柳尘依。柳尘依更气恼,想不到曲里布又将她抛下了,她气得在牢笼中朝着铁门狠狠踹了一脚。

第十七章

　　阿苏依薇故意走在大街上,她要看看这些人是不是真的要将她杀死。就像柯风说的,所有人都知道她的长相。

　　柯风是长生海的书生,说是书生,实际上是这个地方的管事,阿苏依薇头一回知道这个名字。如果不是曲里布突然失踪,她万分着急,也不会轻易吹响拉苇给她的竹节。没想到来见她的人竟然是柯风。

　　柯风说,他是拉苇在外面收的徒弟,他还说(可能是为了让她放心跟他走),虽然他替密云山庄传送书信,但对于密云山庄要加害特儿果的事,他从不赞成,也从不参与。

　　阿苏依薇走到人最多的地方,起先没人发觉,突然就被其中眼尖的人看出来了。那人怒不可遏,指着阿苏依薇破口大骂:"妖魔！妖魔！"

　　一转眼,阿苏依薇就被众人包围。

　　"你们为什么要骂我?"阿苏依薇问。

　　"妖魔！妖魔！"众人继续喊出这个口号,也不回答阿苏依薇的话。

　　"你们到底知不知道自己在做什么?"

　　"当然知道！你是妖魔！"总算是其中一个看上去能讲道理的人出来说了话。

　　"那你说说看,你如何断定我是妖魔?"

　　"我们不需要判断,密云山庄说你是,你就是。"

　　"为什么你们自己不判断,要听密云山庄的一面之词?"

　　"因为密云山庄的人有本事。他们说出的话就是我们想说的。他们所做的事情都是为我们做的。最重要的是他们和我们一样,而你和我们不一样。密云庄主说得对,如果没有你们,我们不会是现在这个样子。我们这一大片土地分开管制,各地都有一个管事的,他们谁都不服谁。你没听说过吗？'几个猪啃一个南瓜是滚的。'要是没有你们掺和，我们早就已经有了一个共同的王，这样我们就不会四分五裂了！"

"一个共同的王就是好的吗？"

"那现在这样就是好的吗？只有无穷的争斗。密云庄主说，在这片土地有更好的方式生活之前，我们可以尝试，只找一个主心骨。"

"那我想问一问，是一个人说了算好，还是几个人商量着来好？虽然我还未见过一个人说了算的局面，但我敢肯定，如果有那么一天，你们会过得很苦。一个没有神族照管和不相信神族甚至要毁灭神族的人间，真是你们想要的吗？你们人数众多，至高无上的人却只有一个，王座只有一把，那么其余都是可以牺牲的，一旁的椅子都可以撤走，偌大的一个房间，不能有闲杂人等和别的声音。你们要这样一个人难道不是新造了一个我们吗？——如果我们真如你们想的那么恶。我想不明白，怎么你们之中没有人觉得现在这样的情况对你们是好的？比如说，如果你在这片土地上跟管事的闹崩了，或者他要杀你，你就可以找机会逃到另外的管事那里得到庇护。多几个管事的也就多几条活路，你还不用逃得太远就能活在和你家乡差不多的土地上。若是有了你们所期盼的那种局面，众口一言，大家为了讨得王上欢心只说一样的话，还有什么意义呢？如果一个人坐到了那个位置，他已经不是一个人了，他是膨胀的宇宙，他是天，是雷，是星辰，是土地，是所有一切都要含在嘴里。他最后只是一张嘴，他说什么就是什么。你要什么他甚至都会立刻许诺，但你千万别想真正实现，而且你也不会真的有希望实现。那时候的你已经学得非常懂得察言观色，他若真给你所要求的东西，你只会战战兢兢惶惶不可终日，你怕你那可怜的要求激怒他，你会什么都不想要，谦卑而随时奉上你温顺的目光。而这一切他不需要考虑你的感受，他没有疼痛，他太高太远、太沉太厚，是你睫毛上的火把，你想扑灭又怕从此前路更加暗淡。反正，你根本无法通过这张嘴再看清什么、得到什么。很久以后你只会是我目前说到的这个样子，软弱可怜、孤独无能，甚至比现在还不如，因为你已经老了，打个重一点的喷嚏都可能会震碎你自己的骨头。"

"你们听听,这个疯子在说什么?你们听得懂她在说什么吗?"那人扭头问道。

"听不懂!听不懂!听不懂!"

阿苏依薇摇头叹气:"你们的乱是别人挑拨起来的乱,是某些人的野心导致的,是他们希望看到的结果,并不是你们自己的日子过不下去那种乱。这样的乱是一种不值得的牺牲,你们不懂吗?"

"疯子!疯子!疯子!"人们换了口号。

"我不是疯子!"阿苏依薇大声说。

"妖魔,妖魔!"那人握紧拳头,将这个拳头高高地举起来,转身对后面的人说,"杀死她!杀死她!杀死她!"

"我并未伤害你们之中任何一个,既没有私仇,还要杀死我吗?"

"杀死她!杀死她!杀死她!"

阿苏依薇生气了:"你们才是疯子!"她用神力将声音清晰地送到每一个人的耳中。

人群顿时沉默了。

阿苏依薇以为事情有了转圜。

突然,有人高声说道:"为了尊严!"

于是众人齐声三呼:"为了尊严!为了尊严!为了尊严!"

阿苏依薇伸手堵住自己的耳朵,左右看看,人们正在向她夹击靠近,像是要生吞她。阿苏依薇急忙使出神力将他们扫开了,顺便布了一道灵网将自己置于其中,谁也无法靠近。柯风说得对,他们确实不会听她说任何理由,不为所动,铁了心要杀她。密云山庄灌输给他们的那一套说辞,已经在他们心里生根发芽。至于那句还算有点儿心思的话,"为了尊严",恐怕也是"密云山庄式"的尊严。他们根本还没弄清楚什么是属于自己的尊严。

阿苏依薇在网中看着那些人,他们怒目而视,指指点点,有人甚至回家拿了武器。阿苏依薇目光恍惚、茫然。

柯风就在那群人之外看着。阿苏依薇猜到他会偷偷跟来。他可能就是想让她知道，人有时候不是人，是洪水和石头。

第十八章

"你不要伤心了。来吃点东西。"柯风说。

阿苏依薇没有接他手中递过来的碗。

"你放心，我不会把你的事情告诉……"

阿苏依薇抬眼看着柯风。

柯风认真地接着说道："不会告诉给拉苇。我知道你差不多算是逃出特儿果的。这也是我那天救你回来的缘故。我是赶在其他人之前将你救走的，否则你现在落入的恐怕是拉苇最忠心的人手里。"

"你叫她拉苇？"阿苏依薇心里疑惑。

柯风突然面色悲伤，又转为怒气："我拜她为师，只是希望能找到更好的办法将她杀死。"

"你要杀她？"

"对，我要杀她。她是我的仇人，她杀死了我的父母和妹妹。我亲眼看见妹妹被她丢下悬崖，那是悬崖谷最高的山峰。我的爹娘惨死，妹妹也被摔死。这些年我帮密云庄主传达求见函，只不过想要通过庄密云的关系知道更多特儿果的事情。我时时刻刻都在想着如何才能报仇雪恨。要不是我的武功不是顶尖，早就第一个冲进谷中看看如何才能取她性命。有一次我无意中听庄密云说谷中有个灭灵园，也许那是个好地方。如果能引得拉苇进入，那就等于替我父母和妹妹报了仇！"

"我没想到你有这样的遭遇。柯风，我错怪你了，这几日我都防着你，生怕你是她派来监视我的。"

"依薇,我可以这样叫你吗?"

"当然。"

"特儿果有那样一个地方吗,灭灵园?"

"有是有。但是你不能把拉苇想得太简单了,她是不会进灭灵园的。"阿苏依薇说。

"我知道她极少出谷,据说这大半生她只出谷一次,也就是曲里布中毒之前。我猜那次出谷是为了跟歹人勾结。后来曲里布便中了毒。我在密云山庄见过曲里布。她是我的仇人,她杀了我的父母和妹妹。"柯风眼中含着怒火。他从怀里掏出一把银色钥匙,不过,只有钥匙头,没有尾。

"这是什么?"

"父母留给我的。另外半截原本在我妹妹那儿。不过,她已经死了。"

柯风将钥匙头紧紧握在手中,手在发抖,眼里闪着泪光。他避开阿苏依薇注视的目光。

阿苏依薇再看钥匙头,总觉得有几分眼熟,一时却想不起来。

第十九章

八月十五日之前,密云山庄广发邀请函,将远远近近的所有管事都召集了一遍。地点就在风山顶上。密云山庄有重要事情宣布,也会在那日选出绝顶高手,并在当夜进入特儿果刺杀谷主。

刺杀谷主是所有人的心愿,这已经不需要保密。但一点都没有遮掩,也少见。

柯风自然也收到了邀请函。他是密云庄主的求见函转交人,也是长生海的管事。

八月初七这天晚上,阿苏依薇曾偷偷潜入密云山庄。她原打算探一探密云庄主的底细,没想到在庄内迷了路,竟然遇到同样在庄内打探消息的阿苏敏云。敏云早已潜入山庄多时,一直藏身于后山的杂物场。早前她听说阿苏依薇到了这一带,前来寻找,没想到在密云山庄碰了面。敏云被拉苇暗算,要不是雾灵护身,早已死在拉苇手上。

拉苇也到外面来了。这是敏云跟阿苏依薇说的。

二人躲躲闪闪,双双迷了路,却鬼使神差走到庄密云的居所,也就是那间茅屋里面,听到从房内传来一个苍劲男声。敏云耳尖,早些年经常出谷办事,对庄密云的声音并不陌生。她用手势告诉阿苏依薇,这是庄密云在说话。接下来,让二人更吃惊的声音传出,说话的是突然出谷的拉苇:"只要你能杀了阿苏依薇,你就是王,我拉苇第一个出面支持。到时候特儿果神族后裔的继承人被打乱继承秩序,必定几百上千年才能恢复如初,而人生短暂,这对于凡人而言的一大段光阴,足够让你和你的子孙去实现那些伟大抱负。更何况,她们神族后裔的秩序还能不能恢复都是疑问。我们里应外合,迟早能达到目的。"

"你放心,你我早已结成盟友,你知道多年来我对你的用心,只要你愿意,一旦我做了王,王后的位子只能是你的,特儿果必定也是你说了算。这一切的成果,我只盼望跟你一人分享。"

"我知道你的真心,但是我和你永远不可能。我要的只是一个小小的特儿果,你要的是整个天下,我们各取所需,只有互相帮忙的关系,别的,我从来没有想过。作为神族护卫,我活着的时间已经很久了,可是一次也没有遇到谷主降临,我在那谷中消磨的岁月谁能替我分担呢?没有。我永远是一个人面对那里的天地,没日没夜,永远是一个无足轻重的小小护卫,终于让我赶上机会遇到阿苏依薇,这是上天终于肯让我实现自己的抱负了。我要成为特儿果的主人,这个很久很久以前的梦想终于照在眼里,我所看到的,都是有希望的。随着阿苏依薇的长大,我也看到自己的梦想在一天天接近,当然,也迫切地需要在这一段时间赶紧实行,只有谷主满了十六岁，我才能打破她们神族后裔的继承秩序，而这一切单凭我自己是不能完成的。密云庄主，难得你有心，愿意助我一臂之力。"

"拉苇，你根本不需要跟我客套，我对你的心……"

"我已经习惯一个人过日子了。若你和我一样从很久以前活到现在，你就会明白。既然当初我看着你娶了别的女人什么也不说，那今日，我对我们之间的关系，也照样没什么可说。"

"行吧。我知道，我知道的。"

"密云……不是我无情无义。我只是根本无法再去过你这样的日子，我很羡慕你能过这样的日子。有时候我希望自己不是神族护卫，是个普通妇人，是个可以喜欢你，也被你喜欢的幸运的人。可我不是。我是个护卫，千百年来，每五十年之期，谷主自堕深渊以便获得飞升的机会，而我们只能去灭灵园接受考验。如果我们的真心，也就是对他们的忠心稍有不稳，就会永远留在灭灵园，永远得不到重生。那灭灵园中至今还关着无数护卫的残灵，她们再也不能回到本身了。只有在灭灵园接受所有考验之后，我们才能重新获得原来的躯体，像个全新的人一样，再次成为神族护卫。我已经挺过了很多回考验，可这一次我的心有了变化，一旦进入灭灵园，此生必定再也见不着天日。让我遇到阿苏依薇是我的幸运，是天意，我再也不想受那些考验了。没有人愿意一遍一遍地将自己的真心剥给别人看。这是耻辱。"

"拉苇，我不会让你受苦的……"

"看样子你是要同情我了？"

"不，不是这样，我只是好像明白你如何过的那些漫长又煎熬的岁月。既然我们都无法忍受过去，那么重新翻一页，过新的人生，也是天经地义。"

"所以就算我要杀了阿苏依薇，也是天意。若上天不同意我破坏特儿果的规矩，又何必让我遇到阿苏依薇？"

"你放心吧，一切我都安排好了。"

"曲里布找到了吗?"

"已经抓住。八月十五日,就在风山顶上,我会亲自将他杀死示众。凡是背叛密云山庄的人,必然要按门规处置。"

"那就好。"

说到这儿,拉苇和庄密云不再说话。他们沉默了。过一会儿,阿苏依薇和敏云又听到拉苇跟庄密云告辞。阿苏依薇瞬间巧使神力,将阿苏敏云带离窗前。二人退到池塘边。该打探的消息既然得手,自然不用继续在庄内绕路。阿苏依薇带着敏云轻轻松松到了山庄门口,又连夜赶路,回到了长生海。柯风早已等得着急,还以为她们遭遇了不测。他是第一次见到敏云,不知为何,他对这个年轻机敏的姑娘充满了亲切感。过了两日,柯风就收到了密云山庄的邀请函。

第二十章

八月十五清晨,大大小小的地方管事云集风山顶上。他们在等着庄密云宣布要事。所谓"要事",其实众人已经看见,就绑在那柱子上。被绑的人名叫曲里布。管事们七嘴八舌,在讨论曲里布的罪行:

"他坏了我们的大事!不仅密云山庄要杀他,我们也想上去砍他几刀!"

"对,他竟然会喜欢上那个谷主,真是疯了。放着有可能到手的王位不要。当了王,什么样的女人没有?没出息,真是没出息!"

"最要命的是他知道密云庄主的底细!这曲里布近日在外面四处散播谣言,说他知道密云庄主的底细。你们听听,他是不是疯了?天下谁不知道密云山庄仁义,几乎每年都将大半的收成拿出来分给我们各地的管事?幸亏如此,我们各地的百姓才能过上安稳的日子。这样一个人,可惜他不能亲手杀了那个谷主,要不然谁比他更有资格做王!"

"只要杀了谷主,我们再杀了杀谷主的人,密云庄主自然就是王了!难道这还需要操心吗?哈哈哈哈,除掉神族,我们就是老大,谁当我们的王都是我们说了算!"

"对对对,除了密云庄主,王位谁也不能坐。"

庄密云听到这些议论,面露喜悦,谦恭有礼,向众人抬手谦虚道:"庄某没有那样的雄心壮志,王位能者居之,你们之中绝对有比我更合适的人选。"

众人更加谦虚,他们说各地大小事情都依赖密云山庄照顾,密云庄主早就是他们心中敬重的君王。只要齐心合力消灭神族,人类就是老大,要不然,人类就算再怎么厉害,始终感到那无形的压力。何况每年都要进贡给特儿果各种各样的东西,她们长期过着优乐日子,高高在上,凭什么要继续给她们送那些好东西,没完没了地受她们的管制!

庄密云很高兴大家如此反应。

他走到最前头,让众人保持安静,少安毋躁,目前正是挑选能人去特儿果雪恨的时候,不该浪费时间。

众人听命,沉默等待。

"在此之前,我还要办一件私事。"庄密云说,他转身指着身后被绑在柱子上的曲里布,接着道,"正是我召集各位时所称的重要事情。我之所以这样说,是因为这个人不仅仅损害了我密云山庄的名声,和特儿果谷主勾结在一起,他也伤害了众人的利益,若特儿果谷主一死,让我们来推举新的谷主,必然会是另外一种局面。几千年来,神族凌驾于我们之上,处处管制大家,每年所交的钱财早已成为各位最大的负担。我敢保证,若新的谷主由我们推选上去,必然会善待我们。因此,我犹豫再三,觉得眼前曲里布的事情不是我庄某人自己的事情。希望各位理解我的心情。今天,我们就共同来处死叛徒。按照山庄的规矩,他这样的人必须处以火刑,算是给未来那些想要摹仿这种做法的人提个醒。"

众人频频点头,激动不已。不,是感动不已。他们很欣慰自己向来推崇的密云庄主深明大义，在任何时候都为大家着想。

他们喊道："处死他！处死他！"

曲里布浑身是伤，衣衫像是早已被血水给洗过一遍。他无法抬起头来，耳朵嗡嗡作响，并未完全听到密云庄主说了些什么。他只在猛然清醒的瞬间会无比担忧，希望阿苏依薇没有听到任何关于他的消息，今天这样的场合实在不适合她来。

然而，阿苏依薇早已混在人群之中。她就站在书生柯风的旁边，作男装打扮。柯风很怕她沉不住气上前救人。

今日的阿苏依薇已经不是整天待在特儿果的欢乐小谷主了。在谷外短短数日，她所眼见的一切令她瞬间成长起来，何况谷主一旦离开特儿果，心智就会自然打开，那与生俱来的统治一切的智慧也在打开。她沉静地看着曲里布，没有立刻上前将他解救下来。她知道，既然密云庄主今日公开在此处决曲里布，就一定是找到了对付她的办法，这样大张旗鼓，是想引她现身。没有几分把握贸然上去，恐怕只能害死同伴，同时也送了自己的性命。

敏云就在阿苏依薇旁边，也扮作柯风的书童。她一切都看阿苏依薇的眼色行事。

庄密云走到曲里布跟前，伸手提起他的头发，怒喝道："叛贼，枉我当初那么信任你！"

曲里布总算清醒过来，睁开那双染了自己鲜血的眼睛，愤恨而骄傲地瞪着庄密云。

"你还有什么话可说？"庄密云问道。

曲里布突然哈哈笑着，以他此刻全部的力气在笑。

"一群蠢人！"他说。

"庄主，不要跟他多费唇舌，快杀了他！"人群中有人说。

庄密云回头行了一礼，然后向四周看看。他是在看阿苏依薇是否有现身迹象。不过，即便她要来，肯定也不会明目张胆。恐怕只有真的动刑才能引她出来。

"放火!"庄密云果断命令道。弟子们早已点燃火把等候发令。

柴火被点燃了。被绑在柴堆中间那根柱子上的曲里布脸上很镇定,心里却难免遗憾。他在伤感此生再也不能见到心上人了。

火越烧越旺,曲里布眼看就要被大火吞没。

阿苏依薇再也忍不下去了,抬脚准备走到前面,谁知有人比她先了一步。这人就是柳尘依。柳尘依直奔火中,将曲里布解开,迅速逃离火场。

庄密云气愤不已,大声喊道:"截住她!"

柳尘依被收了法术,根本对付不了这么多人,她和曲里布一起被抓住了。

"好啊,现在多一个送死的!"庄密云说道,脸上却是狡猾的笑,"我就知道你不会真心追随密云山庄,既然找到你的心上人,那么,你是要跟他一起死吗?"

"是又如何?既然落入你的暗算,只能怪我技不如人。老贼,你想杀便杀,何必废话?"柳尘依瞪了庄密云一眼。

"看来你是故意求死。我念你也是受害者,被曲里布欺骗,他跟那谷主已经好上了,狠心将你抛弃。这样吧,只要你肯当着众人的面认错,并且亲手杀了他,我既往不咎,你还是我密云山庄的人,如何?"

"我柳尘依独来独往,学不来你那些奸计。一个口口声声自称仁义高尚的人,背地里使用歪门邪道,压制我的法术,你们这些人既然跟他一个鼻孔出气,又能是什么好人?今日落入你们手中,我无话可说,要杀就杀。不过,休要欺我荒山无人,他日我亲友寻仇,你们的脑袋只会落得更快更惨,他们会啄瞎你们的眼珠,让你们的亡魂知道,活着的时候多么有眼无珠!"

"你这妖魔死到临头还大放厥词,若不杀你,我看在场的人也不会同意!"庄密云气得紧皱眉头。他没想到柳尘依的嘴巴比她的功夫还厉害。

众人更是气恨。看到庄密云如此生气,他们也控制不住脾气了,一拥而上,将柳尘依和曲里布团团围起来,将二人捆在一起,一并绑在柱子上。先前暂时熄灭的火又被点燃。

阿苏依薇突然一声长笑,走到人群前面。敏云紧随其后。柯风满面忧愁,他想上前,却被平时关系不错的几个管事的人给拽住,他们轻声说:"难道你要去送死吗?如此情景下,我们只有附和,才能保住自己以及我们管辖之地所有人的性命。不要拿众人的性命开玩笑。柯风,多少年来,他们气势已成,我们扳不倒他们了。"

柯风苦笑一番,望着几个劝他的人。可难道他要看着阿苏依薇和敏云被众人伤害吗?

柯风又向前走两步,又被拽住了。"你真不要命了吗?你是不是喜欢阿苏依薇?"

"难道只有别人要杀我们喜欢的人,我们才想着去救吗?众人真是寡情,伤了自己的骨血才觉得痛。我不能勉强你们跟我一同上去,但我希望你们不要阻止,希望将来……"柯风停了停,艰难地说道,"不指望将来了,眼下总得有人站出去。"

柯风走到阿苏依薇和敏云的身边。两位姑娘看了看他,脸上有些愧色和感激之情。

庄密云做梦也没想到,又一个自己信任的人站到了阿苏依薇身旁。他恼羞成怒,不过,年纪已经这么大了,再怎么坏的事情都见识过,于是瞬间平复心情,冷冷地说道:"我待你不薄,既然你要与我为敌,与天下人为敌,那今日你就跟他们一起去死吧。"

柯风冷笑道:"这样光明磊落地去死,也比你这样阴险狡诈无耻可悲地活着强。"

"哈哈哈哈,好,很好,既然抢着去死,我们在场每一个人都会成全你的。"

"你不用句句都将众人带上,你所谓的在场的每一个人,都只是你供养的一群依附你或者不能不依附你的人。今日我站出来就是想要开个先例,未来定会有更多人站出来。庄密云,人生如春草,你也会枯萎,也会死亡。今日你要杀我,就当大风吹断我的头,有什么可怕?!"柯风说完,昂着头,怒视庄密云。

庄密云岂会被柯风的话吓退?他哈哈两声,讥笑眼前这有勇无谋的蠢人。

庄密云的目标是阿苏依薇。众人的目标也是阿苏依薇。眼下她现身,谁还会真的关心柯风等人说的什么话?

阿苏依薇听了柯风的话,心里亮堂堂的。

"你们要杀的人是我,跟旁人无关。放了我的朋友。"她说。

"谁是你的朋友?!"柳尘依接话道。

阿苏依薇扭头看了看,说道:"确实与姑娘头一回相见。"她不想说别的。她已经知道个七七八八了。

曲里布看着阿苏依薇,他想要解释自己跟柳尘依的关系,可惜眼下人太多了,而且柳尘依刚刚冒着生命危险救他一命,此刻若当着众人说些撇清关系的话,显得很无情。但不说岂不是更无情?毕竟他心里爱的、在乎的人是阿苏依薇,万一她恨他此刻没有表明心迹,往后该如何挽回呢?曲里布眼神中尽是不知所措。阿苏依薇早已看在眼中,明白他的意思。当然,她心里还是很酸楚,不生气是假的。她故意避开曲里布的目光。当然,她没有透出一丝指责曲里布的意思。

曲里布急忙喊了一声"依薇",在她避开他视线的时候。

柳尘依瞪了曲里布一眼,怒道:"你眼里只有这个人吗?"

曲里布又说:"尘依妹妹,我很担心依薇。"

"你又不是她娘,叫这么好听干什么?"

"够啦!你们有什么话留着到阴曹地府去说吧!"庄密云吼道。

"你既然站了出来,那就受死吧!"庄密云转身对阿苏依薇说。

众人退出中间地带,留阿苏依薇和敏云等人站在其中。

"等一下你赶紧带着曲里布走。"阿苏依薇对敏云说。

"不行,我不能把你一个人丢在这儿。"

"我不会有事。你们在这儿会让我分心。"

敏云想想,点头答应。

未等庄密云发话,阿苏依薇已使出神力将曲里布和柳尘依送到人群之外,又将敏云和柯风送出去。谁料柯风被送出去了,敏云却没有走。敏云有雾灵护体,她若不想走,只需要稳住心神便不会被左右。

"为何?"阿苏依薇急了。

"我相信柯风会照顾好他们。"

"你不要命啦?!"

"你都不要命了,我要它也没意思。你我既然结成姐妹,就应该有难同当。"

"你快走!"

"如果今天我们两个死在一起,那也是命。"敏云伸手从脖颈上取下一样东西,交到阿苏依薇眼前。阿苏依薇一看,竟然是一把钥匙的尾端。她大吃一惊,想起柯风手中那把钥匙头。

"小心!"敏云大喊,推开阿苏依薇,挡开了一把向阿苏依薇刺来的长剑。

阿苏依薇走了神,她想要告诉阿苏敏云这半把钥匙可能跟柯风的那半把是一个。如果没有猜错,敏云就是柯风所说的那位已经被害死的亲生妹妹。

然而来不及说。眨眼之间,整个凤山顶上迅速蹿出更多穿着蓝色衣服戴着面具的人。这些人不知从何而来,他们将阿苏依薇和敏云围住。

阿苏依薇不敢小觑,因为这些人根本不是凡人,他们个个身怀法力,哪怕不及她,众人合力,也能将她困死。难怪庄密云如此有信心,拿曲里布做饵,借着挑选高手的名义,集齐众人,好让众人亲眼见识他的本事。阿苏依薇无法辨别出眼前这些人的真身。看来又是庄密云使了什么独门邪药。他祖先是制作各种仙丹神药的,如今他使用起这些伎俩来熟门熟路,怪不得柳尘依如此聪明的姑娘也会上了他的当。不过,柳尘依上当定是因为庄密云用曲里布来威胁她。看来这位姑娘将来是要跟她闹到底了。

"这些人根本杀不死!"敏云在大声跟她说话。

阿苏依薇这才醒过神,心里万分愧疚。人不能动情,否则任何时候都可能会感情用事,此刻性命攸关,她居然还在想着儿女情长。

敏云被围困,疲惫不堪,身上也被长剑划伤。

阿苏依薇只好不停地施展神力,却无法将众多的不知真身是什么的人全部制服,而且她越使出全力,神力就变得越弱,仿佛被什么东西给消减了。她正在疑惑,突然眼前一亮,看到一颗璀璨夺目的珠子在一个人的手中,那人藏身于用法力布出的浓雾后面,只露出一只手,一只女人的手。阿苏依薇眼尖,她认出了这只手的主人。毕竟十来年间,是这只手的主人将她拉扯大的。

"拉苇姑姑?"阿苏依薇喊道。

众人并未停下攻击,那只手的主人,也就是拉苇姑姑,也始终不肯露面。

"是那东西消减我的神力。"阿苏依薇对敏云说。

敏云已被雾灵给护起来了。

"那是什么?"

"如果我猜得不错,这是魔障石!"

"是那威力无穷的魔障石吗?!"

"正是。"

"听说它是魔界主人送给万古楼主的礼物。"

"不,魔界主人已经死了。"

"但并未有人亲眼见他死了。"

阿苏依薇听后觉得敏云说得有道理,不然这魔障石如何会突然出现?

"从未有人见过万古楼主,传说此人声音忽男忽女,打扮也忽男忽女,常年戴着一张荷叶状的面具。魔障石阴险,会吸走并最终消散特儿果主人的神力。是当年魔界主人与我们第七代特儿果谷主决斗失败后回去研制的。随着第七代谷主离世,这魔障石也就没再出现,就连魔界主人也失踪了。不知怎会出现在拉苇姑姑手中,她与魔界主人是什么关系?天哪,依薇,我竟然还跟你说这么多话,此地危险,你快走!"

"不行,走不了了。"

"你的雾灵呢?"敏云见阿苏依薇一身疲惫,身上也有划伤。若有雾灵护体,只需片刻伤口就能愈合,即便拉苇手中的东西能消减她的神力,但有雾灵护体,魔障石不会顷刻破坏雾灵开启的无上神法,阿苏依薇想乘机逃走并不难。

"刚才给曲里布服下了。虽然解不了他的毒,但可以治疗他身上的伤。另外一粒也在他们那儿。我就知道你会跟我一起面对强敌,所以最后一颗雾灵我让柯风服下了。先前他们受到攻击,柯风体内的雾灵已经起了作用。至于那柳尘依,别说我没有第四颗雾灵,就算有第四颗雾灵她也用不着,因为我送她出去没一会儿,她就被一位年轻公子救走了。"

"你快从我体内拿走雾灵!"敏云说。

"雾灵一旦入了他人体内,就拿不回来了。"

"你怎么能把雾灵随便送给别人呢?你不要命了!"

"你忘了我是神力高强的特儿果主人吗?只是没想到魔障石会出现,还落在拉苇姑姑手中。"

"小心!"

亏得敏云提醒,不然阿苏依薇身上又要多出一道伤口。好在这些刀剑并不能深入伤害她的真身。太阳神女的后裔,真身匿于混沌,谁也看不见伤不着。

阿苏依薇跟敏云说了她要变回真身,敏云这才放心,她知道这是谷主的脱身上策,每到八月十五遭遇刺杀,危急关头可以变回真身渡过劫难。

阿苏依薇提起心力——可她猛然发现,她无法提起心力,神力不聚,心神不一。

这时,拉苇退去浓雾,现出身影。

"你又何必自讨苦吃呢?有勇无谋,特儿果让你来打理只会一日不如一日。这样吧,你当着众人之面,宣布我来接替你的谷主之位,解你眼前危机。如你同意,我可以尽我所能劝解所有人,让他们……"拉苇微笑着,故意留个空子让阿苏依薇发问。

"让他们什么?"阿苏依薇果然接了她的话。

"让他们不给你行火刑,给你留个全尸。"

"拉苇姑姑,你堕落了,好歹你也拥有尊贵之躯,竟然堕落至此。"敏云说道。

"堕落?哈哈哈,你如何理解堕落?这不是堕落,这是改变,改变自己的活法,改变不该属于我们的命数。阿苏敏云,你还嫩,你不懂人心,更不懂我的心。人们大费周折干什么?你以为就是想要随随便便杀个阿苏依薇吗?不是。他们也是在改变。生而为人,欲望不止,他们这么做完全是有道理的。他们要有自己的神——从他们自己那儿诞生的,在他们中间,有他们的气息,本质上与他们相同的神。当这个被造出来的神高于他们的时候,就仿佛是他们自己高于一切。那些流传于民间的上古神话,你以为个个都是原神本身吗?不是,许多神根本就是普普通通的凡人之躯,他们是随着时间的推移和现实的需要,加上狂热的野心,被自己人推到那个位置,就好比你一整天都在赞美那一朵花,那朵花必然开得与别的花不一样。只要更多人加入其中,想要奉一个人坐上神坛有什么难?别说我不是被造出来的一个神,就算是也没关系。只要能改变我的命数,是堕落的神还是尊贵的神,我根本不在乎。"

"我真恨不得……"敏云咬着牙。

"阿苏敏云,你如果知道得更多,恐怕还不只这样生气,你会发现自己找不着词儿骂我,会气得当场吐血而亡呢!"

拉苇仰天长笑,她原先那美貌的脸完全扭曲了。

"想不到我从前所见的那温柔的拉苇姑姑,竟然是眼前这样一条毒蛇。"阿苏依薇说道。她悲伤地看着敏云,终于知道年少之时拉苇为何总是要让她们两个去山林中训练,那儿陡险,一不留神就会摔入深沟。原来早在那时候她的心理就已经开始扭曲,只是她还藏着掖着,让她们看见的始终是温和如母亲的面庞。直到今日,这副再也藏不住的丑样不顾一切地暴露在她们眼前。

"你们这么恨我也对。这是我的荣幸。我早就想要这么一天了。但想想吧,我也恨你们,恨你阿苏依薇,恨你先祖定下的那些冷酷的规矩。你要怪就怪你的祖上,是他们一次次试探,让我逐渐冷心。真心能一遍遍试探吗?试探久了也会变成铁石心肠。我要打破这一切,不再接受那些规则,遵从我的本心,不想永远去过那种让人怀疑的生活了。就从杀掉你开始吧,谁让我唯一遇见的谷主就是你呢?破除那些秩序,哪怕只有几百年甚至更短的光阴,让我过一过舒心自在的日子,就值得。"

拉苇边走边说,走到阿苏依薇跟前:"现在你该去死了。放心吧,这魔障石会吸走你的神力,只要我打碎它,你的那些神力也就随着它散了。密云庄主要怎么杀你是他的事情,我毕竟看着你长大,是不会亲手将你杀死的。这算不算仁慈呢?应该算的。我对得起自己的良心。"

她走到敏云跟前,语调缓慢:"背叛我的人,只能去死。"

敏云一怒,朝拉苇脸上吐去一口口水。拉苇避开了,她想给敏云脸上狠狠来一巴掌,却隔着雾灵,不敢动手。雾灵的威力不在魔障石之下,贸然出手只会受伤。她放下手,狠狠瞪了敏云一眼,大笑着转身走到阿苏依薇面前。

阿苏依薇剩下的神力已被吸走,越来越虚弱。魔障石威力无穷,之前传闻它一直被封在万古楼后山的一口深井之下。人间传言:手握魔障石,天下归一。如今魔障石在拉苇手上,她到底还藏了什么身份呢?莫非她只出谷两次是假象?阿苏依薇琢磨着这些问题,突然心口一阵刺痛,忍不住从嘴里喷出一口热血——她被魔障石彻底伤着了。

"你到底是什么身份?"阿苏依薇虚弱地问道。此刻若再不找机会逃走,恐怕要死在这儿了。

众人这才知道,那发出璀璨光芒的珠子正是魔障石。

众人看向庄密云,脸上都挂着疑惑和担忧,毕竟他们想要推上神坛的人不是拉苇。如果拉苇反过来对付他们,岂不是又出来一个阿苏依薇!

"庄主!"众人齐声喊了一声庄密云。

庄密云镇定自若,他的两个眼睛始终温和地看着拉苇。

"少安毋躁。"庄密云对众人说。他知道众人在担忧什么,又补了一句:"我相信她。"

众人稍微放心。他们的眼神还是很慌,心里又起了疑虑。毕竟拉苇不是凡人,和阿苏依薇一样,与他们是不同的。

"好啦!大功告成!"拉苇说。她看阿苏依薇口吐鲜血,越发虚弱,想顺势将魔障石摔碎,又觉得可惜,便将它收入怀中。她打算将魔障石里面的神力消散,便可以继续使用。魔障石一次只能吸走一位神主的力量,必须摔碎或消散魔障石里面的神力之后,才能继续使用。可惜消散神力的办法只有魔界主人知道。若不是魔界主人突然死去,那方法也不会失传。不管如何,得感谢魔界主人,若不是他神志不清,将自己错认成了第七代特儿果谷主,她又怎会轻易得到这颗宝贝?那谷主与魔界主人有一段孽缘,说来这位魔王倒是一个情种,只是神魔不两立,他们最终分道扬镳。魔界主人在跟谷主决斗之后,回去制作了这颗魔障石,想用它来吸走谷主身上的神力,企望将谷主变成一个普通人,这样就能重修旧好。谁料刚刚制出魔障石,五十年之期也到了,谷主遵照先规,跳进特儿果深渊,没有得到飞升。魔王从此一蹶不振,疯疯傻傻,魔界主人的位子也被他的手下给夺走。他完全可以用魔障石杀掉手下,可他没有这么做。他的痴心让这颗原本能让他重新获得魔主之位的魔障石成了摆设。

拉苇想到自己见到魔王时他那可怜的样子,脑子时而糊涂时而清醒。他将自己的往事都告诉了拉苇。他糊涂的时候喊着心上人的名字,清醒时却能一眼认得拉苇是特儿果的护卫。魔障石就是他在清醒的时候送给了拉苇。"把它留在你们谷中吧,留在她住过的地方。"他是这么说的。他只说魔障石里面的神力可以再取出来,来不及说出方法便断了气。

"拉苇,你怎么了?"庄密云走了过来。

"没有,没什么。"拉苇说。她回过神,看向庄密云,又看向阿苏依薇。

"阿苏依薇形同废人,就交给你来处置吧。至于阿苏敏云,她有雾灵护体,暂时谁也无法靠近。当然,她也伤不着你们。让她亲眼看着自己的好姐妹死在眼前也好,她喜欢在这儿看着就让她看着。就当是我特儿果的处决台,多一个看客,无妨。"

"行,交给我来处置。你要去哪里?"

"回特儿果。风山的气候真好,很久很久了,我从来没有像今天这样高兴。今天是个好日子,明天肯定也是个好日子,你若有时间,明天就来参加我的继任大典。"

"我肯定来。"庄密云说。

拉苇走出两步,想到什么,突然转身看向阿苏依薇和敏云,又看看众人,说道:"我还有一件事要跟阿苏依薇说清楚,也请诸位见证。"她盯着阿苏依薇,"我拉苇从此往后不跟谷主同姓,我改姓万。死前让你知道我改了姓算不算仁慈?再告诉你一件更重要的事儿,此前只有密云庄主知道——我,就是万古楼主。"

众人一片哗然,议论纷纷。难道平时万古楼和密云山庄不和的消息都是假的?可他们打打杀杀你争我夺,都是众人所见。不过,他们很快就想通了,这是密云庄主的计谋,一个能坐上君主之位的人怎么能是个平庸之辈呢?只要能打败阿苏依薇,要什么样的计谋都是应该的。他们便齐声向庄密云喊道:"庄主英明!"

庄密云向众人行礼,仍然是那副谦逊温和的样子。

阿苏依薇和敏云气得说不了话。她们猛然觉得,人过于年轻,心智不够成熟,是一件可怜的事。而人越老心越狠,是一件可怕的事。人一旦坏起来,能让神灵颤抖。

"找不到骂我的话吗?还是太年轻啊,该学的东西都还没来得及学。既然不骂,那我就要走了。死了如果残灵有知,可要牢牢记住,我是万拉苇——万古楼主!不要再将我的名字喊错。"

拉苇扬长而去,长袖甩到了阿苏依薇脸上。

阿苏依薇昏倒过去。

敏云想要上前救人,却晚了一步,阿苏依薇落在了庄密云手中。他把刀架在阿苏依薇的脖颈上:"你姐妹的命可在我手里!"

敏云只好站稳脚跟,丝毫不敢动弹。

第二十一章

手起刀落,庄密云干脆利落,眼看阿苏依薇就要丧命于此,他心里一百个激动。人们世世代代要杀掉特儿果主人的使命,今日就要在他的手中完成。也就是说,过了此刻,他将不是密云庄主,而是天下所有人的君王。庄密云心里又高兴又激动,他的脸仿佛被胜利的光照着。

谁知,就在庄密云满怀得意,敏云一声惊呼的同时,忽然飞来一把暗器,硬是将落向阿苏依薇脖颈的刀子给震开,刀飞了出去。

庄密云惊异又愤怒,抬眼一看,从天而降的人竟然是他的亲生儿子——庄柏瑜。

庄柏瑜来到众人眼前,站在阿苏依薇身旁,眼里有焦急之色,当然,也同样含着愤怒之色。他和父亲对视了一眼,又将视线落在阿苏依薇身上。他低身将她抱在怀中,喊了两声,阿苏依薇昏昏沉沉,连睁开眼睛的力气也没有了。虽然意识逐渐不清,却知道来救自己的人正是庄柏瑜(之前见面,庄柏瑜一直戴着面具,然而聪明的她早已知晓他的身份),嘴角勉强露出一丝虚弱的微笑,迅速又退去笑容,再次昏过去。

"你们对她做了什么！"庄柏瑜问道。

密云山庄父子不和的事情众人早有耳闻，可眼前此景，众人也不知如何是好。站在密云庄主这边也不好，站在庄柏瑜那边更不好，父子不和，但毕竟不是仇人，若将来父子和睦，他们今天无论站在谁的一边都会受到责备。这毕竟是他们的家事。

庄柏瑜的话问了出去，却得不到回答。众人支支吾吾，只传出一片杂音，等于什么话也没说。

庄柏瑜看向父亲庄密云，希望他能告诉自己，为何答应了他又反悔。庄密云答应不会真的要了阿苏依薇的性命，保证如果抓到她，顶多将她囚禁。

庄密云扭头生气地看着别处。

"你答应过我的。"庄柏瑜说。

庄密云还是生气地望着别处。

"算了，我就知道你不会放过她。"

"你还是不是我的儿子？为了一个女人，看看你的样子，哪一点像我庄密云的儿子！"

"我不像你的儿子，可我像我自己。我不会像你一样，为了自己那点儿野心，连心爱之人的性命都不顾。"

"你是在怨恨我吗？你还在怪我没有救你的母亲？我说过了，那是一场意外，我去晚了一步，你母亲死在特儿果，我也很伤心。"

"你伤心？密云庄主会为这点儿小事伤心吗？你根本没有爱过我的母亲！你娶她，不过是为了壮大你的密云山庄。如今这景象，你是心满意足了，密云山庄果然如你所愿，天下臣服，只差正式穿上王袍。而我母亲是被你气死的，若不是你天天想着那个女人，她怎么会去特儿果，又怎么会想不开？她真傻，为了这样一个根本没有爱过她的人。"

"我知道你一直记恨这件事，但我问心无愧。我不管你怎么想，今天这件事你不能干预。"

"我干预定了,你要杀我吗?就像你亲眼看见我母亲死在你面前一样,今天同样的,你也可以看见你的儿子死在你面前。你什么都不在乎,谁都可以牺牲,我知道的,你就是这么干脆利落、心无旁骛,为了你的大事,谁都可以死。"

"你真是不成器。"庄密云摇头,脸上尽是失望之色。

众人看他们父子闹得越来越凶,更不知如何劝说。

庄柏瑜低头看看阿苏依薇,伸手擦掉她嘴角的血迹,低头在她额头上吻了一下。

"这个女人是我的,谁都不许伤害她!"庄柏瑜说道。

"那就要看看你有多大的本事!要问问在场的人,天下的人,他们同不同意。"庄密云也放了狠话。

庄密云此话一说,众人顿时明白了他的心意。不管怎么说,他是不会放走阿苏依薇的了。也就是说,只要不伤庄柏瑜的性命,打上一顿狠的,也不会被追究。

众人立即附和庄密云道:"此女必须死!"

在这之前,阿苏依薇和庄密云派来的人还在打斗的时候,由于曲里布毒发,阿苏依薇催促柯风将他带去医治,有雾灵保护,在场没有人能拦住他们,柯风只好先带曲里布离开风山顶,只有敏云始终留在阿苏依薇身边不肯走。现在,庄柏瑜不仅要救走阿苏依薇,还必须救走阿苏敏云,因为他知道,阿苏敏云是阿苏依薇最好的朋友。不过,他心里清楚,敏云并不是这些人的目标。于是他低声对阿苏敏云说道:"你赶紧走,她有我护着。"

敏云知道自己不是这些人的对手,而且雾灵的功法正在变弱。雾灵虽是上古神器,却也有它开启和关闭的时辰。它能连续三个时辰护她周全,之后会暂时关闭。就像一个人一直睁着眼睛,总要眨一眨眼,这雾灵便是如此,关闭和重新开启间隔非常短,可是对于那些顶尖高手来讲,眨眼之间便是他们的好机会,稍有不慎敏云就会丧命于这些人手中。

骑鹤来迎

"那我先离开。"敏云说。

庄柏瑜点头,看着她离去。

众人也没去追。

"如果你还认我这个父亲,就放下阿苏依薇,我当你什么也没做。"

"如果你还认我这个儿子,就放了阿苏依薇,我也当你什么也没做。"

"你是非要如此吗?"

"她是我的女人。"

"你的女人?哈哈哈,你的女人她爱的是曲里布,你这个傻子。"

"那又如何?我爱的是她。"

"你要爱一个不爱你的人,真可悲。"

"她会爱我。"

"你已经二十五岁了,还如此幼稚。一个不爱你的人,无论你做什么,她都不会爱你。"

"你说的是你自己吗?我母亲无论做什么你都不会爱她,你从来就没有爱过她。我的阿苏依薇不一样,我从她的眼里看到的仿佛是一大片璀璨的星辰,这样的姑娘,心中是坦荡柔和的,不像别的人,他的心是铁,是石头。"

"你说来说去又把话绕回去了,有什么意思?"

"是没什么意思。我也不打算和你继续废话。"庄柏瑜说完,抱着阿苏依薇起身。风吹着他的头发,身姿飘逸,面色却果断。

"你不能带走阿苏依薇。我若拦着,你要杀死我吗?"庄密云问道。他真不敢相信儿子如此决绝。

"我不敢保证不杀你。"

庄柏瑜面色冷峻,仿佛刚才的风把他整个人从内而外吹冷了。

第二十二章

庄密云从未想到,往常柔弱书生模样的儿子,功夫早已在他之上,今日算是让他开了眼。谁都知道庄柏瑜是个用毒高手,暗器也是天下第一,未承想,他不用这两样最厉害的功夫,不过三个回合,庄密云竟败了下来。而这期间,庄柏瑜还得分心顾着阿苏依薇。

庄密云吃惊地捂着胸口:"想不到你偷偷习武,武功已经这么厉害。我不知道该高兴还是不高兴。"

"高兴吧,毕竟我是你的儿子。"

"你真敢打你老子?你是疯了,你和那个曲里布一样疯了!眼前大好机会,天下唾手可得,你就这么放弃吗?!"

"我必须带她走。"

"你真不像我的儿子!"

"你拦不住我。在场的人一起上也拦不住。"

"好狂的口气!庄主,你说怎么办?"众人问庄密云的意思。只要庄密云授意,他们再也不想忍受庄柏瑜,至少给他点教训,免得以为他们都是吃素的。

庄密云没说话。他倒是希望庄柏瑜得到一些教训,可是……

庄柏瑜抱着阿苏依薇,看也未看众人一眼,也未看他亲爹一眼,就这么往前走了。

"你若是带走阿苏依薇,我就没有你这个儿子!"庄密云吼道。他气得脸发红。

庄柏瑜顿了一下脚步,想回头看看身后,只是稍微偏了一下头,没有完全将视线扭转,最终什么都没说,继续向前走了。

谁也没敢去拦,更没人敢去偷袭。在用毒和暗器高手面前,谁都珍惜

骑鹤来迎 | 103

自己的小命。

  过了好一阵子,阿苏依薇总算有了一点知觉,她不仅被魔障石吸走了神力,还受了内伤,此时脑袋眩晕,四肢无力,像一摊泥,被庄柏瑜紧紧抱在怀中。他怕她冷,将外衣脱下来裹在她身上,仍然怕她冷,抱着恨不得一丝风也透不进。她看不清庄柏瑜的脸,但是她熟悉这张脸——他取下面具时她偷看过。很久以前,他们在特儿果每年都会见上一面。现在想来,一定是因为拉苇,不,万拉苇的关系,他才可以不受任何阻拦去特儿果。之后因为曲里布,她就没去见他了。阿苏依薇心里一阵愧疚,当时应该跟他说一声,为何不再按时赴约。

  阿苏依薇咳嗽了一声,眩晕感使她不得已闭上眼睛。反正睁开眼睛她也看不清东西。

  "你先休息一会儿。"

  这熟悉的声音,让阿苏依薇心里踏实。

  "你冷吗?"

  这体贴的声音像曲里布的。

  "你听得见我说话对不对?你不用睁开眼睛,但你要答应我不能睡去,要醒着。闭着眼睛醒着好不好?"

  这担忧的声音,更像曲里布。

  "曲里布。"

  "曲里布。"

  "曲里布。"

  她心里不停地喊着曲里布。可曲里布去哪儿了?她突然什么也记不起来。

  有一阵儿她感到迷糊,好像看到曲里布就坐在她对面,正伸手招她过去。她动了动身子,可惜好像被什么东西给勒住了,动不了。

  不,她要到曲里布身边去。她挣扎了一下。

  "依薇,你怎么了?"

这个声音是曲里布的声音,她高兴极了,看见曲里布还在眼前,这回他伸出双手,就像从前那样,等着她一下子扑入怀中。接下来他就会将扑入怀中的自己抱起来,在空中转一圈。"啊,太好了!"阿苏依薇动了动嘴唇,没能说得出这句话。

庄柏瑜只看见不停发抖的阿苏依薇,嘴唇在动,好像在说什么。他停下来。也许她需要停下来休息一会儿。他这么想。

庄柏瑜蹲在地上,用半个身子给她挡风。他们已经走到崖口,这是回九头仙山的必经之地。突然,阿苏依薇将他搂得紧紧的,差点使他喘不过气来。可是他心里高兴极了,这是阿苏依薇第一次这么搂着他,像是害怕他走了,对他万分不舍似的。

"不要害怕,我在这儿,我会一直陪在你身边。"他说,伸手将她的头托着,又顺了顺她的头发。阿苏依薇的头发又黑又顺,像长长的瀑布流在他手上。

庄柏瑜心里很疼,嘴角却流出笑容,从未像今天这样觉得活着是一件非常幸运的事。

"水……水……"阿苏依薇虚弱地说,她松开紧紧搂着庄柏瑜的手,在空中无力地抓了一下,好像要抓住什么东西。

庄柏瑜没有听清她的话。

"水……"

这回庄柏瑜听清了她的话。

可崖口只有险峻山崖,向四周看去,除了风、尘土、山石,没有一滴水。偏偏是到了这个缺水的地段,往前至少要走七八里路才有水。庄柏瑜万分着急,心里也在骂自己不够细心,要是提早备好水,也不会让她此刻如此难挨。

庄柏瑜东张西望,心急如焚。

忽然,他看到一只鸟从眼前飞过,一只长相非常奇怪的鸟,很苍老的鸟,好像飞了很远,就要飞不动了。

"鸟。"他心里念了一声。

庄柏瑜眼睛雪亮,盯着那飞去的鸟。如果他的暗器够快,那鸟的血或许能暂时给人止渴。

阿苏依薇感觉到一股腥气儿入了喉咙,断断续续,这是她第一次喝到这么难喝的水。她太渴了,也很虚弱。她需要水的活力。她恍恍惚惚,已不知身在何处。也许正在死去。她什么声音都听不到,身子往黑暗无底的深渊坠去。眼前是黑雾,偶尔是灰色的雾,有时是血红色,有时是白色,有时什么颜色也没有,完全是虚空的。

庄柏瑜擦干净阿苏依薇的嘴,又将她抱在怀中。为了使后面的路走起来方便,他将她背在身上。她身体很轻,她的裙角偶尔飘在他膝盖上,像月光拂在膝盖上。

"依薇,你要醒着。我会治好你的。"庄柏瑜说。

阿苏依薇听不见。她什么也听不见了。

庄柏瑜走过崖口,又过了一条要下到地底似的深沟,穿过一片荆棘林、一条长长的密道,这才到了九头仙山。

弟子们早已恭候多时。

"山主!"他们喊道。

"小点儿声。"他说。

庄柏瑜轻轻放下阿苏依薇,将她抱在怀中,虽然已经非常疲惫了,却仍然不放心将阿苏依薇交给弟子们来照顾。他要亲自将她送回她的房间。很多年前,他就已经着手为阿苏依薇布置了一间卧房,原原本本地按照特儿果的模样来打造。也许醒来以后的阿苏依薇会以为自己回到了特儿果呢。

弟子们跟在身后。

"你们回去休息。我不喊你们就不用出来。"他说。

弟子们退下。

庄柏瑜将阿苏依薇放到床上,为她盖好被子,坐在床前,眼睛一眨不眨地望着她。这种情景他曾经千百次地在脑海中想象过了。

他握着她的手。

阿苏依薇什么也感觉不到。她正在往深渊里坠。

他吻了她的手。

房间里点了熏香,这是阿苏依薇在特儿果最喜爱的香味儿。这些年来,他努力研制的除了毒药以外,就是特儿果主人最喜爱的熏香料。

门口响起一阵敲门声。

庄柏瑜非常生气,进门之前他已经让众人全部退下了。

"山主。"

"谁?真真?"他气道,压低声音说,"你来做什么?"

"是你让我来的。"

"不好好待在药房,跑这里添什么乱?"

"我来给依薇姑娘换衣服。"

"啊,我给忘了。"他说。这才想起进门的时候跟其中一位弟子说过,让他去叫药房的真真,到"月苑"给阿苏依薇换下这身衣裙。

"你进来吧。"他说。

真真推开门,小心翼翼地又关了门。她是个细心的姑娘。当年庄柏瑜收留她的时候,正是看中这一点。整个九头仙山的门人当中,也就只有她是一个脑袋。这是庄柏瑜对她的看重和信任。

"手脚轻点儿,也迅速一些。她身上有伤。"庄柏瑜说。

"好的,山主。"真真说。

庄柏瑜并没有走出房间。他只是转过身,站到屏风背后。

真真心里非常明白,阿苏依薇就像是山主的命,不,比他自己的命更重要。阿苏依薇受了重伤之后,还不如凡人有抵抗力,这时候除了他,谁在她身边他都不会放心。

真真向庄柏瑜行了一礼,便转身给阿苏依薇换衣服。她拉下帘子,将自己和阿苏依薇罩于朦胧之中。

第二十三章

"现在这个时候你还想去哪儿?还以为自己能飞吗?我要是去得晚一点,你就成了一只红烧当扈。"永成公子说。

他跟柳尘依斗了一上午嘴,快要被她气死了。也不知为什么要将她救回来,她的安危跟自己有什么关系?密云庄主肯定知道是他从中插手。往后永成客栈的生意恐怕会一落千丈,也许还有更坏的。为保险起见,他必须立刻搬家,隐姓埋名,逃避庄密云的惩罚。这些,柳尘依是不会知道的。他也不想让她知道。

柳尘依气呼呼地坐在椅子上,吵累了。

她终于心平气和地说:"那么你说,要怎么样才放我出去?我不想跟你继续吵架,也不想砸你的门,你就告诉我,什么时候可以放我走。我真的必须去找曲里布,人命关天,他会死的!"

"去了你会死,你不知道吗?你现在这两下子能制服谁?我门口那个管事都可以打败你。"

"那又怎样?我还得去。"

"我知道你喜欢他。"

"你知道还拦着我?"

"因为我喜欢你!"

永成公子没想到自己被逼得说了实话,脸上顿时有点儿不自在。但是,说都说了,想收也收不回来,干脆眼睛直瞪瞪的,看得柳尘依那吃惊的样子也变得不自在起来。她心里也慌作一团,又搞不清为何要心慌。喜欢她是永成公子的事,与她有什么关系?

"你……说什么呢?……"她竟然说话结巴了。

永成公子听后一阵高兴,突然笑了起来。

"笑什么?!"柳尘依上前踩了他一脚。

永成公子抱脚痛叫,脸上却笑成一片。

柳尘依跑到远处。永成公子跟着走上去。

"你不要过来,你来我就……"

"怎么?自称潇洒豪爽的柳尘依柳大侠也会害羞?我可是第一次见。"永成公子故意逗她。

"你不害臊。"

"喜欢我有什么不好?"

"喜欢你有什么好?"

"怎么不好?我比你的曲里布大哥丑吗?显然不是!我很英俊,也比他有钱,瞧这庞大的客栈,你来了就是老板娘,想吃什么吃什么,想去哪儿玩去哪儿玩,最重要的一点,我什么都会听你的。曲里布未必能做到我这般好。你跟了他,除了吃不完的苦头受不完的委屈,还能有啥?你这么聪明,他对你怎么样,你不会不明白。我可是短短看了那么几眼,就知道你这位心上人有了心上人——当然,不是你。他眼里根本没有你,心里更不会有你。"

"你住嘴!"

"我只是说了实话,知道你不爱听。"

"我不爱听你还说!"

"人总是需要点醒的。我这是做好事。"

"我的事,关你什么事!"

"看,又生气了。如果我说得不对,你会这么生气吗?你生气恰好就是被我说中了。曲里布从始至终爱的就不是你。"

"我让你住口!"

柳尘依说完,眼里突然就流出眼泪。

"哎呀……你这……"

柳尘依指着他,气得哇哇哭开了,哭得像个孩子。

"你不要哭嘛,你这是……"

永成公子手忙脚乱,去扶她也不是,哄她也不是,走也不是,站在这儿更不是,又担心周围有人看见。好在此地是他的私人院落,闲杂人等不会进来。

柳尘依蹲在了地上。

永成公子也只好跟着她蹲在地上。他想伸手去抱她,又缩了回来;想再伸手去拍拍她的肩膀,又缩了回来。他心里像是被人给踩了,又难受又疼。

柳尘依总算哭够了……不,实际上,她是发现这呆子居然没有安慰她,感到吃惊。

"你为何这么看着我?"永成公子急忙捂着耳朵。

"你捂耳朵干什么?"

"捂错了。"他急忙捂着脸,"我脸上是不是有什么脏东西?你看得我心里发毛。"

"你这里是不是有点儿傻?"她指着他的脑袋。

"我怎么傻?"

"那你为什么不安慰我?"

"我坐在你身边了呀。"

"你坐在我身边干什么?"

"安慰你啊。"

"那你说什么了吗?"

"没说什么。"

"那能叫安慰吗?"

"我坐在你身边了呀。"

"你去死吧,永成!"

"我不能死。我死了你怎么办?"

柳尘依气得从地上起身,下一句不知道说什么好。

"天哪！你刚才叫我什么？"永成公子高兴地抓住柳尘依的手。

"你放开我！"她抖开他的手。

"你叫我永成，哈哈，你叫我名字啦！"

"叫你名字有什么奇怪？名字不就是用来叫的吗？"

"名字是用来叫的。以后就这么叫我，不许改啊。"

"有病！"

"好啦，我不想让你生气的，你不要生气了。我真的不能让你出去。虽然我的轻功是不错，可以带着你逃走，可我就是一个凡人，不可能每一次都将你救下来。我那叔父到底是个什么样的人，我其实早有耳闻，所以这些年，除了给他中转一些去山庄问消息以及寻求招纳的人，我没给他做其他任何事情。我帮忙做的那些不算什么坏事。他做的一些事我不是特别清楚，不参与，也不认同。不过有些事他做得很好，比如说，替那些平民百姓出头，保护他们安全，偶尔遇到天灾，也会打开山庄大门救济难民，让他们领一点粮食回去渡过灾期。我是看在他做的这些好事的分儿上，才在这里开了永成客栈，替他接待一些像你这样的客人。说来我还感激他，要不然，我还遇不上你。"

"我可不想遇上你！"柳尘依说。

"可我们已经遇上了。"永成公子忽然语气温和，又有点儿忧伤，"要是早一点遇上更好，你就不会喜欢别人。"

柳尘依回头看着永成公子，感受到那份浓得化不开的苦闷。

"我不想让你出事。以目前这种情况，你留在我这里是最安全的。"

"可是我……"

"没有可是。"

"你为什么要管我？你又不是我爹！"

"你不要使性子了，我知道你着急出去救曲里布大哥，可如果放你出去了，我会后悔的。你安心待在这儿，我会想办法。"

"你能想什么办法？"

骑鹤来迎 | 111

"这你不用管。"

永成公子说完,走到一丛竹林跟前,抓着其中一根竹子向上拔了一下,对面那堵墙突然就往右边错开,露出背面一道铁门。永成公子再抓着另一根竹子又向上提一下,那道铁门就打开了。他将柳尘依带到铁门跟前,将她推了进去,铁门迅速关上了。这是他平日修炼的暗室。这地方除了他自己,谁也不能进去,也进不去。至今除了他自己,没人知道暗室所在。

柳尘依气得要死,她试了几次也没将铁门打开。

"里面机关重重,你可要小心。"永成公子说道。他知道那些机关伤不了她的命。眼下也只有这个地方能保她周全。

第二十四章

"想不到你们来得如此快。"永成公子说道。

"识趣的话就把柳尘依交出来。"庄柏玉冷冰冰地说。

"好歹你要喊我一声表哥,竟用这种语气跟我说话。"

"你想攀亲戚吗?可惜你这位表哥仔细算起来,与我们并没有多少亲戚的成分。如果不是父亲心善,怎会留你在身边做事?看看你现在都做了什么,你这样对得起我父亲吗?"

"我做错什么了?"

"别以为没人发现你偷偷带走了柳尘依。"

"柳尘依跟我有什么关系?我为什么要救她?"

"别装蒜了。我听父亲吩咐,在风山底下看守,你从哪儿来,救走什么人,明明白白都被我看在眼里。你难道要说是我看错了吗?"

"你肯定是看错了。"

"你骗得了别人,骗不了我。你看柳尘依的那双眼睛,可是充满了情意。"

"我跟她见面不过三五次,哪里来的情意?"

"三五次很多了！你没听说过一见钟情吗？"

"庄柏玉,我念你比我小几岁,也看在亲戚一场,今天说的什么话我都不和你计较。我还有事要出去忙,就不跟你多说了。"

"怎么,想逃走?"

"谁说我要逃！"

"既然不是想逃,就应该请我进去喝杯茶,顺便让我的这些手下好好帮你查看一番,看看里面多少东西需要好好打理。你向来不怎么会管理客栈,既然你攀我们做亲戚,那我好不容易来这儿一回,就当帮你一个小忙,你也不用放在心上,觉得过意不去。"

"你想搜查我的客栈,又何必找这么好听的借口？庄柏玉,我劝你不要太过分了。"

"什么叫过分？我这是帮忙。你帮我父亲做事,我密云山庄跟永成客栈之间,自然是要互相帮助。我今日就要进去见识一下,大名鼎鼎的永成客栈是如何一个好,为何能让我父亲心甘情愿将那些客人都交给你来接待。"

"行,那就进去看看。不过话要说清楚,我这里面的东西可值不少钱的,碰坏了照价赔偿。"

"放心,我密云山庄就算买下整个永成客栈也买得起。"庄柏玉冷笑一声,往身后一招手,众人便流水一样冲进了客栈。

到了客栈之中,庄柏玉对她手下的众人说道："给我好好地、仔细地、小心翼翼地、一处不漏地查看一番。"

众人得了命令迅速散开了。他们像狗、猫和老鼠一样,在客栈的角落里东翻西找,忙活起来。

庄柏玉自己也到处搜寻,并故意盯着永成公子,看他是个什么反应。

永成公子面色严肃。不过他心里倒是有点儿紧张,生怕庄柏玉再往前走,再往前走就是通往暗室的方向。

庄柏玉往前走去了。

永成公子跟着她的脚步。

庄柏玉走到暗室对面的竹林边了,不过,她不知道竹林里藏着暗室机关。

突然,她大声说道:"既然找不到柳尘依,那就让她的朋友来替她受过吧!"

庄柏玉这话是说给柳尘依听的。她断定柳尘依还在永成客栈。永成公子想了一下,说道:"柳尘依早已离开这儿,以她的个性怎么可能不去找曲里布呢?她与我非亲非故,留在永成客栈做什么?"

"她在不在这里,我们试一试又有什么关系?"

柳尘依在暗室里面听得清清楚楚。密室果然如永成公子所说,设计得非常用心和巧妙,里面能听到外面哪怕一丝杂响,外面却听不到里面半点儿声音。先前她以为来的人只是永成公子,张口喊了他一声(他当然听不见),不承想,跟着来的还有庄柏玉。柳尘依站在门背后,她听到庄柏玉要拿她的朋友问罪,除了曲里布,她的朋友不就是永成公子了吗?她想出去,可是出不去。永成公子让她待在暗室,一定早就想到庄柏玉会来找麻烦。只要她不出去,也许永成公子不会有什么事。

"你们过来。"庄柏玉喊道。

手下们迅速来到她身边。

"小姐,要拿下他吗?"他们问。

"拿下!"庄柏玉说。这声音可不弱,是故意让藏身在那儿的柳尘依听到。跟柳尘依接触时间不长,但是以她庄柏玉的聪慧,早就看透了柳尘依是个什么样的人。柳尘依头脑简单,冲动而又感情用事,要不然她也不会轻易被压制住法术。

永成公子早就料到她会来这一手,翻身腾起,一转眼站到了房顶上。

"就算你会飞,也飞不远。我密云山庄想抓的人,没有抓不着的。"庄柏玉冷笑。

"下!"庄柏玉说。

一道网子从天而降,把永成公子迅速缠住,并越收越紧,永成公子蚕蛹似的从房上摔了下来。要不是底下有人将他接住(他们并不想让他摔死,还想利用他引出柳尘依),不摔死也残了。

"密云山庄除了耍这样的手段,还有什么真本事?"永成公子嘲讽道。

"这是我父亲找人花了二十年才做出来的新法器。永成公子,虽然我们是凡人,但我们也可以造出不凡的东西,只有不思进取的人才会真刀真枪甚至摆弄几颗小石子儿。什么叫耍手段?舞刀弄棒就不是耍手段吗?我只不过用了更高级的武器,何必大惊小怪?这东西制服过柳尘依,如今再制服你,算是你们的缘分,终于用这种方式在一块儿了。你该感到高兴。"

"放屁!"

"你可是以翩翩公子出名,吹的笛音俘获了不少姑娘的心。今天这张嘴,是要破戒用来说脏话吗?"

"还不够脏,对你这样的人!"

"我是什么样的人不用你来操心,还是操心你自己吧。等一会儿可不要跟我求饶。"

"我从小到大还不知道'求饶'两个字怎么写。"

"说大话谁不会?等你一身血肉模糊,就不会这么嘴硬了。"

"要杀便杀。"

"跟柳尘依倒是一样蠢。只可惜你痴心一片,在别人心里,恐怕觉得你是痴心妄想。"

"你少废话!"

"好!"庄柏玉说,"把他捆起来绑在柱子上。打!"

她把这个"打"字说得尤其响亮。

柳尘依在暗室里方寸大乱,她想出去,可苦于找不到出去的方法。密室里处处是机关,先前她闯过几回,始终没有找到出去的法子。

柳尘依沿着墙壁又搜寻一遍,仍然找不到出口,倒是发现在一处纸一样薄的地方,有一个小小的圆孔,恰好能看到外面的一切。这肯定是一扇特制的"窗口",它恰好与外面那一层墙壁上的另一个口子相对,永成公子平时肯定就是用它来观察外面的情况。柳尘依觉得很惊讶,这口子虽然小,但不知用的什么方法,能看到很宽的区域,差不多整个暗室门口都能瞧见。只不过,从密室里发出多大的声音,外面也听不见。她看到永成公子被绑在了柱子上,无论怎样大声喊他名字,他都没有反应。外面听不到半点儿她的声音。

柳尘依只好站在此处,眼睁睁看着永成公子受到毒打。庄柏玉神气而冷漠地在旁边看着。

庄柏玉说:"你还嘴硬吗?如果你现在后悔还来得及。看在我们毕竟是远房亲戚,你好歹喊过我父亲一声'叔父',也喊过我一声'表妹',我会从轻发落。说起称呼这件事儿,我现在还觉得奇怪,为什么你喊我父亲'叔父',喊我却是'表妹'?这种称呼显然不对。"

"喊什么都可以,反正是乱认的亲戚。你要杀便杀,不用跟我说这些没用的话。"

庄柏玉生气,但还是拿出耐心继续说:"为一个根本不爱你的人受这样的罪,半点也不值得。你是傻还是贱,真的很不好区分。"

"闭上你的嘴!"

"行,是你自找的。给我……狠狠打!"庄柏玉说完,走到柱子旁边的长凳上坐着。那长凳旁边都是永成公子亲手栽种的花草。她伸手摘了一朵放在鼻子跟前,嗅起花香来了。

"庄柏玉,我在这儿!"柳尘依大喊一气,可是没用,谁也听不到,她只能亲眼看着永成公子在外面被打晕过去,身上的衣服已经打烂了,血水紧紧地将衣服吸在皮肤上。他又被冷水泼醒,醒了又接着打。庄柏玉还走过去,用手中的剑挑开永成公子的血衣,露出里边模糊的血肉。再这样下去他会死的。柳尘依看得心都揪在一起。他何必受这样的苦？只要将她交出去就行了。

柳尘依几乎要急哭了。她从来没有为了曲里布之外的人着急过。"我不想欠你的。"柳尘依带着哭腔喊。

庄柏玉继续用剑挑开了永成公子的上衣，整个地露出他的上半身。

"你也是个姑娘家……怎么一点也不知羞耻……轻易挑开男子的衣服……"永成公子声音微弱，勉强抬起的脸上仍然挂着不屑和嘲讽的味道。

"我不是普通的姑娘。我是密云山庄的大小姐，未来密云山庄的主人。挑开你的衣服又怎么样？感到羞耻和不安甚至恐惧的人都不会是我庄柏玉，而是你永成公子。今日若不交出柳尘依，你就等着慢慢儿被折磨死。我可是给你挑了几个好手，他们的手段最好，你啊，好好享受在人间最后这点儿苦痛的时光吧。另外可要牢牢记住，你是为了柳尘依死的，做鬼也要明白自己是怎么丢的命，不至于当个糊涂鬼。"

"毒妇！"永成公子用尽全力骂道。

"反正你也要死了，让你骂几句没什么关系。"庄柏玉坐回长凳上，又摘了一朵花放在鼻子跟前。

"我早晚有一天要割了你的鼻子！"柳尘依骂道。她无法看下去了，眼泪止不住。

庄柏玉好像忍不下先前那句"毒妇"，又气狠狠地走到永成公子跟前，在他的伤口上狠狠地抓了一把。永成公子大叫一声，抬脚踢了过去，可是他忘了自己被绑着，脚也被绑住。他只是晃了晃身子。

"庄柏玉，你不得好死！"永成公子骂道。

"你笛子吹得再好有什么用？骨头还是不够硬，这点儿罪就扛不住吗？也不知当年父亲犯了什么傻，居然想要将我许配给你。永成公子，你今日的下场可不仅仅因为柳尘依，都怪你那日当场拒绝跟我的婚事，你让我颜面扫地，弄得整个山庄的人都在看我的笑话。这场羞辱我时时刻刻不敢忘记，今天就全部还给你了。"

"原来你是因为这个。庄柏玉，那我就实话跟你说，当日拒绝你的时候我还觉得愧疚，所以才答应帮你父亲做事，算是作为一种弥补，也感谢他的看重。我当时只希望你能明白，男女之情必须两心相悦、自然而然才能长久。我和你没有这样的缘分。没想到你怀恨在心。"

"我曾经对你确有不一般的情意，没想到你如此不识抬举。你的拒绝就是对我的羞辱。不过你放心，我对你已经没有那些心思了。"

"这样最好。"

"我已经看上别的人了。"庄柏玉突然露出笑容，就好像她这句话不是凭空捏造。

柳尘依听到这儿，突然想起一件很奇怪的事。那日风山顶上，曲里布和柯风以及她，他们三个被阿苏依薇用神力护送到山顶边缘时，众人都去攻击阿苏依薇，这时候她发现庄柏玉也在山顶边缘，她躲在一棵大树背后，那神情不像是准备偷袭他们，而是在关心曲里布。柳尘依正想开口跟曲里布说，不料永成公子把她带走了。庄柏玉说她亲眼看见永成公子将柳尘依救走，说她当时在风山底下看守，其实不是，她当时就在风山顶上，她担心曲里布的那些神色，瞒不过她柳尘依的眼睛。

柳尘依不知道该拍手叫好还是该难过。永成公子摆脱大麻烦固然是件好事，可在她和曲里布之间，凭空又多了一个情敌。曲里布本来就对她冷淡，如今身边的女人一个是女神，一个堪比女魔，自己本来就不是什么厉害的主儿，又被压制了法术，就更不是她们的对手了。

永成公子晕过去了。这一次庄柏玉没有急着将他泼醒。她说完刚才那些话，心情猛然变好了，坐在长凳上又摘了一朵花，没有凑到鼻子跟前，在发呆，脸上有笑容。她的手下们也不敢打扰，都候在一旁。

就在这时，突然从房顶飞下一人，此人轻功了得。柳尘依定睛一看，来的是阿苏依薇身边的敏云，看样子已经伤势痊愈，因为有雾灵护体。她也是在风山顶上听了书生柯风的讲述，才知道雾灵是什么宝贝。没想到阿苏依薇竟然将三颗雾灵全部送了人。说来她也算是救过自己一命,柳尘依心里一动,也搞不清自己该不该恨阿苏依薇了。

敏云突然闯入,连庄柏玉都没有反应过来。

"你是来送死的吗?!"庄柏玉说。

敏云走近她:"我来救人。"

"凭你一个人?"

"凭我一个人。"

"你可要想清楚,今日救走永成公子,他日我密云山庄必定跟你没完。"

"已经没完了。多一桩少一桩算得了什么?"

"听说阿苏依薇把雾灵给了你,难怪伤势愈合得这么快。你是要仗着有雾灵护体救走永成公子吗? 如果是这样的话,那今日我们输给你,也不算输给真正的你,而是输给阿苏依薇给你的上古神力。"

"我知道你是故意这么激我,让我不启用雾灵。实话跟你说也没关系,这雾灵我并不打算用,当然前提是,你们不要偷袭引起它的反击,我想你们也很清楚它的威力。如果我主动启用雾灵,在这雾灵之中,我其实半点儿功力也使不出来,就像你们在外面也同样伤不着我一样。"

"那就是说,你其实被封在雾灵之中了,虽是被保护,实际上也是被关起来了? 哈哈哈,也就是说,你什么也做不成? 那可就好办了。"

"你别高兴太早,我虽然使不出功力,可我有办法让雾灵使出它的神力呀,借用它的神力制服你们几个不在话下。依薇给我雾灵,不可能什么也不跟我说。"

"你不是说……"

"我只说自己使不出功力,没说别的。"

"你在耍我!"

"算是。"

"我知道你在故意激我,只要我一动手,雾灵就会启动。阿苏敏云,我还就不上你的当。你跟阿苏依薇逃出一命,算你们走运。可我密云山庄不会就此罢休。我如果是你,就会马上去找阿苏依薇,想想今后怎么来应付源源不断的麻烦。这永成公子跟你又没什么关系,你又何必插手?难道你和那个柳尘依一样,也喜欢他?"

"你以为我是你吗?今天喜欢永成公子,明天喜欢曲里布。"

"阿苏敏云,你嘴巴放干净点儿!"

"我已经很客气了。庄柏玉,如果我是你,就会立即跑回家,因为你要是回去得晚了,恐怕就见不着你的父亲了。"

"你说什么?!"

"来这儿之前,我在你父亲的肚子上捅了一刀。如果他命大的话,还能等到你回去。"

"我不信。我父亲武力高强,怎么会伤在你这个小丫头手里?说大话前也要先照一照镜子。"

"你可以不信。然而事实就摆在那里,你回密云山庄看看就知道了。我明白你和你的父亲一样,向来狂妄自大。不过,你们的确也向来小心谨慎。但这回不一样,这回刚刚从风山顶上下来,你父亲整颗心都被你的亲哥哥伤透了,因为你哥哥他喜欢我们谷主,硬是将她从众人手中给救走了。你父亲心灰意冷地回到山主。我早就藏在山庄门口等他了。在那样一种心境下捅他一刀不算难事。你要知道,当初在特儿果,我也不是小角色。整个特儿果的守卫得让我阿苏敏云排在前头,你还觉得我是个一文不值的小丫头,伤不到你的父亲吗?只要避开你密云山庄那些阴险的伎俩,真刀明剑,你密云山庄也没有几个人能胜得过我。"

"好狂妄的丫头!"

"你自己也是个丫头,何必如此抬高自己?"

"你是非要救他吗?"

"路见不平。何况我特儿果本身也管着这些暴乱的、不公平的事,算是分内之事。不管你是不是密云山庄的人,我今天都不会扔下永成公子不管。"

"说得如此正义,殊不知外界早已厌烦你们多管闲事。"

"那是他们受了你们山庄的蛊惑。"

"你错了,如果他们的心向着你们,谁也蛊惑不得。人心是野的,而你们想要将每一个人的心都管束起来。越是如此,越遭到反击。虽然特儿果个个为神,却实在没有一个神真正懂得人心。不,也许有一个,那就是你们的拉苇姑姑,她知道人心是怎么回事,所以她很聪明地站在了我父亲这一边。她知道从很久以前,人们就不再希望特儿果插手任何事情了。"

"你们想要自己做主?"

"对。有什么不能?我们的事情我们说了算。"

"不对,你们的事情不能自己说了算。人心是野的,藏于你们心中的野心更是有无数个,若由着它们醒来,人间就是地狱。在太阳神女后裔降临特儿果之前,你们相互残杀甚至吃掉同类,不是地狱又是什么?我们的存在是有必要的,能压制属于恶的无数野心,也能唤醒属于善的无数好心。虽然这样会使得部分野心在暗夜中蠢蠢欲动,压抑和苦闷,想要爆发和毁灭一切,可是只要我们存在,第二天太阳升起,出现在他们体内的仍然是属于善的成分。每个早晨,我们特儿果的神女醒来第一件事,就是将凡人的野心收集起来,在谷中清水河里清洗干净,再还回人间。每一天的功课都是如此。当然,即使这样,特儿果也不可能完全清洗干净所有人的无数野心,所以才会有你和你父亲这样的人。虽然我也是个凡人,可在特儿果这么些年,也学会了不少。庄柏玉,我看得出来你的野心逐渐庞大,都快把你的整个身体塞满了,你体内除了繁杂的心思,根本装不下别的。你其实比你的父亲更可怕。就连我特儿果的清水河也无法将你的心洗干净。"

"不要以为你很了解我。"

"你的心之前一直由我来清洗,我怎么会不了解?后来换作万拉苇清洗。我真不知道你变得如此狂妄可怕,是否跟万拉苇有关。"

"有关又如何？我的心由我自己拿捏。"

"行，你自己拿捏。现在你要怎么办呢？杀了这个人吗？"阿苏敏云指着永成公子。

庄柏玉并不想这么快杀了永成公子，她的目标是柳尘依。柳尘依背叛了密云山庄，当然应该死。

"我劝你还是早点回去，见你父亲最后一面。"

庄柏玉又听阿苏敏云提起父亲，心里更乱了。虽说她希望整个密云山庄都归她掌握，最好阿苏依薇能死在自己手中，但她所期盼的最好的结果是，父亲亲自将她送上王位。这样一来，她就是名正言顺，谁也不能不服。她并不希望父亲出事，至少这个时候还不能。没有他的助力，凭着自己如今这点儿资历，众人不可能信服于她。

庄柏玉脑子活动一番，有了主意，对阿苏敏云说道："我今日不跟你计较。算了，既然这位永成公子已经昏死好几回，估计也活不长。算我送你一个人情。"

庄柏玉转身跟手下说了一声"走"，便匆匆出了门。

庄柏玉一走，院门口立即空落落的，柳尘依在暗室里看着，心里的石头也算着了地。她想出去，当然还是不能，只好接着看敏云要如何对待永成公子。

"我只是路过。你还撑得住吗？你那些管事的都被庄柏玉打晕了。你自己能行吗？永成公子，我很抱歉，我必须马上去找阿苏依薇。这颗药能暂时帮你缓解伤痛。"阿苏敏云说。

永成公子早就已经醒了，她与庄柏玉的对话他听了大半。

"感谢姑娘相救。"

"不必。我只是顺路，看见你的遭遇。"

"仍然要感谢。"

"你还是赶紧想办法疗伤。我瞧着没有一个月你是好不了的。"

"姑娘忙自己的事吧，我能行。"

阿苏敏云走了。她将永成公子从柱子上解下,扶他坐在长凳上,她就走了。

柳尘依心里很不高兴。她在暗室里又是砸墙又是喊,外面也没有反应。她看见永成公子正朝着这边看,他是知道墙上有孔的,只是他其实从外面也看不见什么。他可能猜到柳尘依找到了"窗口",知道她在那儿看见了一切。

看他那虚弱的样子,随时会昏过去。

终于有管事的人急匆匆走进院子。

"公子……"

永成公子抬手制止:"你去忙吧。我没事。"

"可是……"

"去忙。"

管事的只好走开。

永成公子走到竹林跟前,他开启了暗室的门。柳尘依还未出去呢,他已经快速地进了门,并且将门又关上。

"你这是……"柳尘依扶着他,"看你受了如此重的伤,竟然脚步还这么快。我准备出去呢。"

"不能出去。"

"为何?庄柏玉已经走了。"

"你得留下来照顾我。"

"在这儿?"

"不然呢?"

"可是……"

"你要见死不救吗?"

"当然不会。"柳尘依说道,心里很愧疚。

"那就扶我往前走。"

柳尘依扶着他往前走。"前面除了更多的机关还有什么?"她走得小心翼翼,一边走一边说。之前她可是吃了不少苦,差点掉进他设计的坑中,那坑中布满了刀尖朝上的小刀子。"我从未见过这样的暗室,不知道的还以为你要在这里捕猎。"

"看来你把我的机关也闯得差不多了。"

"你好意思说吗?差点让我掉进坑里。"

"我怎么可能让你掉进坑里?我知道你不会掉下去,就算你是一只飞不起来的当扈,你也仍然是一只机敏的鸟。我对你有信心。这些机关在你面前形同摆设。"

"那倒是。"柳尘依骄傲地说。

"啊……"

"你怎么了?"

"你掐到我的伤口了。"

"对不起。"

"你不用感到愧疚。"

"你这儿还有衣服吗?你总不能……"

永成公子光着上身。

"往前走。"他说,也没说有或者没有。

往前走了一段,到了墙边。

"看到那只老鹰了吗?铜色的那一只。"

柳尘依仔细看去,那墙壁上密密麻麻全是雕塑的老鹰头。

"都是铜色的呀。"柳尘依分辨不出。

"不一样。你走近一点就能看清楚。"

柳尘依走近一看,确实看到了铜色的老鹰头。"可它不是一只,是很多只掺杂在里面呢。"

"有一只颜色更深。你也好意思自称是一只鸟,竟然连老鹰头都分不出来。"

"我是鸟,但我不是老鹰。"

"行啦,你往左数四十七,第四十九个就是。"

"为什么不是第四十八个?"

"你看仔细了,当扈,第四十八个是猫。"

"啊?"

"啊什么啊?快去扭开。向左转三圈,然后向下按就行了。"

"我看你精神挺好,看来阿苏敏云的药还真不错。"

"你是在吃醋吗?"

"我为什么要吃你的醋?"柳尘依边说边按照永成公子说的,找到那只猫,扭开了它旁边那只铜色老鹰头。

"你不数一数吗?"永成公子笑道。

"猫只有一只,还用得着数?你想看我笑话。"

在别的事上也这么聪明就好了。永成公子心里暗想,嘴上仍然挂着笑容。只要能时刻看到柳尘依,他的心就是高兴的。

"你故意弄一只猫头在此,就是想迷惑别人,万一有人闯进来,他们一时半会儿也分不清哪一个才是开关,以为猫头就是。"

"你说得不错。我得提醒你,猫头可千万开不得,否则别说你是当扈,你是老虎都没有用。那是绝杀器。"

"还有这么厉害的机关?你真不该当客栈老板,你该去制造兵器。"

墙壁忽然错开。墙壁上竟然隐藏着一道门。柳尘依先前也来过此处,幸好她没有乱动墙上的按钮。

二人进了那道错开的拱门。

"这是你的住所吗?"柳尘依问。

"你猜。"

"这里面的摆设……床,桌子,椅子,竟然还有花园?!这儿能种花?你是怎么做到的?天哪,你的后院可真大。难怪都说永成公子不怎么打理客栈的生意,原来是一直藏在这儿享受呢。"柳尘依看得眼花缭乱,人已站在背后的花园中。

"我用了十年才将这个花园打造出来。怎么样？和你在外面看到的那些没什么差别吧？"

"太好了！一点差别也没有，不，更美！顶上那些小孔子是什么？啊，竟然有风漏下！"

"晚上还有星光漏下呢。"

"真的吗？"

"真的！"

永成公子看她高兴得像个没见过世面的小丫头。她在那儿东看西看，跑跑走走，一张开心的笑脸，赞叹和喜悦的心情。永成公子心里也很开心。他第一次将一个姑娘带到他的起居室。真希望此后永远是这个样子。

柳尘依不敢相信，在这暗室之中竟有这样的天地。

"但你为什么不出去呢？在外面建一所更大的房子、更大的花园。"

她扭头看永成公子，发现他已经穿好了衣服，一身蓝色长衫。蓝色，是曲里布常穿的颜色。柳尘依这才想起自己不该留在这儿，该去找曲里布，可是……

她突然变得失落了，视线凝固在那儿，不知道看的是永成公子还是看的什么，眼前模糊。

"尘依，你怎么了？"

"我没事。"她说。

她从花园里走回来，走到永成公子跟前，抬头望着他。

"你怎么了？"

她一点也不像没事的样子，不知道怎么突然变了一种心情。

"你跟我说说，到底怎么了？"永成公子说，他抬手去扶她的肩膀，谁知道这个动作使得自己的伤口更痛了。他闷哼一声，两手垂了下去，捂着自己的肋骨。这个地方先前挨了庄柏玉狠狠两下。

柳尘依这才惊醒，急忙扶住他。"我对不起你，这个时候我不该分心。

我给你包扎伤口。"她说,很忧愁的,没有欢乐的语气。但是能听出她很为他担心。

永成公子说:"我已经没事了。阿苏敏云的药是从特儿果拿出来的,很管用。加上先前你在园中玩乐时,我已经自己擦了药,这会儿已经不疼了。"

"你这又不是神药,怎么会不疼?"

"阿苏敏云给我的就是神药。"

"那倒是,她们特儿果不缺这个。对了,你认识她吗?"

"不太认识。看她的样子像是真的路经此地。"

"不说她了。"柳尘依说。

"嗯。"永成公子说。

二人突然陷入一阵不太对的气氛里,四目相对,居然挪不开眼睛。

柳尘依觉得自己心跳加速。

永成公子觉得自己快要喘不过气了。

柳尘依心里非常慌乱,不过有一点她很清晰,那就是眼前此人其实特别好看,比曲里布一点也不差,甚至比曲里布的眼睛更温柔,那眼睛里装着她的影子。她看得越久,越觉得曲里布变得模糊,那曾经高高大大塞满她整颗心的人,在变得很小很小,小到完全看不清了,不见了,重生了另一个人的面孔。

永成公子突然扶住她的脸,靠近她。

柳尘依仿佛身在秋天的落叶之中,那么萧瑟的,却深情的,不忍离别的心情。她不想跟眼前这个人分开了,仿佛认识他多年。以往那张令她伤心的冷漠脸孔,像叶子一样落去,而更多红色的叶子在整片山坡上长着,浩浩荡荡地、永不停歇地在吸引她的心。

柳尘依伸出双手,搂住永成公子的脖子。

但就是这么个动作让永成公子给痛醒了。他"哎哟"一声,二人瞬间回到现实中。

"我……"

"我们……"

永成公子很高兴,也气自己身上不合时宜的伤。阿苏敏云确实爽快也厚道,她嘴上说那药只能暂时缓解疼痛,其实根本是一颗见效很快的神药,服下之后不仅止住了血,连伤口都在愈合,只剩脖子上那一道伤还在,恰好让柳尘依给勒了一下。

"你伤口还没有好,休息一下。"柳尘依说,红着脸跑到花园里去了。

永成公子心里高兴得都快开出花来了。

当晚,柳尘依睡在床上,永成公子打地铺。花园里没有星光漏下,但是有雨水漏下,真是个奇妙的地方。柳尘依听着雨声,直到完全熟睡。

第二天晚上,仍然没有看到星星,仍然是雨水。不过白天却有阳光漏下来,整个花园里都是满满的阳光,阳光堆在花叶上,堆在永成公子亲手培植的那些树木上,也堆在水池上。水池虽然比不上外面的,但也足够柳尘依玩乐,撑着竹筏在上面跑两趟还挺累人。

柳尘依越来越喜欢这个地方。

短短两日,永成公子已经完全好了。那药的奇效可能连阿苏敏云都没有料到,也或许,她是拿错了药,将一颗更好的药当成普通的药给他了。她当时急匆匆的,从那三个药罐中取药的时候还犹豫了一下,好像忘记该用哪一种。反正是颗好药。幸好不是毒药。幸好特儿果不擅用毒。

柳尘依高高兴兴,摘了两朵水中的草花,急匆匆跑到永成公子面前,问道:"好看吗?"

"好看,很好看。"永成公子说。他眼睛都看直了——看的是柳尘依。

柳尘依触着他的目光,也恍惚起来,仍然是两日前那种恍惚,心怦怦地跳。

永成公子突然将她搂在怀里。

柳尘依原本想要挣扎,可是她没有。她无法违背自己的心。她算是明白了,其实从最初见到永成公子那刻开始,她就已经喜欢他。前几日她还怀疑自己,是不是因为想要报复曲里布,才会忍不住满脑子都装着永成公子的影子。不是。她此刻非常明白,不是那样的,她就是莫名其妙喜欢上了永成公子。

"你也是喜欢我的对不对?"永成公子在她耳边说。

"我不太知道。"她说。

永成公子低头在她额头上吻了一下。

柳尘依突然推开他,像是做错了什么事,很慌张地说:"我不能这样啊。怎么能这样呢?我是来找曲里布大哥的。"

"我跟你说过了,你在荒山顶上见到的能有几个人?不就是看来看去看着曲里布勉强顺眼,你没的选择才选择他,以为那就是一种喜欢。现在你出来了,见了更多世面更多人,比如我,才是你真正一见钟情的人,这是老天注定的,我才是自始至终你要找的人。曲里布之所以出来,也是为了找他喜欢的人,而不是你,如果是你,他还用得着偷偷逃走吗?你出荒山,是为了遇见你命中注定的人。"

"你说得就像给我算命。"

"我说的都是实话。"

"那我第一个遇到的也不是你啊。我还遇到过长生海的柯风,我当时也觉得他挺好看的。"

"柯风挺好看?那你一定是眼花了。他有我好看吗?"永成公子故作生气,扭开了身子。

柳尘依转个圈走到他跟前:"瞧你这样子,伤口确实好了,都能吃醋了。"

永成公子一把将她搂住并抱起来。

"你怎么动不动就……"

"什么?"他故意问。

"放我下来。"

"怕什么?这儿没有别人。"

柳尘依埋着脸,恨不得将脸埋到他胳肢窝里。好在这男人没有狐臭。她刚才偷偷伸着鼻子闻了一下他的胳肢窝。

永成公子早就发现她的这些小心思了,哈哈大笑,说道:"放心吧,我不臭。"

柳尘依推他一把,险些将自己摔下来。

第二十五章

阿苏依薇做了一个长长的梦,梦里一直向着深渊坠落,好像就是特儿果那个深渊。她一直挣扎着想要往上飞升,可无论怎样使劲儿都在往下落。有个瞬间,她觉得这一切都是真实的,因为她大声喊着曲里布的名字时,听到从深渊里传来她自己的回音。

她哭泣。

庄柏瑜看到她眼角有泪水流出来。连续三日他不敢离开房间半步。连续三日,阿苏依薇的眼角时不时就会流出几滴泪水,都是他亲手擦去。她似乎想要说话。他听到微弱的声音在她喉咙深处。他听不清,很着急,很难过。三日来他一眼未合,面色疲倦,眼睛发疼,还受了轻微风寒,时不时咳嗽几声。这一切都不要紧,他根本顾不上自己。

"依薇。"他喊道,像从前在特儿果的时候这样称呼她。三日来,都是同样的称呼和声调,他不敢大声喊,又不敢完全不作声。

阿苏依薇始终闭着眼睛,对庄柏瑜的呼唤没有丝毫反应。

庄柏瑜有时会忍不住伸手探一探她的鼻息,他的手颤抖,心里很慌张。当她睡得很沉很沉,几乎听不到呼吸声的时候,他就伸手探一探。

这样煎熬三日如同过了一生。这种感觉只在很久很久以前,他母亲去世的时候有过。

他不想这么等待下去了。可是所有的药都用过了,仍然唤不醒他在意的人。

"真真,你进来。"他朝门口喊道。

真真一直听他的盼咐守在门外。毕竟依薇是个姑娘家,有时候需要真真来伺候。

真真走了进来。她的脚步很轻。

"山主。"真真行了一礼。她总是这么有分寸,多少年来从未失礼,对庄柏瑜忠心耿耿,言听计从。

"给她换衣服。"他说。

阿苏依薇的衣服每天都会换,这样能让她更舒服些。也会擦洗一遍身子。这些事情都是真真来做。当然,庄柏瑜仍然站在屏风背后。

"她为何一直不醒?难道是我的药出了问题吗?"他在那儿自言自语。

真真轻手轻脚,非常细心。

"好了。"她说。

庄柏瑜从屏风背后走了出来。

"你怎么了?"庄柏瑜看到真真眼里有泪光。

"没事,昨晚没有休息好。"她说。

"你先回去休息。明日不用这么早过来。"

"是,山主。"真真说完快步走了出去。

庄柏瑜盯着真真的背影,直到她走出门。自从阿苏依薇来了之后,真真就是这种失魂落魄的样子。也正常,她已经不是前些年那个黄毛丫头了,她长大了,姑娘家的心思谁又抓得稳呢?

庄柏瑜转头一看,发现阿苏依薇睁着眼睛。

"你终于醒啦!"他高兴地轻轻握了一下她的手。

"我这是……在哪儿?"阿苏依薇很虚弱,觉得很大一块石头压在心里,疲惫不堪。

"你放心,你没事了。这是我给你准备的房间,喜欢吗?"庄柏瑜说。

"这是特儿果吗？"

"不，这是九头仙山。"

"我到你这儿了？"

"对，我把你救了回来。你放心，你失去的神力我一定会想办法给你找回来。"

阿苏依薇脑子总算醒了，她想起之前发生的一切。

"找不回来了。"她伤感道。

"不，一定能找回来。"

"柏瑜大哥，魔障石的威力我很清楚。"

"原来你早就认出我了。"

"是，早就认出你了。真没想到魔障石会落在姑……万拉苇手里。"

"魔障石虽然厉害，可它并非一个。我也是无意中听到父亲……他说起过。"

"为了我，你和庄密……你父亲……闹得肯定不愉快了。我不知道该怎么面对你。你真的很好，可是你的父亲我实在无法原谅他。"

"我知道。"庄柏瑜苦着脸，突然变得严肃，"我也不会原谅他。"

"是因为你母亲吗？"

"还有你。"庄柏瑜脱口说道。

阿苏依薇逃开他的注视，又突然转头："对了，你刚才说魔障石不止一个是什么意思？还有一个吗？"

"对，还有一个。据说魔界主人当初研制了两颗魔障石，一颗取走神力，一颗吸出神力。吸出的神力只可以归还给原来的主人，谁想要将神力据为己有都是不可能的。能吸神力的一颗被魔界主人随身携带，另一颗，也只有他本人知道下落。可惜他已经死了。但是，只要找到他藏起来的一颗，然后拿到万拉苇手上那颗魔障石，你的神力就能取回来。"

"真的吗？我还能拿回神力吗？"

"能。我相信密云山庄得到这个消息一定跟万拉苇有关，肯定是她告诉我父亲的。"

"柏瑜大哥,你恨你的父亲是吗?"

庄柏瑜沉默了很久。他说不清。

"你父亲很想杀了我。"

"他杀不了你。有我在,谁也不能害你。"

"那我要是杀了他呢?"

庄柏瑜眉头皱紧,不知该如何回答。

"你放心,今日你救我一命,他日如果庄密云落在我手中,我也会看在你的面上放他一条生路。"

"依薇,我不知道该怎么说,心里很乱。从不敢想那样的一天。毕竟他是我的父亲,我恨他,但也没想过让他死,更不想让他伤害你。你能理解我的心情吗?"他不知道怎样才能说清楚自己心里的想法,很矛盾,也很愧疚。

"我理解,我们是朋友,再怎么样我也不会不顾你的心情。"

朋友……庄柏瑜心里痛苦地念道。

"你怎么了?"阿苏依薇问。

"没事。"他说。

"我想休息一会儿。"她感到非常疲倦了,说这些话像是用光了全身力气。

庄柏瑜急忙为她盖好被子,仍然守在床前不肯离开。在阿苏依薇能下床行走之前,他哪儿都不想去。

第二十六章

阿苏敏云绕来绕去,还是只能暂时回到长生海。可惜长生海已经乱透了,柯风和曲里布不知下落。整个长生海的地面上全是流离失所的人,他们拖家带口,赶往别的管事的地盘上求生存。阿苏敏云问了好几个人,他们都不知道柯风的下落,甚至很痛恨柯风给他们带去灾难,更痛恨阿苏依薇。在路口显眼的地方,贴着捉拿阿苏依薇的告示。

阿苏敏云很茫然,很大的地面上,能去的方向很多,可她不知道该往哪边走。

她混在难民之中,随着他们像潮水一样流动。

第二十七章

"九头仙山到底在哪儿?"曲里布说。他已经好了,秋天也快过完了,阿苏依薇仍不知下落。他能飞,可惜带着柯风无法飞多远。还好有雾灵护身,这一路上遇到的凶险都平安过来了。

"从未有人去过九头仙山,除了庄柏瑜和他的手下,外人对他们的居所一概不知。庄柏瑜擅用毒药,也研制出不少利器,就算到了那个地方,我们两个恐怕也不是他的对手。"

"唉!"曲里布叹气。

"你为何叹气?"

"难道不该叹气吗?你看看我,长得也不错,出身于尊贵的鸟族,怎么说也是一只神鸟,却落得需要姑娘家操心的地步,活得真是伤心。"

"你还有心思开玩笑。"

"总要找点乐子,是不是?你看前面还有多长的路,依薇不知下落,我怀疑自己走成一只死鸟也找不到她。"

"你不要这么悲观。"

"悲观才好呢,悲观才有希望。像你,天天抱着希望活着,哪天悲伤一来,肯定要死要活的。"

"我说不过你。我知道阿苏依薇为何看上你了。"

"什么?"

"她看上你能说会道,骗得她团团转。虽然她高高在上身为谷主,可她也是个小姑娘,特儿果放眼看去一帮子女人,没有一个男人,突然遇到你这么一号人,难免被你骗走真心。"

"什么叫骗走真心?她和我两情相悦……"

"……一见钟情,我知道的。你不用说了。"

"行啦,还是赶紧走吧。有一件事我要感激你。亏得你那些手下机敏,及时给我们传送消息,否则依薇要是在风山顶上出了事,我真是……只能以死谢罪了。"

"你放心吧,既然她是被庄柏瑜救走的,肯定安全。这个人我多少了解一些。"柯风抬眼看了看曲里布,又慢吞吞试探着小心翼翼说道,"他对那位谷主的心思,日月可鉴。"

曲里布已经气得不愿意搭腔了,走路脚步重重的,恨不得将脚下的石子全部踏成泥灰。

"生气了?"

"你还走不走?"

柯风没再说话,在曲里布身后偷笑。

曲里布当然知道庄柏瑜何许人,他喜欢阿苏依薇,傻子都看得出来。

怎么办?怎么才能找到他们?曲里布心里叫嚷道,脸上不敢显露出来,脚步还是显露出来了,走得更快了。

二人漫无目的,竟然走到了黄柳镇。

黄柳镇的白芯儿冒着危险接待了柯风和曲里布。要不是走投无路,就算到了黄柳镇,柯风也不愿意去找白芯儿。白芯儿对自己的心意明晃晃的,他又不是傻子看不出来。可他没有做好准备,他不知道自己对白芯儿到底是如何看待。这些年他躲在长生海,一步也未踏入过黄柳镇。

白芯儿连夜让人做了好几个菜,又是两壶好酒,摆在晚风亭里的桌面上。"晚风亭"是她亲手模仿的柯风的字迹。

秋天已深,月光显得寂寞,夜里简直有了几分冬天的味道。冷风呼呼吹着,幸好有烈酒烧着身体。柯风后来有些醉了。白芯儿也醉了。

柯风第一次这么近地看白芯儿。白芯儿很安静,不,是很忧伤的一张脸孔。她跟过去完全像是两个人,更瘦了,始终没有正眼看他。但他知道她在看。

"你过得好吗?"柯风忍不住说。

曲里布大概因为太挂念阿苏依薇,早就想要买醉,得了一壶酒便抱着它喝个精光,此刻醉得一头栽在桌上,趴睡着,嘴里喊着"依薇",脑袋却抬不起来了。

"过得好不好都一样,你都看见了,就是这个样子。"白芯儿挤出一个笑容,很苦涩,很落寞。

"我希望你过得好。"

"你躲得那么远,其实没必要,我白芯儿不会做勉强别人的事,尤其是感情。"

"芯儿……"他想说点儿令彼此都开心的话,可是看白芯儿的样子,恐怕任何开心的话,说出来都是多余的。她心里仿佛装着一潭死水。

他突然感到心痛,闷闷的,生了怪病似的。不,你是喝醉了。他在心里对自己说。

白芯儿喝光了手里端着的那杯酒。

"你少喝点儿。"柯风想要夺她手里的酒杯。

"来不及了,已经喝完了。酒是好东西,这些年我是靠它活着。"她笑着说。

"你不用觉得对不起我。这跟你没有关系。"她又说。

这回她没有再去倒酒。

"你不爱是你的事情,我爱是我的事情。但是你不来黄柳镇,我当然也不会去长生海。我白芯儿就是这么个脾气,你让我要死要活地去求你,我也是做不出来的。"

白芯儿放下酒杯,起身背对着柯风。

柯风看着她的背影,心里很不是滋味。他喝下一大口酒,连同冷风也喝下去了,心里动荡得厉害,像是心底有什么东西正在浮出。

听到一声细微响动,白芯儿立即转身过来,她向来敏锐,看见周围突然多了许多黑影。

"小心!他们寻到这儿了!"白芯儿说。

她用剑挡掉了飞向柯风的暗器。

"你快带他走。"她说。

柯风不肯。

这一次说什么他也不会走了。他挡在白芯儿身前。

白芯儿抬眼看着柯风的背影,心里顿时涌起一股暖流。

曲里布被喊醒了,白芯儿端着酒壶朝他泼了一下,那剩余的酒全部浇在他头上了。

"怎么了?"曲里布问道,一看周围人影,也知道怎么回事了。

"你们快走吧。"白芯儿说,"他们不会为难我。"

"他们会,现在会了。"曲里布说。

"哈哈,这只鸟总算说了句聪明话。他说得不错,白芯儿,庄主让我们埋伏在周围,就是要看看你会不会接待柯风和曲里布。别以为我们不知道你那点儿小心思。你心里想着什么人,密云山庄早就调查得清清楚楚。你果然还是放不下柯风——我们密云山庄的叛徒!"

"就算萍水相逢,只要他不是什么坏人,我白芯儿也不可能将人拒之门外。"

"这么说,你是要跟他们一起背叛密云山庄吗?那就跟他们一起受罚吧!"

"受罚?哈哈哈哈!"白芯儿怒笑道。笑声未落,跟她说话之人的胸口已被刺了一剑——白芯儿眨眼之间便到那人跟前,取了他的性命。

瞬间,黑衣人全都围了上来,所有的刀剑都向着白芯儿砍去。白芯儿

骑鹤来迎 | 137

以一敌众。

　　柯风也杀进重围,和白芯儿站在一起。这是他第一次与她并肩作战。

　　"你怎么不走?!"

　　"不走了。"柯风说。

　　白芯儿迟疑了一下,柯风这话带着深意。她早就想要听到这句话了。可惜她这一迟疑,中了一剑,幸好只伤到胳膊。

　　柯风将她扶住,用身体护着。

　　曲里布也杀入重围。他嘴里叫嚷个不停,因为先前喝太多酒,脑袋很昏。"这么一大片人,怎么打得过! 走!"曲里布"走"字一出口,一手抓一个,将柯风和白芯儿带出包围,向着夜空飞去。连他自己都没想到还能飞起来。不是中毒了吗?

　　"天哪,我脖子都要甩断了!"曲里布叫道。

　　"你甩脖子干什么?"柯风问。

　　"这样才能飞啊!"

　　"为什么要这样才能飞呢?"

　　"因为我是当扈,用脖子上的毛起飞。"

　　"你脖子上没毛。"

　　"你说什么?"

　　"我说你脖子上没毛——"

　　"你说什么? 我听不见!"

　　"行啦,你们别争了,已经飞远了,可以下去了。"白芯儿说。

　　这句话曲里布听到了。他带着二人落了地,酒劲儿又冲上来,刚一落地,哇地一口吐了出来。

　　"你太恶心了,曲里布。"柯风说道。

　　"你喝醉了试试,飞这么远还不让人吐吗!"

　　"你脖子不痛啦? 我奇怪,你又没变成鸟,为什么要甩脖子上的毛? 你脖子上哪儿有毛?"

"我刚才没有变成鸟吗?"

"你是人。"白芯儿笑道。

"哎呀,我刚才以为自己变了身,所以才这么甩啊甩了一路。你的酒太烈了,我第一次喝这么烈的酒。阿苏依薇给我喝的都是清酒,知道吗?就是特儿果里清水加……加什么,反正有一股花香,非常好喝,不冲喉咙。但是也不能喝多。"

"你一说起她就没完。"

"是啊,现在就我最可怜了,你跟她凑成一对儿了,哪还能体会我的心情?"

白芯儿扭开脸,伸手捂着胳膊。

"你怎么样?得找个地方包扎伤口。"柯风走到白芯儿身边。

"我没事。"她推开他的手。

柯风突然想起一件事,问曲里布:"你不是中毒不能飞了吗?阿苏依薇跟我说,你的毒已经蔓延了。"

曲里布听柯风这么一讲,又想起先前的疑惑:"我也很奇怪。"

"是雾灵吗?"

"是它吗?我不知道。可是依薇说过,那雾灵服得太迟,解不了毒。"

"也许连她也不知道能不能解毒。如果不是雾灵,你的伤为何好得那么快,又能飞,看样子也不像中了毒?"

曲里布往上运了运气,发现自己体内舒畅无碍。

"我体内没毒了?"他欣喜地望着白芯儿和柯风。

"我看看。"白芯儿走过来,摸了一下他的脉搏。

"没毒。"白芯儿说。

曲里布高兴不已。也就是说,他又可以随意飞行,找到阿苏依薇不是那么麻烦的事儿了。只可惜还要带着这二位,并且白芯儿的胳膊还伤着。

"走吧,前面有破庙。"曲里布看了看白芯儿,知道那伤口不浅。

"你怎么知道前方有破庙?"

"我是鸟。"

"啊,对。"

柯风想去扶白芯儿,她还是将他的手推开了,并且匆匆向前走去,把他和曲里布丢在后面。

"她怎么了?"柯风问。

"你不知道吗?"曲里布反问,把柯风丢在后面,跟着白芯儿走去。

柯风疑惑不解,白芯儿先前好好的,怎么突然不理他了?

第二十八章

庄柏瑜没想到真真会给阿苏依薇下毒。要不是他及时发觉,一切不堪设想。

"我待你不薄。"庄柏瑜对真真说。

真真流着眼泪。但是她一点也不感到后悔,非常坚定地望着庄柏瑜。

"是,山主待我不薄。"她说。

"那你为何……"

"……又有什么用呢?"她抢了话。

"你从未做过让我失望的事。"

"山主当初就应该让我变成九头九身,是个怪物也就算了。"

"你说得不错,我要知道你今天会做出这样的事情,当初真不该心软。我这九头仙山的人都不是良善之辈,我将他们变成这样,就是为了永久控制他们。他们服下我研制的药,每个月没有我的解药,他们就会多长一颗脑袋,而有了解药,虽说九颗脑袋,另外八颗却非常小,有用的始终是中间那一颗,旁枝的脑袋只要衣着合适,无非看上去肩膀宽大一些,身体壮大一点,已经算是很顺眼了。我没有将你变成他们那种样子,是看在当初你的眼睛尚有纯真之色。没想到今天,你会对我在意的人下毒手。算我庄柏瑜看走了眼。"

"是啊,在山主的心里,谁也比不上阿苏依薇。"

"这是自然。"

"哈哈哈哈……"

"你笑什么?"

"我笑自己傻。"

"我不管你是什么原因,只要对依薇不利,我都不会轻饶。"

"我知道你不会轻饶。"

庄柏瑜从怀里掏出一颗药丸。

"是自己吃下去,还是叫人帮你?"

"你要杀了我?"

"看在这些年你帮我研药,也算有点儿苦劳,我不杀你。但从今往后,这九头仙山,能长一颗脑袋的人只有我。"

真真又是两声冷笑。她没有伸手去接庄柏瑜手里的药丸,而是从自己怀中掏出一粒,未等庄柏瑜反应,已吞了下去。

"不必山主亲自动手,更用不着旁人来操心,我自己的事情自己处理。给阿苏依薇下毒的时候,我已经想好了这条路。"

"你吃了什么药?"

庄柏瑜看见她脸色大变,嘴唇发紫,转瞬之间,口里吐出鲜血,跟着便歪歪地想要倒下去,她扶住身旁栏杆,免得掉进池水中。

"上好的药。"她笑着说。

"我知道了,是我给万拉苇准备的。"

"没想到山主还是将阿苏依薇带回来了。这偌大的仙山之中,从前只有我一个人,我自己陪着山主,再没有外人。如今来了阿苏依薇,我还算得了什么?"

"你……"

"我做什么你都看不进眼里。与你在药房朝夕相对,你眼中除了药丸再没有别的；出了药房,你心中除了阿苏依薇再没有别人。我恨你这个样子。"

"你……"

"你看不出来,我喜欢你。"

庄柏瑜皱了皱眉头。

"那天在凤山顶上,我以为你终于可以放下阿苏依薇了,在看到万拉苇如此对待她的时候,你始终藏起来没有及时相救,我以为你终于醒过来了。谁知道,你只不过是想让阿苏依薇看清万拉苇的面目,你选择在最关键的时刻将她救走,这样才显得你的相救多么有价值、多么重要。你想让阿苏依薇一辈子记着你的情义。这么多年来,我虽然没什么长进,但是对于你,我算是了解。"

"看来你的毒并没有多深,还能说这些无用的废话。"

"是不是无用的废话你自己很清楚。你藏起来的面孔比九头九身更可怕。要说野心,谁能超过你？与阿苏依薇接近,不过是你为了能永久留在特儿果而下的一步棋,杀掉万拉苇则更好地入住特儿果,而且还能以'为母报仇'的名义得到众人的理解和称赞。"

"你知道自己在说什么吗？满口疯话！"

"你只是心虚,不敢听。我这些话,你肯定更害怕让阿苏依薇听到吧？本来我已经想好了,只要你心里有我,别说你想取代特儿果主人的位置从而统治整个天下,就算你上天入地,我真真也会陪着。可你似乎不仅仅想要做特儿果主人,想要做天下之王,你还对那阿苏依薇动了真心,想让她做你的王后！我不能看着你一切如此顺利却跟我没有一点儿关系！我在你身边多年,庄柏瑜,你凭什么对我的付出理所应该全部接受,而将所有好处和真心统统给了别的女人？！"

"我的事情什么时候轮到你来数落？"庄柏瑜向真真走去,他发现她服下的并非毒药,而是一颗能提升功力的药丸。这药总共也就三颗,他服下两颗,剩一颗还在炉中。她之所以出现中毒的迹象,是她故意掺了什么东西,让他以为她服下了毒药。而这一番耽误,那药已经完全在她体内起了作用。

真真往后退去,她知道庄柏瑜已经发现了药丸的秘密。

"你敢蒙骗我!"庄柏瑜说。

这是在阿苏依薇的住所外面,庄柏瑜本来不想在此处做出什么动作,惊扰阿苏依薇休息。顾不上了,眼前的叛徒让他心里烧着一把火。

"你去死吧!"他说着飞身上前,狠狠掐住了真真的脖子。

真真力道猛增,竟然从他手中脱身出去,并突然发出一根毒针,庄柏瑜避开了。他真后悔常年将此女放在自己的药房中帮忙炼药,让她学了不少用毒本事,此刻险些遭她毒手。

真真站于池水上,轻功好到连她自己都吃惊。那药不错。她心里想,脸上尽是笑容。

庄柏瑜汲取了教训,见她走神,猛地一抬手,一根竹针迅速飞出,真真敏捷地一躲,谁知还是被扎中右臂。因为那竹针并非一根,到了中途忽然分成两根,一左一右,她无论往哪边躲都会被扎中。

"你真要杀我!"真真说。她知道这个时候再不走就没有希望了,捂着右臂逃窜而去。

庄柏瑜心里记挂着阿苏依薇,见真真逃走也不追上去,只后悔先前竟然手软。为什么会手软,没用最毒的药呢?他想不明白。他发出的毒针虽然厉害,可是对于常年研制毒药的真真来说,迅速找到解毒的办法也不难。能调配毒药杀人,当然也能调配解药救人。

庄柏瑜进了屋,看到阿苏依薇正摇晃着往门口走。

"出什么事儿了?"她问,"为何打烂药碗?"

庄柏瑜扶她进屋,让她斜靠着坐在椅子上。

"出了个叛徒。"他说。

"真真?"

"是她。"庄柏瑜脸上还有怒气。

"真没想到,"阿苏依薇叹口气,"她竟然也想杀我。"

"我们不说她了。"庄柏瑜说。

第二十九章

"怎么样?"庄密云问道。

真真很失落:"我杀不了她。"

"我将你派到柏瑜身边,就是希望你能在他身边找机会杀了她。好不容易他将阿苏依薇带走,是个最好的机会,谁也不会怀疑你的身份。"

"我尽力了,庄主。"

"你其实不想杀她吧?你下不了手,因为你怕庄柏瑜伤心。"

"不,我没有。"

"你父亲是我的好友,我待你向来如亲生女儿。我说过,只要你能杀了阿苏依薇,你和柏瑜的婚事我一定给你做主。"

"他并不喜欢我。"

"那又如何?这事他说了不算。"

"你说了也不算。"

"真真……不,周倩,你怎么用这种态度跟我说话?"

"我今日是来跟庄主辞行的。庄柏瑜不会放过我。看在你待我不错,所以这些年来,我一直源源不断地给你送来关于九头仙山的消息,甚至每一次都将研制的新药偷偷带一份给你。虽然没有按照你的意思杀掉阿苏依薇,可我也做了自己该做的事情。现在我要走了。你和庄柏瑜的事情我管不了。"

"你不是很喜欢柏瑜吗?就算这次失了手也还有下次。我看得出来,柏瑜对你还是有感情的,不然以他的性格,怎么只向你投一支浸了普通毒药的竹针?他根本不想取你性命。"

"那又怎样？他始终想要我死。"

"他只是不知道你的身份。我从未跟他说起,你就是他周叔叔的女儿。他从小就喜欢黏在你父亲身边,周叔叔长周叔叔短,跟你父亲有说不完的话。要是你父亲还活着,他肯定也同意将你许配给柏瑜。"

"你不用说了。庄叔叔,我这么喊你一声,算是敬重我的父亲。他已经死了。可惜我也不再姓周,我是庄柏瑜救走的一个普通的落难的小丫头,可笑的是,现在这个他救走的人要杀他心爱的人,他很伤心,很痛恨,恨不得我死。我如今一无所有。曾经我明知道你派我去做一颗棋子,也仍然选择去,因为这样才能与他朝夕相伴,因为我知道我这样的棋子并不会给他造成多大麻烦,你毕竟是他的父亲,你不会让我杀他,所以我去了。然而有什么用呢？我不过是白白浪费了几年的青春,阿苏依薇还是轻而易举地进了他的心。当我服下那颗他最初以为是毒药的东西时,他没有半点儿担心和惋惜,他觉得我是该死的。所以庄叔叔,你说的这些话已经没用了。婚事……我可不想再自取其辱。我是真真,不是周倩。就算我是周倩也无济于事,在庄柏瑜眼中,我只是一个该死的人。"

"那你要去哪儿？"

"随便哪儿。我不想留在山庄,也回不去九头仙山。走到哪儿算哪儿吧。"

"既然如此,那就……你走吧。"庄密云说。

真真退后,准备走出房门,谁料那房门突然关闭,房间里蹿出好几个面生的人。这些人她从前没在密云山庄见过。

"你！"她吃惊道,忽然也像是明白了,讥笑道,"庄叔叔果然待我如亲生女儿,送我出去还要搞这么大的排场。"

"这是我密云山庄的暗军。像你这样身份太显眼的人,我才会用到他们。就算在密云山庄里面杀了你,谁也不会怀疑到我的头上,因为他们使用的都不是众人知晓的密云山庄的武功。周倩,你知道的事情太多了,我虽然跟那逆子不和,却也不想让他知道你是我派去的人。既然失了手,那你这个人也就留不得了。"

"好气度啊,庄密云!"

"怪你太天真,竟然还想着来告辞。跟你那父亲真是一模一样。"

"你说什么?!庄密云,难道我父亲的死跟你有关?"

"晚啦!你还是去底下跟他聊吧。"庄密云退出房间。他上回受了阿苏敏云一刀,还未完全好。年纪大了,即便是真真,他也不敢贸然与她交手。

真真心里并不害怕,迅速向庄密云的后背射出一针,被他避开了。二人都是用毒和用暗器的高手,谁也不敢轻敌。屋内暗军个个都是顶尖高手,真真杀了几个回合,败下阵来。她随身带有毒粉,乘机撒了一把才得以脱身。

为何要叫暗军?她虽然想不明白,但猜测庄密云肯定还有什么更大的秘密。

庄密云没有让人追杀她,这就更说明他还不想让暗军这么快暴露于人前。

真真身中两刀,加上之前庄柏瑜的毒针,这会儿更吃不消了。不过她知道怎样解毒。为了不让毒性蔓延,她之前就服下了克制毒性的药,不然这一通折腾,早就毒发身亡了。她去密云山庄并非辞行,她只是被庄密云撞见,不得不找借口。她是去盗回庄密云曾经为了利用她而拿走的那根簪子,那是她母亲的遗物,母亲留给她的唯一的东西。

从此往后,她不能再叫真真了。真真是她随口给自己取的名字。走出密云山庄,她这颗棋子的身份也就结束了。她要用回本名——周倩。

周倩逃脱之后便向着黄柳镇走,走到一半又改了主意,不去黄柳镇,反正天下之大,往哪儿走都可以。那些以往熟悉的地方,她都不想去,也不能去。

第三十章

经过一个月休养,阿苏依薇已经好了。除了身上再无神力,看起来和别人没什么不同。她想去找曲里布,又不好开口跟庄柏瑜说。何况此刻不是找曲里布的时候,她该想办法拿回被魔障石吸走的神力。

"这是个好天气。"她起了个大早。

今天是九月二十一日。

庄柏瑜也起了个大早。

庄柏瑜是特意来看阿苏依薇的。

"早啊。"阿苏依薇笑道。

"好久没见你这么开心了。"庄柏瑜说。

"因为我完全好啦。自从你给我吃了那些药,我就不再做噩梦,这几晚我休息得很好。"

"那就好。"

"我们什么时候去找魔障石?"

"明天,好吗?"

"好。"

庄柏瑜走近阿苏依薇,他双手藏于背后,到了阿苏依薇跟前忽然伸出手来,手里握着一把野花,是阿苏依薇最喜欢的星夜草,只有特儿果才有的植物。

"你怎么找到的?天哪,我最喜欢它的香味。"

"我去了一趟特儿果。"

"难怪昨天夜里怎么敲你的门都没有反应,是连夜去了特儿果吗?"

"对。你终于好了,当然要给你最喜欢的东西。"

"我最喜欢的东西……"阿苏依薇看着星夜草,突然想起曲里布。

"那就这么决定了？明天去找魔障石。"庄柏瑜说。

"好,明天去。"阿苏依薇点头。

"你有心事吗？"

"没有。怎么会？"

就算有,庄柏瑜也不会问,问了只会让自己难过。他知道她的心思在哪儿。

庄柏瑜回了房中。阿苏依薇也回了房中。她刚刚起床,这会儿又抱着这束花坐回床边发呆。

第三十一章

我得离开这儿了。不管怎么样,先找到曲里布再说。既然知道还有一颗魔障石能取出我的神力,让曲里布陪我去找更合适。

庄柏瑜对我的心意我完全明白,可是,他不在我心里。

明天就是庄柏瑜答应带我去找魔障石下落的日子,我不能跟他去。有一个声音在心里跟我说,如果我心里没有他,就不要让他误会。

说不感动是假的。看看,啊,这儿真好。我正在他亲手为我打造的花园里——跟特儿果一模一样的地方散步。只是那棵树不太像。特儿果的死树仅有一棵,砍不掉,拔不走,历来长在谷主园中。庄柏瑜给我种了一棵梨树,不知用了什么方法使它逆季而开,满树的梨花在初冬绽放,这在任何地方都是见不着的。这是早晨,花瓣上还有水珠,大概是夜里带来的雾水或雨水。

想到他,他就来了。

"你拿的什么？"我问。他手里提着一把壶,像茶壶,一股草药味道。

"这是好东西。能让你看到梨花,就要依赖它。"庄柏瑜说着,将壶口朝下,从里面倒出一些绿色的水浇在梨树根部。

"是你研制的神药吧?"我笑道。他最擅长研制各种各样的药,有毒的居多。

"你最近挺闲啊。"我又说。

"只要你喜欢的,我都会尽全力。"他低头认真浇灌。

他比曲里布更细心,做事说话也比曲里布仔细。可是曲里布已经在我心里扎了根。我不敢告诉他,看着这些梨花的时候我思念的是曲里布。

他一定知道我心里怎么想的。他从来不提过去的事,更不提曲里布这个名字,仿佛世上只有我们两个人。他每天带我去九头仙山的最高处,那儿有一座望风塔,能将整个九头仙山之下的景物都看到眼里。

越是这样我越想离开。

今晚就走。

可我不知道出口。

所有的出口都长一个样子,我去观察过,至少有十一个出口。九头仙山是圆形山,出口围成一圈。那些看守就别提了,都是九头九身,个个长得一模一样,我看了好几次也没有区分出来。想从区别看守这个点上找到出口,是不可能的。可是从其他方面也找不出。都是一样的门,一样的摆设,如果不是我足够细心,恐怕以为自己看到的始终只是一道门。我敢确定有十一个出口。可是今天早晨我再去看的时候,好像只有九个出口了。我是因为特别烦恼才失眠了半夜,此刻到园中散心。

就像万拉苇说的,凡人有凡人的本事,他们有时候确实不需要我们,甚至可以抹掉我们的存在。这些年来,他们唯一的信念就是摧毁特儿果,杀掉谷主。

谁知道我会不会就是那个不幸的谷主,将会死在他们手中?

如果没有庄柏瑜,我就死在庄密云的剑下了。没有神力,没有雾灵,不能化入混沌之中,我比凡人还不如。

"依薇,你该去准备一下东西了,比如换一套深色衣服,我们今晚就出去。"

"今……今晚?"

"你不是想今晚出发吗?"

"我什么都没说呀。"

"在九头仙山,你心里想什么我都知道。我可不是只会研制毒药,能让梨花开在这个时节的人也只有我,对不对?去换衣服吧。没有我领路,那些门你是打不开的。"

我心里发毛,那先前想了那么多,岂不都在他的掌握之中了?"你怎么做到的,这个怪地方?"

"凡人有凡人的力量。我有我的方法。刚才不是说了嘛,让梨花开在这个时节的人只有我。想知道你心里在做什么打算,就更简单了。"

庄柏瑜浇完水,说完话就走开了。他是笑着走的。倒不是笑话我的那种笑,是说不清的,应该是关心或者想要我也对他笑一笑。

我突然觉得好难过,真的,一个你不在意的人太在意你了,只会让你很难过。你不知道怎么拒绝他。何况就算你拒绝,他仍然对你那么好。他跟庄密云是完全不同的两个人。庄密云可以利用所有能利用的人,庄柏瑜却不是这样。他对我当初怎么样,现在只比当初更好。我为什么没有喜欢这样一个细心体贴的人,我也不明白。

曲里布完全占据着我的脑海、我的整颗心。自从他摔进特儿果那天,他就像摔进我心里。我曾经很害怕他把我一个人丢在特儿果,他从天而降,就像老天爷扔给我的人,我接住这个人就不想让他走,他是我在特儿果全部的快乐。虽然我是谷主,可十六年来我更像一只鸟,特儿果再大,也仿佛是一个笼子,我不得自由。当曲里布跟我说起外面的世界时,我完全被迷住了。当他跟我说起荒山上那些白鹤时,我更是心驰神往。

庄柏瑜突然又回来了。他站在离我远一些的地方,像是特意给我腾出这么一段回忆的距离。

"柏瑜大哥,你怎么了?"我说。他一来我的回忆就断了。

"你不要想了。"他说。

他真的知道我在想什么吗?

"我不想为难你。只是希望有一天你能明白,谁更值得你放在心上。"他说。这回他没有走过来握着我的手。他说完转身走开,给我留了个非常落寞的背影。

第三十二章

"不要以为我对你的事情完全不知道。你建立门户我不管,把你的门徒变成什么模样我也不管,那是你的本事,我作为父亲只会感到高兴。这也是我没有派人去为难你的原因。你以为我真的不知道九头仙山在何处吗?你打算如何处置阿苏依薇?"

"我没打算处置她。"

"什么?可你之前明明跟我商议,要我配合你,将阿苏依薇重伤而不伤及性命,你要亲自从我的手中救走她。你说你会处置她。难道你在诓骗你的父亲?"

"倒也算不上诓骗。我们父子二人向来在众人面前演各种戏,就算那天我们是商议好的,别人也不会知道。他们只会以为我真的从你手中救走了阿苏依薇。你放心,我绝对不会告诉他们,一旦你登上王位,就会废除他们管事一职,将所有权力握在自己手中。"

"我听出来了,你在威胁我。"

"难道父亲不是一直在利用我吗?给曲里布下毒,诱骗众人与你一同对付特儿果。这么些年,你总算建立了自己的威望,个个对你信服,并且不管是谁杀了特儿果主人,最后能登上王位的只能是你。那些人会帮你除掉阻碍,拥你为王。"

"你知道还执意跟我作对吗?我再问,你打算如何处置她?"

"当初我的确想要处置她,也希望做得让你满意。可是现在我不想这么做了。"

"你莫非真的对她动了情？"

"是。"

"庄柏瑜，你疯了吗？"

"我没疯。"

"放着好好的江山不要，要一个没用的女人，还说自己没疯！只要你辅助我登上王位，将来那王位也是你的。众人虽然可用，但也比不上自己的儿子可信，只要我们父子连心，就一定能……"

"父子连心？你恐怕说错了话，我并不需要父子连心，自从我的母亲死了以后，你在我心里也死了。王位我要，阿苏依薇我也要。"

"你这话是什么意思？"

"我是说，你太老了，王位太硬，你坐上去不会觉得舒服。"

"你！"

"我今晚给依薇下了一点迷药，让她好生睡一觉，明天晚上我就带她去找另一颗魔障石。我要治好她。但是你放心，我能治好她，自然也能控制她。就算拿回了神力，我也有办法将她留在我的身边。至于父亲你，实在不适合再在人前出现。往后山庄一切事务将由我来打理。至于你和那位小夫人所生的宝贝女儿庄柏玉，我也会替你好好看管她。不管怎么说，她也是我的妹妹。这样吧，看在她曾经帮着她的母亲一同陷害我母亲的分儿上，我把她变成八个脑袋八个身子，这样看上去比其他人苗条许多，算是对得起她从前虚情假意喊我一声'大哥'。而你，自然是要九个脑袋九个身子，这样才对得起我的母亲，她可是被你和万拉苇给生生害死的。"

"你……给我吃了什么?！"

"自然是变身的好药。慢慢享用吧，我得赶回去了。回去晚了天就亮了，依薇还等着我呢。"

"你别走！"

"你拦得住吗？"

第三十三章

柳尘依一觉醒来,睡眼惺忪,扭头一看,发觉身边躺着永成公子,而且自己竟然是枕在永成公子的臂弯里。

"天哪!"她惨叫一声。

永成公子被她这声尖叫给吓醒了。

"你做噩梦啦?"

"你怎么会在这儿?"

"那我能在哪儿?"

"你怎么能在我的床上啊?"

"这是我的床啊。"

"那你也不能在床上啊。"

"是你把我拉上来的。"

"你胡说!"

永成公子一脸无奈,笑道:"千真万确。大小姐,你看看,这是暗室。我本来要去打地铺,是你把我拖到这儿的。"

"发生了什么?"柳尘依捂着脸,心里想着昨晚的事情。"昨晚我们喝了酒?"她问道。桌子上还摆着一个酒壶,酒壶歪躺着,两只酒杯,还有一些剩菜。

她觉得头痛,揉着太阳穴。

"我帮你揉。"永成公子靠近她身边。他竟然光着上身。

"你走开一点。"柳尘依推开他。

永成公子一脸高兴,他看上去心情好极了。

柳尘依猛地掀开被子一角,看看自己身上,只穿了件贴身衣服。可是,这贴身衣服竟然穿反了,她不记得自己穿反过。

骑鹤来迎 | 153

"是我帮你穿好的。"

"你说什么?"

"我什么我?我怕你冷,又给你穿上了。"

"又?"

"看样子你什么都不记得了。"

柳尘依觉得浑身哪儿都不舒服,手臂还有瘀青,一看就是摔青的,擦破了皮。她努力回想昨天的事情。

"你说你,不会喝酒非要喝,非要我跟你庆祝自己终于想通了,要过另一种日子。"

"另一种日子?"

"你果然什么都不记得。我就知道酒醒以后你什么都不会承认的。"

"我承认什么?我说了什么?"

"你真的全忘了?"

永成公子清了清嗓子,看她一眼,又故意扭开视线,似乎怕她听了难为情。

"是这样的,"他说,"你说以后要跟我一起过日子了。"

"什么话?这话能是我说的?"

"这话怎么就不能是你说的了?你对自己还不了解吗?还有更厉害的。"

"什……什么……"

"害羞了?"永成公子抿着嘴。

柳尘依抓住被子将自己的脸捂住一半,仅露出一双眼睛。

"反正不管怎么样,今天早上醒来我们不是躺在一块儿了吗?其他的事情你想象一下也知道了。"

"我不知道。"她生气。

"尘依,你是不是后悔了?"

"后……后什么……"

"你就是这样,遇到感情的事就说不清话。我知道你心里是喜欢我的。你只是一直以为自己喜欢的是曲里布,你喜欢我,让你觉得有点儿对不起曲里布,仿佛背叛了他,是不是?你不用感到愧疚。昨天晚上我也跟你说了,你的曲里布大哥之所以要走出荒山,那是他心里只把你当成妹妹。他爱的是阿苏依薇。你喜欢谁对他来说都没关系。"

柳尘依低着头,没说话。不需要提醒,她也知道曲里布爱的是阿苏依薇。

永成公子又说:"你是个聪明的姑娘,昨晚喝了很多酒,还哭鼻子,我理解,曲里布毕竟是跟你一块儿长大的人。你很矛盾。我都知道。"

柳尘依惊讶地望着永成公子。

"你不信我的话吗?你还吐了我一身。不信自己去看,害得我只能将衣服脱下来丢在门口,还没来得及洗呢。"

柳尘依伸头一看,门口矮花树上确实搭着永成公子的衣服。

"我不记得了。"她说。

"我知道你不记得。"永成公子又靠近她,不管柳尘依如何推他,他都没有挪开。

"昨天晚上你……"她想问,又开不了口。

"你是想问那个……我倒是没怎么你,是你……"

"我?"

"你知道我对你没有抵抗力呀。"

"所以呢?"

"所以啊……所以就……"

"你不会把我赶到花园里清醒清醒吗?我知道了,你是故意的!"

"我不是故意的,但我不会后悔啊。你为什么要后悔呢?既然你心里有我,我心里有你,这事情不是早晚的吗?"

"早什么晚?谁跟你……"

"你不要生气。"永成公子急忙将她搂进怀里。

柳尘依想要挣脱,却感到浑身无力。

"我有点儿晕。"她说道。确实头晕,酒劲儿还没消。

"你放心吧,昨晚什么都没有发生。虽然我确实希望发生点儿什么,可我不能那样做。在你完全想清楚之前,我愿意等。"

柳尘依听后心里一软。

"你昨晚摔倒了,碰到桌角。手臂还痛吗?我只匆匆给你敷了一下,你喝多了,一会儿说要飞走,一会儿说要游泳,差点儿跳进门口那个池子。"永成公子说。

柳尘依只是听着,没说话。她由着自己躺在他怀中。她伸手将他搂住,像上次一样,猝不及防地,由着自己的心意。

暗室之中,两人难掩情意,心里仿佛开出无数细碎的花,爬满了整个暗室墙壁。

第三十四章

曲里布无法一直带着两个人飞行。为了柯风跟白芯儿,他只能耐心陪着他们走路,四处寻找阿苏依薇。

白芯儿始终不怎么理会柯风。

柯风都快急死了。

"你替兄弟操心操心,跟我说说她为什么突然不理我了。"

"我可不知道。我怎么会知道呢?"曲里布说。

"你是一只鸟不是吗?鸟的眼睛是很锐利的不是吗?何况你不是普通的鸟,你是神鸟当扈,英俊潇洒,聪明绝伦。"

"是什么都没有用,我不知道还是不知道。这世上我只知道一个人的心思。"

"是,你只知道阿苏依薇的心思。算了,我也懒得问你。"

柯风生气,但是如果白芯儿突然看他,他会立刻展开一副笑脸。

三人已经走了七十九个管事地界,仍然没有阿苏依薇的消息。曲里布也开始着急了。眼看冬季越来越深,一旦落雪就更难寻找。

"我们这样下去也不是办法。"白芯儿说,她是跟曲里布一个人说,特意躲开柯风的注视,"我有个去处,不知道你有没有意见。"

"你说。"

"特儿果。"

"特儿果?你觉得依薇会去那儿吗?"

"应该会。"

"不,她暂时不会去。她还没有恢复神力,不会贸然返回特儿果。也许我们不应该四处盲目寻找,我们应该去密云山庄打探消息,他们谁也不会料到我们还能再回去。啊,怎么现在才想到?你同意吗?"曲里布问白芯儿。

白芯儿一想,也对,点头同意。

"那你呢?"曲里布又问柯风。

柯风哪还有什么意见?白芯儿去哪儿他自然去哪儿。也不知怎么了,白芯儿突然不理他了,他倒开始牵肠挂肚。

曲里布高高抬着他那颗脑袋,像天上长着什么好看的东西,在偷笑。

第三十五章

曲里布、柯风、白芯儿,他们三人到达永成公子的地界。五里外满大街张贴着告示,上面写的竟然不是捉拿阿苏依薇,而是宣告密云山庄将由庄柏瑜接管。

"庄密云生了重病,无法料理山庄事务?"曲里布惊讶道。

白芯儿也感到疑惑。至于柯风,他看到这些告示后突然大笑。"太好了!"他说。

"好什么好?"白芯儿脱口而出。

柯风更高兴了,白芯儿总算愿意跟他说话了。

"你们想想,这说明什么?说明他们密云山庄出大事了!自顾不暇,哪还有心思捉拿我们这几个闲人?我们不用东躲西藏,以后该住店住店,该吃吃该喝喝,该干吗干吗,不用在野外受饥寒之苦。"

"你是饿了吧?"曲里布没好气地说道。其实他也饿得要死。

白芯儿斜了二人一眼,自己走开了。

"去哪儿?"

"永成客栈。"

二人急忙跟上去。

"你有钱吗?"柯风突然走到曲里布跟前,小声问。

"没有。"曲里布说。

"也对。你一只鸟,天上飞来飞去,地上蹭吃蹭喝,能有什么钱?"

"你看不起我。这段时间你们两个吃的东西都是我蹭吃蹭喝蹭来的,我看你吃得还挺欢,还吃胖了。"

"说这些还有什么用?你现在已经蹭不到吃的了。五里外乱糟糟,人们扛着东西正准备逃走。真奇怪,庄柏瑜很可怕吗?你看他们个个脸上都很慌乱,全都不想留在这儿。就算到了永成客栈,大家还是要一起饿肚子,除非你有钱,你没听说他爱财如命吗?到他那儿的客人,从没有赊账的道理,更别想吃他的霸王餐。"

"那怎么办?我跟他不熟。"

"我跟他也不熟,淡得很,只听过名字,没见过面,什么交情也没有。"

"那还去永成客栈干什么?看看周围哪里能找到愿意赏饭吃的地方啊。"曲里布停下脚步,站了一会儿,突然眉开眼笑,用下巴指指走在前方的白芯儿,说道,"忘了我们有财神爷呢。快跟上我们的财神爷。"

曲里布加快脚步追着白芯儿去了。柯风赶紧跟上。他昨天亲眼看到白芯儿翻遍衣兜想要找钱买什么东西,半个子儿也找不到。他也没好意思问她买什么,问了也没钱给她买。这是他柯风有生以来过得最难堪的日子。要是在长生海,就算白芯儿要买天上的月亮,老天爷只要肯卖,他二话不说就能想法子买给她。人穷志短,他现在什么底气也没有了,追上白芯儿的脚步都不敢太靠近,怕自己身上这股穷酸味儿熏着她。

第三十六章

"我就知道你在黄柳镇。"周倩说。

她逼近一步,那人就退后一步。

那人身穿黑衣,从上到下裹得严严实实,就算这样也逃不过周倩的眼睛,她已经认出这个人肯定来自九头仙山。莫非庄柏瑜回心转意了?

"说吧,四处散播消息引我出来为什么?我知道你是九头仙山的人。不用藏了,你这庞大身躯,你的气息,只有九头人才有,我熟悉得很。"

那人不再往后退,但也没说话。

"我不记得九头人之中有哑巴。"

那人还是没说话。

"你四处派人散播消息,说我周倩将会自立门派,与密云山庄作对,是什么意思?你不用担心,像你这样的装扮我在九头仙山见得多了,我并不吃惊。相信你也不会觉得我会为此吃惊。是什么原因让你不敢面对我呢?莫非你不是九头仙山的人?"

周倩此话一出,那人向前一步,做出激动反应,可是又站在原地,什么也没说。

"既然你什么也不肯说,那我就走了。"

周倩是故意这么说的。一个人动那么多心思引她出现,不会只为了在这里与她打哑谜。

那人听后，缓慢、犹豫不决，但最终还是做了决定，他掀开了罩在头上的布。

"庄密云?！你这是……"周倩不敢相信自己的眼睛，这九头人竟然是庄密云。

"发生了什么?"她自言自语。

庄密云脸上愁云密布，也带着愤恨和不甘心。

"倩儿。"他喊道，他第一次用这么亲切的称呼喊周倩。

周倩皱紧眉头。

"你找我也没有用。看到你这个样子，我大概知道你的目的了。"周倩说，忽然想起之前庄密云的作为，他不过是发觉她突然又有了利用价值。

"我知道你恨我。但这一次我希望我们能合作。难道你不想让阿苏依薇死吗？你甘愿从此往后，隐姓埋名，就这么让她去过好日子吗?"

"你是想让我帮你对付你的儿子吧！你发现虽然我不是庄柏瑜的对手，如果阿苏依薇恢复神力我更不是她的对手，但现在阿苏依薇没有神力，你的儿子也分心在她身上，以我对庄柏瑜的了解以及这么多年长在九头仙山，一定有办法对付他们。你觉得我上一次是故意失手的，因为我对庄柏瑜有情，害怕杀了阿苏依薇从此令他恨我。这次你来，是想蛊惑我再次成为你的杀人工具。你不是有暗军吗？怎么不让他们出手呢?"

"我跟庄柏瑜的父子之情已经到头了。既然他对我始终放不下仇恨，我也不必对他手软。"

"你要杀了他?"

"不，我会给他一间铁造的屋子，让他好好反省。不管怎么说他都是我的亲生儿子，我不会要他性命。"

"这跟我有什么关系?"

"如果你愿意帮我，那庄柏瑜完全可以不住在铁屋子。你可以带他走。跟自己心爱的人一起隐居，总好过一个人孤独一生。"

"说得好像你很有把握。既然有这等本事,又怎么会变成现在这副模样?"

"我一时疏忽,没有防备。谁让我始终觉得他是个好儿子,怎么样也不会将他父亲害成这样。是我大意了。"

庄密云抬头望着身前一棵大树,走近摸着它的树干。

周倩想起阿苏依薇那张脸,想起庄柏瑜对阿苏依薇那些关心,她心里一阵难受,掩不住怒火。

"你其实已经后悔没有对阿苏依薇下手,对不对?"

"我很后悔。"周倩咬牙说道。

"为时不晚。"庄密云说。

"你想怎么对付他们?"

"很简单,你帮我把模样变回去,我回去调动暗军。"

"哼,原来你是这个打算。"

"我并不是想要利用你,这是我们合作的第一步计划。如果我顶着这副模样去找暗军,只会死于他们手中。我训练他们的时候就说过,凡见了九头九身,不论是谁,杀无赦。暗军所藏之地,只有我能开启。"

"你这是报应。你早就在做消灭九头仙山的准备了。"

"是。如今你已不是九头仙山的人,我才跟你说了实话。庄柏瑜野心勃勃,如果我登上王位,第一个起来造反的就是他。"

"说来说去,就是你跟庄柏瑜在抢王位。可笑,我为什么要掺和其中?对我没什么好处。"

"对你的好处就是:我不会杀了庄柏瑜,并且一定放你们离开。只要你治好我。"

"庄柏瑜并不喜欢我。"

"不,他会喜欢。你大概不知道那魔障石还有一个用处。这是万拉苇亲口告诉我的,只要开启魔障石的另一层机关,将你的心意说给魔障石,它收集之后,你所爱之人的心就会被魔障石改变。到时候,就算他对阿苏依薇情深似海,也会忘得干干净净。魔障石会把他对阿苏依薇的那份情,幻化成对你的深情,他心里眼里只会认为那份情就是给你的。到时候,庄柏瑜心里只会装着你一个人。这就是要将它称为'魔障石'的真正原因。这是魔界主人亲口告诉万拉苇,万拉苇又说给我听的。魔界主人本来就打算让他喜欢的那位特儿果主人回心转意,可是要让一个人回心转意,只靠取走她的神力以及自己一片痴心是不够的,他是个聪明人,他知道除了自己的痴心,还必须动用更保险的手段。身为魔界之人,想要制造这样一颗具有魔性的石头并不难。只可惜命运弄人,魔障石刚刚研制出来,特儿果的谷主却难逃神族规则,跳下了深渊,没有得到飞升。如今这石头既然在万拉苇手中,以我跟她的交情,借用一下不难。"

"你跟万拉苇的事情早已不是秘密,只是大家都不知道你们为何没有在一起。是你不喜欢她吗?要不然你也不会跟庄柏瑜的母亲在一起。我很好奇,如果魔障石真那么神奇,为何万拉苇不把魔障石用在你身上?"

"因为……"庄密云突然伤心道,"拉苇并不想跟我在一起,并非我不爱她。"

"为什么?那日风山顶上的事情我可是听说了。她并不像你说的那样对你一点情意都没有。"

"她孤独惯了。她想要的无非就是能做特儿果主人,不必受太阳神女后裔的牵制,过自己喜欢的清静日子。"

"那你为什么不拿来用在她身上?既然魔障石可以凭借一人之力改变心爱之人。"

"那是因为,我既不想改变拉苇,也不想改变自己。魔障石一旦开启,将你和所爱之人的心系在一处,你便没有其他任何用心。比如说,想要成为天下之主的心也会淡化。你会只想过一些普通的小日子。"

"我听明白了,你根本不爱万拉苇,就算你爱她,跟王位比起来,爱情实在算不了什么。"

"这不要紧,要紧的是你想不想改变庄柏瑜。在我没有将魔障石的用处散播出去时,这个秘密目前只有我和万拉苇以及你知道。我忘了跟你说,那魔障石只能开启一次。这是你的机会。如果让别人抢了先,那就什么都晚了。你要知道,想得到这种机会的人多得很,天下的有情人并不事事如愿。若你答应合作,我可以保证借到魔障石。若你不想改变他,想要就此放弃这个机会成全阿苏依薇,那么你现在就可以离开。我庄密云虽然很想得到你的帮助,但也不会勉强别人。我这副样子肯定还有别人能治。庄柏瑜能研制这种怪药,自然也研制了解药,就算我不能拿到庄柏瑜的解药也没关系,天下之大,不信没有能人。"

周倩没说话。

庄密云暗自观察,知道周倩已经对他说的话动了心。

"你走吧。"他故意说道。

周倩仍然站着不走。

"我答应你的条件。"她说。

庄密云料到她会答应,脸上还是做出激动的表情。他说道:"希望你忘记之前我们的不愉快。关于你的父亲,只能说一切都是巧合。那天晚上他来找我,走到山庄门口恰恰遇到万拉苇,二人打了起来,你父亲肯定不是她的对手,等我接到消息赶到的时候你父亲已经中剑,他是死在我面前的。这件事我的确愧对你和你母亲。如果你母亲还活着,我一定亲自跟她表示歉意,可惜她难以承受打击,和你父亲一并去了,导致你小小年纪孤苦伶仃。我没有将拉苇与密云山庄的关系提早告诉你父亲是我的疏忽,如果你硬要说他的死是我造成的,我也无可奈何。将你送到庄柏瑜身边,也是为了你能跟他有个好的结局,我是希望你能成为密云山庄的少夫人。这份苦心被你看成是利用,我也认了。谁让你的父亲确实死在我的眼皮子底下呢?"

"你不用说得这么好听,庄密云,这些话如果放在从前,我周倩会感动得哭鼻子。今时今日,我听到这样的话只觉得悲哀。眼下你为了让自己有活命的机会,说出什么样的话对你来讲都是可以的。"

庄密云心里吃惊。

"我不能保证能完全治好你的病,不过,我可以试一试。"

庄密云很高兴。

"你一定可以的。"他说。

周倩抬眼一笑,望着老天,心里在想一些往事。

"我们必须离开黄柳镇,这个地方并不适合研制解药。"周倩说。

庄密云满口答应,现在说什么他都不会反对。

"据说万古楼已经是万拉苇的地盘了。"

"是,她分配了手下的人在那儿打点一切事务。她自己住在特儿果。"

"你知道地方吗?"

"不知道。万古楼的住所东迁西移,从未固定。"

"那可惜了,如果是万拉苇亲自主持万古楼,或许可以让她带着我们东迁西移。既然她本人并未亲自掌管,我们只能另外找个安全的地方,免得到时候解药研制出来,得救的人却不是你。我先前没有跟你说,在你之前,庄柏玉找过我。"

"玉儿?"

"庄密云,仔细想来你其实挺可怜的。儿子恨你,最疼爱的女儿也一直想让你死,恐怕她比庄柏瑜更希望你死呢。眼下你变成这副模样——虽然她和你的遭遇相同——正是她希望看到的。只要你永远恢复不了模样,她就得了最有利的理由和机会……"

"你这些话是什么意思?"庄密云打断她的话。

周倩冷笑两声。

"我是说,你的女儿比你儿子更可怕,她比她哥哥更盼着你死。"

"不,你在说谎,玉儿不会这么做,这些都是你编造的。我知道你恨我,也恨玉儿,小的时候她不小心把你推进水塘,害你差点淹死,你一直记恨她。"

"我没有说谎。你只是不敢也不愿意承认。她是你庄密云的女儿,你从小看着她长大,她什么样的心性你比任何人清楚。"

庄密云低着头。他无法做到低头这个动作。脖子上分支出去的脑袋们将他中间,也是唯一能使用的脑袋僵硬地戳在脖子上。他也无法真正抬头,往上使劲会失去平衡。他无论是抬头还是低头,都只能是轻微的,几乎看不出来的一个动作,无非在脸部的情绪上表现得最细致。对于周倩的话,他怎么可能会不触动呢?他早就发现庄柏玉的野心了。只是曾经有一段时间,他并没有太在意,反而还很高兴,至少这个女儿在才智和心计方面几乎完全继承了他。

"她真的亲口说想让我死吗?"他语气低沉。

"是。"周倩说。

庄密云听后心冷了半截。

"不会的。"他又说。

"你从小栽培的孩子,长大了比你更有野心也不稀奇。"

"我们还能去哪儿?"庄密云忧愁道。

"长生海是个不错的地方。"

"你是在哪儿遇到庄柏玉的?"

"五里外。她还顺便将五里外的永成客栈给烧毁了。这一点很像你,做事从来不留情面。"

"怪永成那小子先背叛我密云山庄,要不是阿苏敏云插手,她早就杀了永成。"

"对,她就是因为再去的时候找不到永成公子而烧毁了客栈。要不是在九头仙山学了一些用毒的本事,我也差点遭她毒手。她只给我两个选择,一是给她研制解药,二是死。她还说,知道你在四处打听我的下落,让我不能给你研制解药,否则天涯海角,一定找到我和你,一并杀之。"

"她疯了!"

"不是。她只是终于等到机会了。你想坐的位子她也想坐,因此你们之中只能有一个人恢复样貌，天下人再怎么样也不会推一个九头九身或者八头八身的怪物登上王座。说来说去，你密云山庄战胜了天下人，最后争这个位子的却是你们自己人。"

"她竟然为了那个位子想要我死。"

"不是想要你死，她是要你死，这会儿她一定在四处寻找你和我。"

"那么长生海也不安全。"

"哪儿都不安全。"

"去五里外。"

"你觉得她不会再去那儿？"

"赌一把。"庄密云说。

周倩同意，五里外确实比长生海更合适。

庄密云心里非常难过，他最大的仇家竟然是自己的亲生女儿。为了不引起注意，他和周倩只能赶夜路。

天快亮时，到了五里外。确实如周倩所说，永成客栈已经化为废墟。这都是庄柏玉的"功劳"。在废墟里走了一圈，发现有人曾经到过这儿，地上留着一些残羹剩饭，显然有人将客栈厨房里逃过大火的食物拿来吃掉了。厨房在最边缘，烧得最轻，半边屋檐只被熏黑。可能有人赶到的时候及时救了火。也就是说，这些人是在庄柏玉放火之后赶到的，他们一定是饿极了。庄密云仔细观察，发觉地上掉有一张纸片，纸片旁边还摆放了三块石头，是叠着往上放的。有这个习惯的人他非常清楚，就是长生海的书生柯风。柯风无论在哪里吃饭，没有凳子坐绝对不行。这是他少年时还没有定居在长生海的时候养成的习惯。柯风早年四处游历，时常风餐露宿，却非常讲究，必须要坐在凳子上吃饭。

庄密云笑道："我知道是谁了。"

"谁？"

"柯风。"

"柯风也逃到这儿来了？"周倩也忍不住好笑，"想不到被你密云山庄追杀的人四处躲藏,现在连密云山庄的老主人也在四处躲藏,真有意思。"

"你不要说这些风凉话。看看还有没有可以住人的房间。"

"你是说他有暗室?"

"你很聪明,难怪这些年在九头仙山始终得到庄柏瑜的信任。"

"他会将暗室修在哪儿?"

"找找,肯定有开启暗室的机关。"

二人又在废墟中寻找了几遍,没找到。最后在尚未完全烧毁的厨房里面误打误撞开启了一道机关,的确是暗室,只不过是一间厨房用的储藏室。

"也好。"庄密云说,"起码有吃的东西了。储藏室不小,腾出一点空间是可以住人的。"

周倩打探一番,发觉储藏室里面另有一间小房间,里面还有床和椅子。

"这肯定是给看管储藏室的人睡觉的地方。你住下吧。我睡外边。"庄密云说。

周倩收拾了一下,倒也不错,比外面那些破庙强多了。

第二日,按照庄密云的条件,周倩开始研制解药。其实根本不用研制,离开九头仙山之前她就偷拿了几粒解除九头九身的药。只可惜跟庄柏瑜打斗时弄丢好几粒,如今只剩下一粒。迟迟不拿出来,是想看看庄密云还有什么目的。

第九日,周倩才将庄密云喊到外面,在废墟上,面对太阳站着。

"药研制好了。"她说。

庄密云高兴不已:"太好了!倩儿你放心,之前的约定庄叔叔决不食言。不管怎么样,那庄柏瑜毕竟也是我的儿子。事成之后你与他远走高飞,我今日在此立誓,绝不阻拦你们。我的话句句有效,否则让我庄密云天打雷劈,不得好死。"

"庄叔叔,我周倩不是三岁孩子了,不会再信这些赌咒立誓的话。既然我敢答应你的条件,自然也不怕你反悔。这药必须在有阳光的地方服用才行,服药之后你还要继续暴晒一个时辰,这期间你不能喝水。如果渴的话现在就喝。"

庄密云立刻回厨房舀一碗水喝下去,又回到太阳底下。

周倩走近庄密云,从一个蓝色小药瓶里倒出那唯一的一粒红色药丸。

"服下吧。"

"只有一粒吗?"庄密云迟疑了一下。

"一粒就够。我从九头仙山带出来的药材不多,能顺利做出一粒很不容易。"

"是,一粒就够了。"庄密云伸手去拿,谁知眼前突然一个人影晃过,周倩手里的药丸就不见了。

"庄柏玉!"周倩喊道。

"快把解药给我!"庄密云更是怒火冲天。

"父亲不是向来最疼爱女儿吗?我以为你会主动将这颗解药给我吃了。没想到父亲对女儿也如此心狠。"

"玉儿,你想到哪里去了?我先前还问周倩怎么只有一颗,我的意思是,准备给你要一颗解药。奈何药材不足,我打算先吃下解药,回头肯定会给你再研制一颗。我刚才就是这么打算的。我怎么会舍得让我的宝贝女儿受这种苦呢?你把父亲想成什么人了?"

"既然如此,那让女儿先吃解药吧,你再让周倩给你重新研制。"

"玉儿!你连我的话也不听了吗?我毕竟年纪大了,顶着这副身躯特别艰难。"

"你的话我听太多了,现在确实不怎么想听。"

"你这是忤逆不孝!"

"你当初如何对待我的母亲,我当然要如何对待你,不然怎么对得起她老人家在天之灵?你杀了她,是你亲手杀了她,比起庄柏瑜的母亲,我的母亲更可怜。"

"你……怎么知道?"

"我怎么知道?我亲眼看到的!我正要踏入母亲房门,听到你们激烈争吵,透过门缝我看到你亲手拿剑杀死她!从那天开始,你的女儿——我,庄柏玉,在你面前努力装出一副孝顺模样,为的就是平平安安活下去,得到你的信任,等待机会。"

"原来你是为了那个贱人。"

"你住口,我不许你这么说我的母亲!"

"她背叛我,竟与那……"

"那是你先辜负她。要不是你一门心思都在万拉苇身上,她怎么会爱上别人?是你把她推到别人身边,你有什么资格怪罪?你能爱别人,我母亲就不能吗?"

"她既然嫁入密云山庄,就该守我的规矩。"

"你的规矩?你的规矩你自己都不守,凭什么让我母亲来守?你也配!"

"庄柏玉!你少废话!快把解药给我!"

"休想!"

庄密云气得脸色发红。

庄柏玉握紧拳头。

庄密云抽出长剑,同时左手劈出一掌。

庄柏玉也抽出长剑,硬生生去接那一掌,这些年的历练使她功夫并不比庄密云弱多少。

庄密云果然没有讨着便宜。

"你老啦。"庄柏玉哈哈一笑,又接连挥出三剑。

庄密云退后几步,也使出了看家本领。

周倩全程旁观。她很高兴是这个局面,早就想好的局面。并非这解药在阳光下服用才有效,而是她一早就发现了庄柏玉潜伏于暗处。只要她把解药拿出来,庄柏玉必定会来争夺。就像现在,果然是预料之中,父女二人大开杀戒。虽然身体都很笨拙，但怎么说都是一顶一的高手，浑身充满杀气。双方都起了狠心，也都受了伤。

突然，周倩看到机会来了，庄密云占了上风，剑尖直指庄柏玉心窝。他似乎犹豫了一下，并没有马上刺到庄柏玉。庄柏玉早已慌了神，本就身体笨重，也受了伤，眼看无法躲开。

周倩突然奔向二人，嘴里喊着"不要再打了"，人却站到庄密云身后，撞向他。庄密云手中长剑向前一送，刺进了庄柏玉心窝。

庄密云还没有反应过来，那剑身已经染满了庄柏玉的鲜血。

庄柏玉没想到庄密云会真的杀她，眼睛一红，愤恨地将手中药丸丢入口中吞下去。她是死也不愿将解药给庄密云。她提着最后一口气，向庄密云发出三根毒针。庄密云正走神，来不及避开。

"你这歹毒的人，和你母亲一样，你们都想背叛我！"庄密云吼道。他像是发了疯，拔出长剑又补了一下，庄柏玉彻底断了气。

"你不必难过。"周倩说。

庄密云沉默，没说话，他回头狠狠地瞪着周倩。他知道先前那一撞她是故意的。

"你应该感谢我帮你下了决心。你不杀她，她就要杀你。王位的宝座除了你，谁都很难坐上去。庄柏玉虽然聪明，但做事不顾一切，很难让人对她忠心，她早晚会死在众人手里，如今只是早一点儿去见她的母亲罢了。更何况她的母亲……"

"你想说什么？"

"你怎么确定她就是你的亲生女儿？"

"你住口！"

"如果不是这样的话，你怎么可能一直将她视作棋子，将庄外所有危险的事情都派给她做？你对庄柏玉的疼爱也是很复杂的，带着对她母亲的恨意，只是不愿亲手将她杀死罢了。"

庄密云没说话。

"这些年你可是费了很多心思才得到'大善人'的名声。"周倩又说。

庄密云看着庄柏玉,又恨又伤心。不过,周倩的话提醒了他,这些年他付出的一切确实花了不少心思。

周倩又拿出一个药瓶,从里面倒出一颗绿色药丸。

"你这是……"

"这才是解药。"

"你知道庄柏玉会来抢?"庄密云中了毒针,说话的气力跟不上了。

"不错。我既然答应了你的条件,就必须保证你能服下解药。"

"周倩,你比我的儿子和女儿更可怕!"

"我只是为了你好,服不服解药由你自己决定。你运气不错,这另一颗药能帮你解除刚刚中的毒。"周倩拿出一颗小一些的黑色药丸。

"你先服下小的。"

庄密云不像之前那么高兴了,心里笼罩着一层恐惧感。

"你是怕它有毒吗?"周倩笑道,"那我吃了。不过,仅此一粒。"

"慢着!"庄密云阻止道。他抢过黑色药丸,看了看,心一横,放进嘴中。

周倩又将绿色药丸递给他。

庄密云犹豫一下,还是吃了下去。

"好胆识。"周倩说,"现在你就站在这儿暴晒一个时辰。记住了,别喝水,否则前功尽弃。"

"你等等。"庄密云喊住正要走向暗室的周倩。

"你想让我帮你葬了庄柏玉对不对?"

"麻烦你。"

"行,我帮你这个忙。"

周倩就近葬了庄柏玉,然后回了暗室。

第三十七章

我们趁着天黑到了魔界。严格说来,这只是从前的魔界之地,在荒凉的山沟之中。我们要找的也正是此处。这儿的一切都在朽坏,像苍老的抬不起头的蜻蜓后背上那两对翅膀,在时间流逝中一点点风化。但仍然可以通过那些倒下的城楼看出,此地虽为魔界,却并非恐怖之城,边缘还能看出农人居住和种植的痕迹。也许庄密云说得对,魔界主人对那位特儿果主人确实用情很深,他曾一度想要丢掉魔界之尊的身份,将魔界之地硬生生改造成田园之景。只可惜,特儿果主人难以摆脱自己的身份和宿命,加上外界对她的刁难和追杀,再加上有神族规矩,她最终不得不离开魔界主人,五十年之期一来,她便跳下深渊,前尘往事随她一并终结。这件事对魔界主人打击不小,他一个人独自活了很久很久,到最后竟然连保命的机会也不要——他本来可以用魔障石对付手下作乱之人,可他没有这么做,他选择死去。用庄密云的话说,魔界主人是个非常失败的人,一个男人一旦动了真情,尤其是难以自拔的真情,那就成了一只丢掉爪牙的老虎,活得跟病猫没什么区别。庄密云看不起这样的人,在他看来,一个男人只有获得无上的权势和地位,才能给他心爱的人幸福。那日风山顶上,庄密云提起魔界主人的时候脸上都是不屑的神色。万拉苇更不用说,她很高兴魔界主人就是一只病猫,不然她如何轻易得到魔障石?只能说一切太巧合,魔障石本来就是研制出来取走特儿果主人神力的东西,虽然没有直接取走那位谷主的神力,可我继承了谷主之位,这便是我的劫难,也是特儿果注定要遭遇的劫难。万拉苇此刻正坐在我的位子上。

庄柏瑜跟我说,那位新的魔界主人早就另选了地方,他走时顺便捣毁城楼,并将之前魔界主人招纳进来的平民百姓全都赶走了,不准他们再踏入魔界半步。如今这个地方人人避而远之,也因此变得荒凉。

庄柏瑜带我进了魔界主人的房间。我不知道他是如何判断这就是魔王的房间,在众多废弃的楼里,哪儿看上去都差不多。他坚信另一颗魔障石就藏在魔界主人的卧室。

这儿真熟悉。我似乎来过。就在我进入魔界大门那一刻,一种似曾来过的感觉填在心里。

可我没有来过,十六岁之前从未踏出特儿果半步。

庄柏瑜走在前方,他手里举着火把仔细观察墙壁上那些奇怪的按钮。他跟我说这就是从前那位魔界主人的居所。这是一间像地道一样长的住所。

"你来看。"庄柏瑜说。

我立即向他走去。

"你看。"他伸手指着。

我抬头看见墙上横着一根笛子,已经变成石头的一根笛子。我忽然觉得脑海里一阵激荡,恍惚看到一张吹笛子的嘴——就是这支笛子——看不清他的脸。我知道他是个男的,身着蓝色长衫,仿佛曲里布。但不是。他不是曲里布。他的气质完全跟曲里布两样。他很悲伤,因为那笛声很悲伤。我听不出那是什么曲子。他站的地方好像是特儿果的深渊旁边。即使长在特儿果,我也从未去过深渊地界,我对那儿有恐惧和排斥感,为什么会觉得他站的地方就是深渊旁边呢?我脑子越来越昏。我想不明白,但是,一切似乎越来越清晰地就要从脑海中浮出。

"你看出什么了?你觉得这会不会是一道机关?"庄柏瑜说。

"不是。"我说。

庄柏瑜也点头:"看上去的确不像。但很奇怪,它为什么会嵌入墙壁呢?"

"不是嵌入,他只是把它放在墙壁的横孔中。"

"你怎么知道?"

"我说不清怎么知道,你不要问了。"

骑鹤来迎 | 173

庄柏瑜跳起来,伸手抓了一下,果然将笛子抓到手中。笛子并没有被墙壁"咬"住,只不过从低处看去,以为嵌入墙中。墙壁上有个条形的刚好存放笛子的孔。

庄柏瑜很吃惊地望着我。

"你不用看我。"我说,"我也不知道为什么,好像对这儿很熟悉。"

"你以前是不是来过这里?"

"没有,从来没有。"

"那就奇怪了。"他也说,拿着笛子左右看看,"就是根普通的笛子嘛。"

"只是变成石头了。或者,根本不是石头,只是看起来像石头。实在摸不清它的材质。我从没见过这样的。做工和成色都不错。"他又说。他是在自言自语。

我没有拿过来看一下。不用看我也觉得它非常眼熟,就好像是我亲手做出来的一样眼熟。难道它是我的?不可能。这是魔界主人的居所。

我还是忍不住拿过来看了看,擦掉笛子上的灰尘,心里忽然热烘烘的,好像谁跟我说了什么难过的事情,让我突然情绪低落。

庄柏瑜走到前方去了。他在很卖力地搜找。他坚信魔障石就在这里面。

我再次将笛子放回墙壁。这个动作又让我脑海里浮现出一些奇怪的画面。

我发现一张倒塌的桌子也变成了石头。这儿像是被人施了法术,将过去所有东西都变成了石头。不,不是所有东西,是有一部分东西变成了石头。

"依薇,走快些。"庄柏瑜说。他在前方催促,将火把举高,给我照亮。房间越来越黑,似乎在向着地底走。

我听到有流水声。在卧室之中竟然会引水进屋?

"你看!"庄柏瑜惊讶不已。他将我拉到身前,指着面前一条变成石头但仍然可以看出来是水流的东西。

"魔王可真是个怪人。他这样的性情跟魔界主人一点也不搭边,倒像是个书生。"庄柏瑜说。

"你听到水的响声吗?"我问他。

"没有。哪有水响?半点儿风声也没有呢。"他说。

"我听到了。"

庄柏瑜看看眼前这条水流,又看看我,嘴上没说话。看得出来,他对我的反应是非常吃惊的。也许他觉得我的病还没有完全好,所以后来,他对我的任何"发现"都表现得很平淡了。

"只要拿回神力就好了。你不要担心。"他后来干脆这么安慰我。

我确实听到了水响。眼前水流很细,就像一条瘦河从屋子正中穿过,是从窗户底下的孔洞中流出去的,也是从另一扇窗下流进来。

我敢肯定,我听到的就是这条已经变成石头模样的细流发出的声响。

第三十八章

庄密云在太阳底下足足站了一个时辰,好在这时节阳光也不强烈。一个时辰后,他果然如愿恢复样貌。他很高兴。当然,有一件事也该了结了。

庄密云走进暗室,手中握有长剑,脚步很轻。

"周倩?"他喊了一声。

小房门紧闭。庄密云一脚踢开,里面早已人去房空。他咬牙骂了几句,出了门,向密云山庄东面而去。

第三十九章

庄柏瑜认定我是因为进了魔界主人的房间才出现幻听。

"很正常的。"他说,"你现在没有神力,修为还不如凡人。"

"我确实听到……"

"快看那儿!"庄柏瑜打断了我的话。

随着他的手指方向,我看到前面一张变成了石头的桌子,石桌上的花瓶包括里面正开着碎花的植物也变成了石头。庄柏瑜让我看的就是那变成石头的植物。

"真奇怪!"他说。

我走到花瓶跟前,眼睛无法离开这株植物。

"你怎么了?"庄柏瑜问。我能听见他在跟我说话,只是他的声音好像被什么东西堵着,离我很远。

庄柏瑜摇了摇我。

"怎么了?"他又问。

我醒过神。

"柏瑜大哥……"

"你小时候喊我柏瑜哥哥。"

"有什么不一样吗?"

"当然不一样。"

"你别岔开我的话。我跟你说,这些变成石头的东西真的很奇怪,不知道为什么,一见到这些化为石头的物体我就觉得心神不宁,脑海里浮出一些奇怪的、仿佛从前经历过的往事碎片。"

"这怎么可能?你虽然不是凡人,可……你还小。你不可能有什么往事的碎片。你并不是那位谷主。"

"是啊,我也这么想,但是……"

"没有但是,你就是幻听。"

"要是曲里布在就好了。"

"你还是忘不了他。"

"柏瑜大哥,曲里布他……"

庄柏瑜满脸不悦。

"我是说,曲里布他是一只鸟,飞得高看得远,他或许知道魔界主人将东西藏在哪儿了。"

"他一只荒山来的鸟知道什么?何况飞得越高越看不清。"

"荒山?"

庄柏瑜瞧我一眼,脸上有些惊异,笑了笑,举着火把向前走了。

"怎么会是荒山呢?曲里布大哥跟我说……"

"是曲里布,不是曲里布大哥。"庄柏瑜站住脚,回过头,无奈而严肃地盯着我。

"他跟我说,他那地方一百个特儿果也比不上,有成片的杜鹃花,还养了许多鹤。他说有一天会骑着一只鹤来见我,带我去他家乡见识一番。"

"他自己就是一只鸟,还要骑鸟来见你?他就是看你涉世不深,说些奇怪的事骗你。"

"他是鸟怎么了?谁规定鸟就不能骑鸟?是荒山也无所谓。反正曲里布不会骗我,他说什么我都信。"

庄柏瑜没接我的话,又走到石桌跟前。

"怎么又走回来了?"他自言自语。

我走到石桌旁,突然觉得那瓶子里的植物变得透亮。

"你看见了吗?它好像没死,它在动。"

庄柏瑜低头瞧了瞧:"你是不是眼花了?"

我确定没眼花,伸手去采摘植物上的花。其中的一朵,它的花色与别的花完全不同。

"别碰!"庄柏瑜一把将我拦住。

"万一有危险,"他又说,"我来。"

他伸手扭了一下,没有丝毫异样。

"应该不是魔障石的机关。"他说。

我迅速伸手扭了一下,在他话还没说完时。

瓶子动了。植物仿佛只是结了一层厚冰,包括瓶子本身也在一层层剥落,不一会儿,植物竟然鲜活地站在瓶子里面,而那瓶子也不再是石头的样子,它是蓝色的,会发光。

瓶子底下还有一个按钮。这个按钮很奇怪,它长成倒花瓶模样,中间却是空的,恰好能放进一只花瓶。

庄柏瑜看了看我,说不上话。

我将花瓶倒过来,放入模型的孔中。就在这一刻,庄柏瑜举高了火把,因为他听见自己身旁的墙壁响了一声,随即裂开一条细缝。

我们齐齐看去,那细缝之中有个铜色的圆形箱子。庄柏瑜犹豫了一下,上去将它拿了出来,墙面也随之合上了。

我俩仔细看了看箱子,箱面上有一只左手的掌印,看样子是一个女人的掌印。

庄柏瑜摇头说:"看样子我是打不开它了。"

我说:"我试试。"

庄柏瑜不同意。他说,那手印虽然是女人的,可又不是我的,不能冒险。

可我愿意。他还没反应过来,我的手掌已经按上去了。

箱子咔嗒一声,弹开了。

"怎么居然是你的掌印?"庄柏瑜不敢相信自己的眼睛。

我也不敢相信,然而箱子确确实实打开了。

里面放着一颗发光的石头。

"魔障石?"我望着庄柏瑜。

庄柏瑜点头:"正是。"

我解释不了这一切。我们拿着魔障石平平安安出了魔界主人的房间,仍不敢相信一切居然如此顺利。

"它好像是专门等着你去拿。"庄柏瑜说。

我正要说话,忽然一声巨响,魔界主人的大门朝一边歪去。

"快走!"庄柏瑜抓住我的手,使出全身力气在跑,后来连轻功也用上了。

转瞬之间,我听到身后整个魔界之地都在倒塌,回头看去,见之前还没有完全倒塌的,或摇摇欲坠,或还能撑上几年的高低塔楼全都在垮塌。魔界主人的房间陷入地下,漫天灰尘,黑云一样的灰尘。庄柏瑜将我带到远处山尖上,黑云过后,那深沟之中所有城楼都看不到了。板结的土地,干裂、荒凉,仿佛经历了上百年干旱,寸草不生,连石头也没有,像被诅咒过,纯粹就是板结的黄色硬土。

我想问庄柏瑜发生了什么事,喉咙被灰尘呛住了,惊魂不定。我的脸肯定也沾上了灰尘。庄柏瑜伸手给我擦了擦。

"你怎么哭了?"他说。

"我哭了?"我伸手摸了一下眼睛。

我只觉得特别伤感,刚才看到那些在我身后倒下去的城楼,心情坏到极点。

"把魔障石给我。"我说。

"你不信我吗?"庄柏瑜说。

他既然这么说,我哪好意思多说? 能找到魔障石有他的功劳。

"我替你保管。你这个人做事迷迷糊糊,万一弄丢了或者落入别人手中,可怎么办?"

接下来要去找万拉苇,只有拿到另一颗魔障石才能取回我的神力。可是庄柏瑜说他还不能马上去特儿果,密云山庄还有一些事情等他处理。

"我们先回密云山庄。"他说。

骑鹤来迎 | 179

我突然很想念曲里布，又想起柳尘依，柳尘依喜欢曲里布。

到了密云山庄地界，天气就变冷了。一路上耽误许多时日，去特儿果恐怕要等到春天。庄柏瑜总是在夜间出去，神神秘秘的，将我一人安置在客栈之后，他就出去做什么事情。天气那么冷，我也不想问他出去做什么，反正他总在天亮之前就回来了。回到山庄之后他也经常出去。我很奇怪，山庄不是庄密云的吗？庄密云不见踪迹。有人说他生病了，在密室休养。庄柏瑜也是这么跟我说的。我因为听说庄密云生病躲在密室休养，才同意到这儿来。

山庄比从前冷清，似乎遣散了一些人，看守却比从前更严。

第四十章

回到密云山庄的第七天，我实在不想这么干等着，庄柏瑜不着急去特儿果，我着急。于是我偷了他身上的魔障石逃走了。我要去找曲里布和敏云。

敏云也在四处找我，她正准备第五次潜入密云山庄，我恰好下山时遇见。

"我就猜到庄柏瑜可能会将你带到这里来。"敏云说。

"你看看，我拿到了什么！"我把魔障石给她看，并且将两个魔障石的用处都跟她说了。

"太好了！"她说。

我们不敢耽误，匆匆下了山。又怕出去办事的庄柏瑜回来撞见，我们走了另一条小路。这条路是敏云发现的，特别难走，好像有人故意将它弄得无法下脚。

"外面乱了。"敏云边走边跟我说。

"庄柏瑜把那些管事的都杀了。"敏云又说。

"什么?"我以为自己听错了。

"你不知道吗？就在这短短几日。"

"难道……"

"难道什么?"

"难怪这几日庄柏瑜总是出去。说出去办什么事。可他不像这样的人啊,你是不是听错了?"

"不是听,我是亲眼看见的。"

"怎么会呢?"我说,心里很慌张,他救过我,并且还带我找到了魔障石。

"你要是还在这儿磨磨蹭蹭慢慢吞吞,你的曲里布恐怕也危险了。"

"你的意思是庄柏瑜要杀他?"

"你喜欢曲里布,庄柏瑜喜欢你,曲里布还能活命吗?"

"为什么人人都要为难曲里布？他并没有迫害谁招惹谁。"

"他招惹你了。"

"那也是我的事,跟别人有什么关系?"

"庄密云心狠手辣,你觉得庄柏瑜能好到哪里去?"

"他跟他爹不一样。"

"阿苏依薇,你到底想保护谁？你一会儿担心曲里布,一会儿操心庄柏瑜,你想干什么?"

"我……我什么也不想干,我实话实说。"

"别天真了,你只能选一个人,你看着办咯。"

"我知道庄柏瑜讨厌曲里布,这些日子相处下来,我没看出他对曲里布起什么杀心。"

"他是庄柏瑜,九头仙山的山主,他能把人变成那样,还有什么事做不出来呢？一个能将坏人治得服服帖帖供他使唤的人,这样的人不可怕吗？他之所以杀了那些管事,是因为他要接任他父亲的位置,不仅仅是密云山庄这小小地方,就连特儿果恐怕也在他的计划之中。他要整个天下都是他的,你明不明白?"

"敏云,你说的这些……如果是庄密云我信,庄柏瑜真的不是这样的人。"

"庄柏瑜真的不是你想的这么好。"她又说,"我现在敢断定你是特儿果有史以来最白痴的谷主。善良到了头;跟傻子有什么区别?他喜欢你并不阻碍他追求别的东西。"

"你又骂我。"

"骂你是看得起你。我看你逃出特儿果时,好不容易打开的心智又合上了。你不会是对庄柏瑜动了真心吧?"

"胡说什么!"我赶紧阻止她的话。

敏云肯定不会骗我。可是……当然,我还是相信敏云。

心里好难过。敏云说得对,我肯定是特儿果最不成器的谷主。

路越来越难走了。敏云也不再说话。她先前跟我并肩,这会儿为了让我走得顺畅,自己在前边带路。她的鞋被石块扎破了。

第四十一章

曲里布做梦也想不到,自己和柯风以及白芯儿居然会全部落到庄密云手中。确切说来,是落到庄密云的暗军手中。起初他们以为暗军人数最多上百,谁料足有四五千人。在密云山庄东面的山谷之中,就是暗军的藏身之地。四周都是大山,树林密布,暗军的住所全部隐藏于密林内,至于庄密云本人,他修了更为隐蔽的暗室。曲里布等人则被关在地道的牢房之中,暗无天日。好在负责看守的人时不时就来添一些松油或点亮火把,昼夜只能依靠这些火把和松油照明。外面是白天还是黑夜,只有天知道。

曲里布本来可以化身极小的鸟飞走,可是庄密云早已料到他会使出这种本事,提早将他锁得严严实实,就连关他的牢笼和别人的也不一样。和特儿果的牢房一模一样,简直就像是把那儿的牢房搬到这里来了,还用神力封锁,曲里布无法破解。这肯定是万拉苇帮庄密云打造的。

柯风和白芯儿被关在一处。

白芯儿受了伤,柯风的手臂也受了伤,用曲里布的话说,三个人有两个都报废了。现在连曲里布也报废了。

就在三人都失去希望的时候,外间突然一阵喧哗。

曲里布闻到一股熟悉的味道。

"进去!"

十几个暗军推推搡搡送进来两个人。

曲里布一看,傻了眼:"尘依妹妹!"

来的正是柳尘依和永成公子。

"曲里布大哥,"柳尘依带着哭腔,有些抱歉地说道,"这回算是完了,连我们两个也救不了你了。"

"你……你们这是……"

曲里布见他们举止亲密。

柳尘依说话的时候还深深看向永成公子。永成公子伸手扶着她,先前被推进来的时候柳尘依差点摔倒在地。

"你们见过的。"柳尘依说。

"是见过。"曲里布点头。

永成公子行了一礼。

"曲里布大哥,我是来告诉你,那天你们去永成客栈的事情我和永成都知道了。我们在密室里面,外面的一切听得清清楚楚。他受了伤,所以没出来见你们,而且……我一时不知道怎么见你。"

"为什么?"

"你知道为什么呀!以前……以前我喜欢你。"

"我懂了。"曲里布大笑,"我很高兴看到你们。"

骑鹤来迎 | 183

"你别笑。"

"好,你说。"

"我不怕你笑了,反正我现在找到自己真正喜欢的人了。"

"你找到喜欢的人我很高兴。尘依妹妹,我笑是因为高兴,丝毫没有取笑你的意思。我早就跟你说过,你会遇到自己喜欢并且也喜欢你的人。说说看,你们怎么到这儿来了?"

"我们听到你们要去特儿果,他伤好之后,我们就准备去找你,把事情说清楚啊。我是想对你说,你以后不用躲着我了。可是到了半途看见许多难民,那个惨样,唉,太乱了,想不到特儿果换了谷主之后,那个万拉苇什么都不管了,任由庄密云和庄柏瑜胡作非为。"

"庄柏瑜的事情我们都听说了。"

"你们只是听说,恐怕没见到他做的坏事。我们可是亲眼见到他造下的孽。庄柏瑜把之前效忠他父亲的各个地方的管事全都杀害,换成自己的人,都是九头九身,根本不能算是人!谁会听命于一群怪物呢?九头人刚刚上任或者还没有正式上任,那个区域的人们就逃走了。东逃西逃,漫无目的,哪儿都被庄柏瑜控制了,路上全是无家可归的人,饿死的病死的甚至互相迫害死的不计其数。我和永成来找你,也不仅仅为了自己的私事,其实是想让你去找阿苏依薇,让她赶紧回去当她的谷主,像从前一样好好管一管这些人。那些受了欺压走投无路的人正赶往特儿果,他们还不知道特儿果已经换了主人,他们希望阿苏依薇能救自己的命。"

"救命?哈哈哈!可悲、可怜!从前人人对阿苏依薇喊打喊杀,几千年来他们的梦想就是推举自己人称王称霸,杀掉特儿果谷主是他们毕生目标,如今乱了套,却第一个想起自己曾经挖空心思要剿杀的神族后裔来了,哪有这么便宜的事!"

"他们受人蛊惑,如今醒了。"

"不是醒了,是刀子杀到自己头上,害怕了。"

"曲里布大哥,你总不能见死不救啊。"

"我只是一只鸟,人的事情跟我有什么关系?"

"我们现在做了人,就不能不管人的事。你不要忘了,阿苏依薇肩负的就是救民于水火,这是她的命。"

"命?"曲里布苦笑。

"我和永成走到半路,听到有人说你们往这个方向来了,他们认出了白芯儿姑娘。"

"所以我们也往这个方向走。谁知道走入这片密林,这是庄密云的暗军所在地。"永成公子说。

"他在此处驻扎了军队,为了他日登上王位消灭反对他的人。我们也是到了这里才知道秘密。"曲里布说。

"不仅此处有暗军,庄密云诡计多端,到底训练了多少人只有他自己清楚。他还治好了自己九头九身的怪病,是一个叫周倩的人给他治好的。我们在密室中听得清清楚楚。"

"你们在密室中,怎么能听到庄密云的事情?"

"因为你们离开客栈后,不到一炷香的工夫,庄密云和周倩也到了客栈,并且住在庄柏玉尚未烧毁的储藏室里面。永成用了很多年才做成那样一个堪比仙境的密室。要不是我想着把事情跟你说清楚,我都不愿意离开那个地方。对了,庄柏玉好像死了。"

曲里布很吃惊。庄柏玉可是庄密云最疼爱的女儿,又帮着打理密云山庄,怎么说死就死了?

柳尘依接着说道:"是庄密云杀死的。不过,庄密云应该不是真的想要杀死庄柏玉。这事儿可能与那个叫周倩的人脱不了关系。庄密云治好怪病以后,第一件事就是想去杀掉周倩,周倩逃走了。"

"周倩是谁?"柯风插嘴问道。

柳尘依摇头。永成公子也说不知道。

"如果我没有猜错的话,"白芯儿说,"她是九头仙山的人,是庄柏瑜的手下。早就听说她很特别,整个九头仙山里面只有她是原模原样,不是九头九身。庄柏瑜对她很信任,她平日很少出山,在山中研究毒药,极少有人见过她的面目。她对庄柏瑜有情。你说她治好了庄密云,那就一定是她了,庄密云这个病除了庄柏瑜,就只能是庄柏瑜的手下能治愈。可她不叫周倩,她叫真真。难道她改了名字吗?"

"不,真真不是她的名字。"柯风说,"你忘了庄密云有个好朋友的女儿吗?她的名字就叫周倩。你这么一说,我倒是想起这件事。"

"你是说……对啊,庄密云的好友,据说当年是被万拉苇误杀的。"

"是不是误杀只有庄密云知晓。"

"我明白了,周倩是庄密云派到庄柏瑜身边的。"

"应该是。"

"庄柏瑜竟然没有想起这个小姑娘就是他周叔叔的女儿!"

"周倩虽然是庄密云养大的,却又没养在密云山庄,只见过两三回面,给庄柏瑜是留不下什么印象的。等到他长大,再见到这位小他许多的小姑娘,哪还有什么印象?他的心里都是阿苏依薇,除了她,谁也入不了他的眼睛。"柯风说到这儿忽然想起曲里布,偷看了一眼曲里布。

曲里布故意咳了一声,假装没听到柯风的话。

"看样子她是两边都背叛了,不然庄密云也不会想杀她。以她的性格,是不会轻易离开九头仙山的。"

"听上去很复杂。"曲里布故作轻松。

柳尘依正要说话,听到庄密云在牢房外面哈哈大笑,紧接着传来阿苏依薇和敏云的声音。

曲里布魂都要跳出来了。他很高兴听到依薇的声音,可是更害怕在这里听到她的声音。以她现在的状况,落入庄密云手里还能活命吗?

大门一开,阿苏依薇和敏云就被推进地牢。

曲里布等人早已眼睁睁等着她们进来,又是高兴又是难过。当然,是曲里布又高兴又难过了。当然,柯风也觉得有点儿遗憾,这样一来,他们这群人算是被一锅端了。柯风叹气。

"死定了。"永成公子也说。

只有柳尘依和白芯儿一声未吭。

柳尘依走到阿苏依薇跟前,上上下下仔仔细细打量一番,说的竟然是:"你有没有带吃的进来?"

"啊?"阿苏依薇被她问蒙了。

"肚子有点儿饿。"柳尘依不好意思道。

永成公子一拍脑门儿,对他这位心上人看了再看,拿她也无可奈何了。

阿苏依薇望着敏云,敏云竟然真的从兜里掏出一块饼。"给她吃了你就没有了,你可想好。"敏云对阿苏依薇说。

阿苏依薇笑道:"给这位柳姑娘吃吧,难得遇到性格与我相投的。"

柳尘依高兴万分,她一下子觉得这位曾经的情敌特别好看、特别善良,简直相见恨晚。"姐姐!"柳尘依走去挽住阿苏依薇的胳膊。

曲里布简直看傻眼。

永成公子晃了晃头:"之前你还很仇视……"

"闭嘴!"柳尘依打断他的话,不准他继续说。

永成公子一把将她拉回身边。

曲里布想要跑去拥抱一下心爱的人都不能了,他的牢笼打不开。

"你不是有雾灵吗?"敏云问曲里布。

"别提了。自从我的毒解了以后,那雾灵就不管用了。"

"你的毒解了?太好了!怎么解的?"阿苏依薇很高兴,其实她早就想跑到曲里布身边,只不过当着这些人的面,不好意思。

"就是你给我吃了雾灵,那毒就解了。"

"可是万拉苇跟我说,中毒之后再服用雾灵就没有效果了。"

"也许只是对神族或者凡人,对于曲里布这样一只鸟……"敏云上上下下看看曲里布,没说下去,反正那意思是雾灵对曲里布或有奇效。

"不管怎么样,你的毒解了就好。"阿苏依薇顾不得众人在场,奔到曲里布牢笼前,双手抓在牢笼的网子上。曲里布也在里面隔着网子,将手合在阿苏依薇手上。

阿苏依薇又将魔障石的事情跟众人说了,众人更是燃起了希望。

敏云若不是非要跟着阿苏依薇,有雾灵护体,她是可以逃走的。

"那你的雾灵呢?"敏云忽然想起柯风也服了一粒。

柯风这才想起自己体内也有雾灵的事,可他早就感觉不到它了,所以早把这事儿丢在脑后。那次在黄柳镇遇险,雾灵也没发挥作用。

"我感觉不到它了。"柯风说。

敏云走去探了探他心口。

"没有了?"她万分惊奇地望着阿苏依薇。阿苏依薇也去探了探,说道:"是它自己化为乌有,不见了。"

"为什么?"敏云觉得奇怪。

"我不知道。雾灵有它自己的灵气,它要留要走,谁也控制不得。好在柯风对我没有什么坏心,因此他只是功夫比从前弱了许多,身体没有损伤。"

白芯儿神情紧张,问道:"他真的没事吗?"她可是从曲里布口中多少了解到一些雾灵的事情。

柯风看到白芯儿这么紧张自己,心里比吃了糖还甜。"我没事。"他跟白芯儿说,搂着她的肩膀。这回白芯儿没有将他推开。

"他没事。"阿苏依薇说。

白芯儿这才放了心。

"看来只有一颗雾灵了。敏云,只有你能救大家出去。"

"我?"

"你去帮我找……"阿苏依薇说到这儿突然停住了,因为她被人掐住了脖子。

这个无声无息到了地牢里面掐住阿苏依薇脖子的人正是万拉苇。虽然她戴着头巾,也仍然挡不住那双被众人所熟悉的眼睛。

曲里布大吼一声,可无论闹出多大动静也没有撞开笼子。这的确是特儿果的牢笼,是万拉苇亲手下的封印。

"我不想亲手杀死你,是你逼我这么做。"万拉苇说。她的脸很扭曲、很难看,而且突然苍老许多。

阿苏依薇脸憋得通红,被掐得快透不过气了。

敏云、永成公子和柳尘依抽出长剑,却无法靠近万拉苇。她的头巾倒是被永成公子挑开了。

万拉苇一头白发!

阿苏依薇震惊不已,曲里布也吃惊不小,众人都觉得不可思议。短短时日,万拉苇就成了这副老朽的模样。

"都是你害的!"万拉苇说。她痛苦的脸上满是杀气。

突然,万拉苇被一股力量卷了起来。她以为是阿苏依薇恢复了神力,不料是自己随身携带的魔障石有了异动,她的手不得不松开阿苏依薇的脖子,身体却仍然悬空无法落地。阿苏依薇也悬空。

柯风和白芯儿因为在牢笼之中,没有受到影响,曲里布也没有。永成公子和柳尘依却被一股神力推了出去。二人相扶着坐在地上起不了身。敏云也被推在边缘,由于雾灵自动开启,两股力量相抗拒,她在其中什么也做不了。

众人眼前喷出两股刺眼的光芒。

"依薇的魔障石用上了。"曲里布高兴道。他看见两颗魔障石突然相互吸引而出。阿苏依薇和万拉苇是被魔障石的力量卷起来的。

"得来全不费工夫!"阿苏敏云也高兴万分。

就在魔障石快要将阿苏依薇之前被吸走的神力全部返还到她身上的时候,庄密云来了。

他朝两颗魔障石拍出一掌,魔障石双双坠地,摔得粉碎。

万拉苇这才得以落地,她受了伤。庄密云也伤得不轻,却强撑着上前将她扶住。

阿苏依薇虽然没有拿回全部神力，但也够用了，她轻轻落到地上。

万拉苇狡猾，知道此刻已不是阿苏依薇的对手，就算加上庄密云也敌不过，她用尽全力将自己和庄密云瞬间带出地牢。

阿苏依薇恢复了神力，解开万拉苇封印的牢房自然不在话下。曲里布和柯风等人全部出了笼子。她带着众人走出牢笼，发觉外面早已堵满了庄密云的暗军。

这些人并非都是凡人之躯，不用柳尘依提醒，她也看出其中多数人都是山鸡化身。

"依薇姐姐，要是我还能飞就好了！"柳尘依委屈道。

"你能。"阿苏依薇说。她伸手往柳尘依后背拍了一下。

柳尘依感受到久违的力量又回到自身。"不是用解药吗？庄密云给我吃了一颗药丸。"

"那不是普通药丸，他用含了三千山鸡灵力的药封住了你的法术，神力高强的人能解开。我虽然没有拿回全部神力，解开你被封闭的法术还是够用了。"

"太好了！那么现在，要打还是要走？"敏云问道。她做好了应战的准备。

"不值得纠缠。回特儿果。"阿苏依薇说。

曲里布带着柯风和白芯儿，永成公子被柳尘依带着，阿苏依薇带着敏云，众人一跃而起，飞身而去。暗军之中的山鸡也化身飞出去，但怎么也追不上他们。

庄密云和万拉苇藏身暗处，恨得咬牙切齿。

第四十二章

曲里布始终牵着我的手。他的手心潮湿，在冒汗。他很紧张，有些忧愁。

"你怎么了？"我问。

曲里布好像没有听见我的话。

我们已经回到特儿果了。我们站在死树底下，在从前的院子之中。这里是历代谷主居住的地方，看得出来万拉苇曾经试图将这儿的景致改变成她想要的，可谁也改变不了。别说万拉苇，就是真正的谷主也别想对这里进行大规模改变。这儿的一切都是天定的。无论换了多少代谷主，这个园子的一切都不会有多少改变。我也仅仅是多栽了一些自己喜欢的花而已，别的什么也做不了。我曾试过将路两边的石头搬走，扔得远远的，谁料等我回到园子，那搬走的石头先我一步回来了。

这儿的一切都不受我们控制。和那些一代一代死去的谷主一样，即便我们身为谷主，也从未真正统领什么。人类想要杀掉我们成就自己，我们神族也从未对自己人放心。

我知道万拉苇为何要叛变了，突然之间我好像明白了一切，谷主有多不容易，万拉苇她们更不容易。我们像被放在同一个透明球中，被看着如何挣扎，如何无用地活过或短暂或漫长的一生。

"依薇。"曲里布哭丧着脸。他紧紧捏了一下我的手，用两根指头在我的手心滑动几下，打断我的思绪。他说："你是不是喜欢庄柏瑜了？"

我突然被他给问住了，我也慌了神。

"不会的。"我说。

"为什么是'不会的'，而不是'不会'？"

"你不要抠字眼。"我说。

"你的脸变红了。自从我们相识，出了谷之后你就一直跟庄柏瑜在一起，说来你们认识的时间更长。"

"那又怎么样？爱情不分谁先认识谁。"

"我是问你对庄柏瑜是不是……"

"不会的。"

"你又这么说?"

"那你要我怎么说?"

"你看,你都把手抽走了。你以前从不这样。"

"神鸟当扈,你这是怎么了? 你是对我没有信心,还是对自己没有信心?"

"我只是害怕失去你。我感觉我在失去你。"

"你的感觉就那么准吗?"

"我希望它不准。"

我不知道怎么说。为什么他说起庄柏瑜的时候,我脑子里想起的果然都是庄柏瑜,全是九头仙山的往事?他日夜保护在侧,以免我被周倩毒害;他从庄密云手中将我救走,以免我死在庄密云剑下;他曾看着我跟曲里布走在一起不去赴他的约,对此什么也不说。他确实可能做了一些不好的事情,他生气、愤怒,也干坏事,将坏人做成他的傀儡,将亲生父亲变成九头怪,将亲妹妹生死置之度外。他或许除了爱我之外还有别的野心。可他……不,我为什么要想这些? 我什么都不确定。我对庄柏瑜只是歉疚。对一个人歉疚,放他在心上也不是不能,可这肯定不是爱情。拉苇姑姑……万拉苇说过,年轻人看年轻人,怎么看都觉得长得像自己的心上人,却无法看清,要多看一段时日,才看得清自己真正喜爱的人长什么模样。

"我们回屋去吧,风大。"我跟曲里布说。我感觉声音在发抖。我想去牵曲里布的手。这个时候如果有一双手让我抓住,那它便是救命稻草,或许它就是我一生都要抓住的。

"回吧。"曲里布说。

他生我的气,说完转身向他的房间走了。他避开了我的手。

第四十三章

像往年那样,冬日的雪落在特儿果山顶上,谷中还是深秋模样。如果我不打开封印,雪就一直堆在山顶,落不到谷中。我喜欢下雪,下雪会让人觉得自己还是个孩子。

谷外似乎一切都平静下来了,直到敏云回到谷中跟我说,万拉苇成了新的魔界主人。

"没有救,洗不干净的。"敏云跟我说。

我还是没有放弃在清水河中洗一洗万拉苇的心灵。我只有等她睡着以后才能将她的心灵召唤到清水河畔,也只有在清水河边,才能召唤到所有熟睡后的人心。特儿果人的日常工作就是清洗这些熟睡后的心灵。它们丝毫不会感觉到被清洗的痛苦,而是飞翔于水灵灵的山间与河谷,它们总是能见到一些从未见到的果树并且品尝到这些果子。它们每一颗心灵都感到快乐。将它们所沾染的杂质和一些危险的想法浸入清水河,这样才能保证这些回归到人体的心灵在第二天感受到新的一切,去爱那一切。然而万拉苇在外面可能整夜睡不着觉。她极少熟睡,我也就极少有机会召唤她的心灵。她已经叛离特儿果,对这条上古清水河更是排斥,她一听到我的召唤之词立刻就惊醒了。

听谷中的人说——她们现在害怕万拉苇比害怕我还厉害——万拉苇自从住进特儿果谷主的房间就像变成另一个人似的,起先闷在房中,后来脾气暴躁,再后来,她整夜整夜睡不着觉,在谷中四处奔跑,大笑着,疯子似的。坐在特儿果谷主那个两对翅膀的椅子上时,她会从上面莫名其妙跌落下来。手下谁说了不该说的,立刻就被罚进灭灵园。园中至今还住着一百多个受罚的人。

"她并非凡人,不会希望谁清洗她的心。你只要一召唤,哪怕是梦中,她也会反抗。"敏云说。

万拉苇把人间搅得更加混乱,原先那些害怕庄柏瑜的人,现在又多了一个令他们更害怕的人。她的门规只有一条:特儿果要做好什么,他们就破坏什么。

敏云刚要张口说话,曲里布就来了。

第四十四章

阿苏依薇站在悬崖顶上。六年了,她几乎每天都会到山顶看一看,从这个地方看出去,所有凡间之地都在眼中。也只有在这个地方封住特儿果,才不至于遭到万拉苇偷袭。

曲里布不知去向。六年前的冬天,特儿果山顶下着一场大雪,在那样一个寒冷的日子他跟阿苏依薇辞行。阿苏依薇没有说什么。还能说什么呢？想不到这个曾经对她许下诺言的男人说走就要走。

"师父！"

阿苏依薇回头一看,脸上立刻绽出笑容。永成公子和柳尘依的女儿来了。她五岁了,古灵精怪,刚学会一套简单的拳脚功夫,每天求着阿苏依薇放她出去闯荡江湖。

"小鱼,你姑姑呢？"阿苏依薇笑问道。

小鱼喊阿苏敏云姑姑。

阿苏敏云已跟柯凤相认,兄妹二人成了特儿果最得力的看守。

永成公子和柳尘依、柯凤和白芯儿都住在了特儿果。这也破了特儿果不许男子定居的规定。至于柳尘依,虽然生了孩子,孩子已经五岁,却还时不时偷跑出去瞎逛。说是去给阿苏依薇带回来一些消息,实际上只在外面吃吃喝喝。幸好她并不糊涂,没有带着女儿一起出去疯。

"姑姑在跳舞。"小鱼说。

"跳舞？你姑姑从来不跳舞。你来这里做什么呢？"

"我来看看师父。"小鱼仰起一张稚气的脸。

"哟,你什么时候这么关心师父了？"

"师父,我什么时候才能出去闯荡江湖呢？像我娘那样。"

"你问了无数遍了。小鱼,你娘不是出去玩,别看她回来跟你嘻嘻哈哈,那是为了逗你开心。其实她出去办的事情很重要,她去帮助那些灾民了。去年天寒地冻,死了不少无家可归的人。你娘是去帮助他们渡过难关。"阿苏依薇摸摸小鱼的脑袋,用小孩子的声调跟她说话。

"师父,你总是站在这里,是在等什么人吗？"

"师父没有要等的人。"

"不对,你肯定有。"

"小鬼头,都是谁教你这么说的呀。"

"没有谁教我。我听爹跟娘说,如果有人站在一个地方不动,那一定是在等一个人回来。就像我爹总是站在门口等我娘回来。"

"你娘不用等,她总会回到你们身边的。"

"师父要等的人是不想回来吗？"

"小鱼……师父已经没有要等的人了,那个人走远了。"

"师父,那个人是谁？"

阿苏依薇心里愁肠百结,望了望天空,看到有鸟儿飞过。

"我忘记他是谁了。师父的记忆出了问题。"

"师父,你会好起来的。"小鱼说。她用嘴吹了吹阿苏依薇的手。

"为什么要吹师父的手呢？"

"娘说,吹吹就不疼了。"

阿苏依薇摇摇头,对这调皮捣蛋却机灵聪慧的孩子充满疼爱。

第四十五章

　　庄柏瑜想要进入特儿果,但使了多少办法也没能进入,这次也仍然以失败告终。他实在想不明白阿苏依薇为何就不理他了。难道她也相信那些传言,说他会对她不利吗?曾经有一段时间他确实这么想过,想利用特儿果众神之力讨取天下,然后……现在他不这么想了,他觉得自己可以发誓,再也没有那种称王称霸的想法。

　　——当然……他会有一点不甘心。

　　如果人们非要从自己人当中找个人坐在那个位子上,找了庄密云,那他庄柏瑜肯定要第一个站出来反对。他的反对当然是自己坐到那个位子上,这样才能彻底断了庄密云的野心。无论怎样,王位坚决不能落入庄密云手中,更不能让万拉苇坐上去。庄柏瑜思来想去,觉得一个男人想要跟自己的心上人在一起,同时也去实现一些理想,这个想法并没有坏到天理不容。阿苏依薇为何就不能见他一面,让他好好解释一番呢?他以为她会理解。他希望她能理解。如果他见到她,一定会跟她说:"我的武功虽然不是天下第一,恐怕还打不过你,可在任何时候我都会是第一个站出来保护你的人。"可惜只能在心里说这些话。她总是躲着,就算出了特儿果也将自己周围百米左右的地方全部下了封印,形成一个大号的圆形屏障,除了特儿果的人谁也无法靠近。她的眼睛总是望着遥远的方向。她一定是在等待曲里布回来。对一个不回来的人她还愿意等下去。庄柏瑜一直站在远处密林中,从来不敢让她发现她在看远方的时候他也在看她,她在等曲里布的时候他也在等她。

　　此时也一样。这是二月初九的早晨,露水刚从鞋面上刷过,脚尖冷冷的。阿苏依薇还没有来。庄柏瑜早早地来到此处——总是会比她早一些时间到达这里——等待阿苏依薇走到山顶遥望。她永远只把目光抛向远方,她一次也没有发觉密林深处有两朵目光一直等待她去摘。

庄柏瑜穿了件白色长衫——阿苏依薇喜欢白色。庄柏瑜抖了抖衣服,长长的衣衫像云一样荡了荡。冷风从袖子里灌进去,他连续打了好几个喷嚏,后背一阵阵发冷,突然觉得今天的衣服穿起来特别累。也许我受了点风寒,他想。阿苏依薇没有到山顶来。也许她今天又不来了。可他一如往常从不停歇要到这儿等着,因为不这样做,就无法保证每次都能见到她。近日不知她怎么了,连续两天没有到山顶。当然这并非一件坏事。这或许说明她在逐渐地意冷,逐渐地不想再等下去了。

庄柏瑜找了块石头蹲着,感到身体疲倦。又突然想起庄密云,想起那两束严厉和憎恶乃至最后看他时冷淡如陌生者的目光,心里更愁烦。他与庄密云虽有血亲之缘,却无父子深情。只不过,现在为何不停地想起庄密云,想起他那张冷冰冰的脸呢?

他迷迷糊糊的,将脑袋埋在双膝,想睡去。

特儿果已经被阿苏依薇打造成长久的秋天气候。此时外界已入春多时,谷内却还吹着秋风,落着满地黄叶。阿苏依薇每日都会早起,帮着谷中守卫一起清扫。

庄柏瑜站在特儿果最显眼的悬崖顶上,这儿几乎能将特儿果谷中的动静看个大概。每天清晨,无论下雨还是不下雨,他都会站到这个地方,因此每天早晨,阿苏依薇从自己的房间去园子里走一走,都会远远地映在他的眼中。他研制了一个能看很远的东西,罩在眼上就能看到——不是那么清楚,然而看到阿苏依薇哪怕一个模糊身影他就很高兴。今天突然觉得很累,两眼酸疼,什么也看不清。好多年了,唯有今天觉得自己的身体想要垮掉。等一个人等了六年,是该喘口气了。我歇会儿就好了,他心里却是这么想,没有打算马上回九头仙山。那个地方他很久没有回去了。听说那儿时不时遭受万拉苇的干扰。

听到有脚步声,庄柏瑜心里一阵激动。每次阿苏依薇的脚步声响起,他的心都是这样跳起来迎接她。

她果然来了。

"依薇。"庄柏瑜在心里喊了一声。他应该走出去,绕开这棵挡住他身体的大树让她看见他。

阿苏依薇回了一下头。以为她看见他了,正要走出去跟她打招呼,却发现她是在看身后不远处的阿苏敏云。

阿苏敏云也来了。

"你真的决定了吗?"敏云说。

"是的。早晚有这么一天,不是吗?虽然她养大了我和你。"

"你下不了手的。如果你真想杀她,早有很多机会杀死她。"

"你不想杀她吗?"

"我比任何人都想她死,她害死了我的父母。"

"柯风都跟你说了?"

"是。"

"这就走吗?"

"你实话跟我说,你是不是放不下曲里布?我总觉得你并没有做出决定,你只是有点儿冲动。"

"我没有什么放不下。"

"他既然投靠万拉苇,就应该知道后果,他怎么能……"

"你不要提他了。"

"忘了他吧,等不回来的。他是一只当扈,一只鸟说什么都是飘的。"

"敏云,我真的想好了。我既然让你跟着,自然是希望到时候你能亲手帮我对付他。"

"你不想面对他也正常。但如果我杀了他呢?"

阿苏依薇想了想,语气有点儿伤感:"那也是没有办法的事。"

"你真的想清楚了就不要后悔。"

"我想清楚了。既然他要走邪路不肯回头,我还有什么顾虑?我给过他机会,每一天我站在这个地方,就是希望看到远处那条路上有他回来的身影,他回来跟我说他错了,以后再也不离开了。可是没有,他很决绝。从前对我说了多少甜蜜的话,之后的举动就多淡漠。他是我第一次那么认真爱上的人,不论他跟我说什么我都信,哪怕他把自己的荒山说成一片花海,告诉我那儿有他驯养的巨大仙鹤,跟我说他有一天会骑着仙鹤来接我,我都相信他。那时候的我爱他爱到骨子里,也许他并不那么好,只是爱情的感觉让我不断将他想象成对我最好的人。他对我可能只是一个时段的感情,这种感情经不起分离,我们出了特儿果分开之后,他就不像从前那么在意我了。风山顶上我受了伤,他一直表现得很紧张,一直寻找我的下落,可这已经不是他心里迫切需要的。他以为他也是爱我的,其实并不是,他并不像他想的那样爱我。你说得对,他的原身是一只鸟,他喜欢飞得远远的,飞在我们眼皮上的高空中,每天在那样的空中飞得太久了,恐怕连他自己也不知道自己想要什么。他看到的一切都是闪过去的,像他眼前那些云雾一样,仿佛很美,但对他来说没有多大意义,他想抓住却抓不住。现在想来,我就是他眼中那样一场云雾。他看我的眼神越来越不坚定了,所以他才会走。并不是庄柏瑜的原因,他只是拿了那样一个理由。我真没想到他会去万拉苇那里,竟然替她卖命。听说他杀了不少人。"

"依薇,你也不要伤感了。你能放下这些我真的很高兴。很多年了,我们都不再是小孩子,什么东西值得珍惜,什么东西该放手,我们都应该勇敢选择和决定。"

"我知道。我只是陷入深渊,在艰难地往上爬。我需要一段时间来修复自己的心。六年,我的心冷得很。"

"心冷总比心死要好。一切都会过去。"

"你确定是他吗?"

"是,我摘下过他的面具。"

阿苏依薇没再说话。阿苏敏云也没再说。

二人的一番对话,全都清清楚楚落入庄柏瑜的耳朵。

庄柏瑜望着阿苏依薇的背影，突然感到很心疼。她此刻心里都是灰色的吧，就像她的眼睛，看什么都仿佛没有颜色了。

第四十六章

东躲西藏的人们也厌倦了，天下没有太平的土地，那还有什么理由四处逃呢？他们全都回到自己的住地。黄柳镇、五里外、长生海，又恢复原样。只是偶尔要遭受万拉苇的袭击。她不喜欢看到人们如此安静地过日子，一旦哪里安安静静，她就去搅得鸡犬不宁。像从前那样，所有的地方每年甚至每月都要给她进献好物，包括整个魔界超过十万人的所有吃食。为了防止有人下毒或者动什么歪心思，万拉苇还会安插一些自己人在众人之间，凡有异心或者反常举动，全部抓起来，或囚禁，或杀头。

九头仙山始终没有被万拉苇找到。虽然她杀死了庄柏瑜安排的那些统领各个地方的新管事，但一直无法从他们口中逼出九头仙山的具体所在。说起来，杀那些管事可费了她不少工夫。他们强大的"活力"使他们成为人类里面最不容易死去的人。当然，他们活得很累赘，很不自由，他们需要庄柏瑜定期给他们解药才能让身体的负担轻一些。庄柏瑜从来不会做很多解药出来，他每个月的前两三天才开始秘密地配药，每个人只有一粒，从不多做。这也是九头九身的人为何如此厉害，却从未想过杀死庄柏瑜，然后逃离九头仙山的原因。

九头仙山是个神秘的地方。说它属于人间并不恰当，它是一块浮地，像露出海面的岛，常年被浓雾包裹，除它之外，四周远近都没有别的山；说它不属于人间更不恰当，庄柏瑜是通过人间的路走进九头仙山的，而且有一处悬崖风口是必经之路。只有庄柏瑜明白如何通过风口进入九头仙山，也只有经过他的同意，指出一条明路，别人才能出入。进出之后，这条路瞬间就会变成虚无，因此谁想灭掉九头仙山也没办法——进不去。就算找到那条悬崖风口走过去，也找不到真正进入九头仙山的口子。

那些管事的人在被抓住处死之际，并不是不愿意说出来以求保命，是说了也没用。

万拉苇只能将怨气发在人们身上，看着他们乱作一团她就高兴。她在等待阿苏依薇来寻仇。为了迎接这一天，她准备了十万魔界之人，都是这些年她亲手调教出来的高手。这之中并非都是人类，许多是山妖化身。至于庄密云，他已经跟万拉苇站在一起了——万拉苇让他做什么他都会做。他后来将所有的暗军充入魔界队伍。他的暗军加起来也超过八万人。两个人都是魔界的主人，无非是万拉苇主导着一切，庄密云则心甘情愿紧随其后。万拉苇答应，终有一日，会让众人对庄密云俯首称臣。众人看穿庄密云所作所为，已经将登上王位的希望寄托给了另一个年轻人——他们新推出来的未来的王。

万拉苇的人马足够搅乱外面每一寸土地。特儿果这六年来都在忙着阻挡魔界作乱，可人们还是在大街小巷中张贴杀死阿苏依薇的告示，虽然他们之中不少人总是在张贴告示的途中被魔界之人杀害。他们早已忘记曾经遭到迫害时想要投靠阿苏依薇。他们非常刻骨铭心地继承而延续了几千年来祖先的梦想：杀掉特儿果谷主，让自己人做主。"让自己人做主"这个观念根深蒂固。他们从未放弃要扫除这个时常活动于人间的神。"我们不受特儿果的控制。"这样的想法很明确。当然，他们也在勇敢地以血肉之躯抵抗万拉苇。不管怎么样，万拉苇不会将他们杀绝，这一点众人非常明白。他们还明白万拉苇之所以要迫害他们，是因为跟阿苏依薇有仇，特儿果要什么，万拉苇就破坏什么。众人理清楚这些关联以后，更仇视阿苏依薇，甘愿冒着危险将告示贴在任何显眼之处，并且，他们不容许自己人之中有打退堂鼓的。

第四十七章

面具人想不到阿苏依薇会不用神力就将他一掌推了出去。

"你还不说话吗?"阿苏依薇冷冷地问道。

面具人站稳脚跟,握紧手中两把短剑。他只是做了这么个动作,不是要进攻。

突然起了一阵大风,三月天气,正是将植物吹出花朵的季节。这是魔界万拉苇的地界,面具人负责看守要道。

峡谷之中,风有时朝上吹,有时朝下吹,落叶飞旋,河中流水拍着山洪带来的巨石而去。要不是植物都绿着,树枝上钻出小小嫩芽,还以为这是秋天的长风。

面具人气息平稳,看得出来,他并不紧张。

鸟从乱丛中飞过,它们数量太多了,身形大小不一,云彩似的翅膀轻盈而自由,泉水一样的叫声,飞近时缩短人的视线,飞远时扯长人的目光。山边太阳还没有突破云层,朝霞是红色的,是灰色的,也是黑色的。后来这些颜色周围镶了金边,太阳要出来了,它骄傲和尊贵,它刚从山顶睡醒,它呼吸的光转瞬划开了云和雾,之后,墨色的山林就亮起来了。

他仍然伫立原地,没有向前,也不退后。

"你到底是不是曲里布?!"阿苏依薇又问。她知道这句话问得很傻,如果他要承认,又何必终年戴着面具?

单从身形上看,他跟曲里布差不多。曲里布最擅长的就是变身,他想要将自己换一种身形也很容易。

"依薇,你不用跟他废话!"阿苏敏云说。她很了解阿苏依薇,阿苏依薇问得越多就越犹豫,到最后也许就心软了。同样的伤害难道还要再来一次吗?不可以!

阿苏敏云抄起长剑,杀了上去。

面具人这才抬高短剑迎战。这回他的架势不像之前那么犹豫不决,下手非常狠辣。如果他是曲里布,那他的武功和从前简直判若两人。

阿苏敏云纵身而下,将他逼入谷底。她虽然轻功了得,但在曲里布面前还是弱了一些,费了很多力气也没有刺中他。

阿苏依薇见他不肯承认,也生气,跃身而起,追上曲里布。

曲里布再怎么能飞也不过是一只神鸟。而阿苏依薇神力丰厚,加上这几年刻苦修炼,就算不用神力也可以将他刺于剑下。

她只是在等。

等他脱下面具。

等他回心转意。

即使到了这一刻,她也还抱着最后一点可怜的奢望。爱一个人爱到如此卑微。狠不下心。他一出现,她之前蓄下的勇气就全都跑光了。

阿苏敏云一剑刺出,曲里布走了神,差点中剑。

阿苏依薇竟伸出长剑,硬生生将敏云就要得手的一招给挡下去了。

敏云惊讶又失望地深深地看了阿苏依薇一眼。"你疯了吗?"敏云说。她几乎是带着哭腔说这句话。这么些年,她以为阿苏依薇早就放下了。决定来魔界之前,阿苏依薇还下狠心让敏云帮她对付这个人。

敏云红着眼睛。

阿苏依薇也红着眼睛,很委屈,也很自责眼下自己优柔寡断。

敏云收回长剑,气得抽身而返,回到谷顶上方那块平地上。

阿苏依薇握着长剑,回头看了一眼敏云。

敏云扭头看着别的地方。

阿苏依薇感觉到身后一阵剑风,发觉向她逼近的正是两把短剑。她向后一闪,避开了。

"你真要杀我?!"

面具人不说话。他一招不得,又来一招。阿苏依薇只好收起自己那些无谓的奢望,举起长剑迎了上去。他迎面接了她一招,决绝地,勇敢而无畏,似乎带有仇恨。他一剑挡住,另一把短剑向她心口刺来。

阿苏依薇被逼得连连退后,却始终没有使出全力对付他,而他招招要她性命。

他变了,她心想,再也不是从前那个曲里布。

阿苏依薇心里一阵悲痛,大喝一声,杀出一剑。这一剑迅速如闪电,只是在抵达他心口的时候偏了一下,刺入肩胛。

她红着眼,一滴眼泪随着滚出眼眶:"是你逼我的!"

当他陷入短暂恍惚中,因为受了伤而走神之时,她迅速伸手将他的面具摘掉了。

"曲里布!"她喊道。

"果然是你!"她带着哭腔。

曲里布面上微微泛起一丝慌张,不过很快就淡下去了,之后这副神情真是一点温情也看不到。他薄情的脸孔像被霜打过,冷透了。

"为什么要这样对我?"阿苏依薇说。她稳住情绪。

"阿苏依薇,我本来不打算与你为敌。"他说。

"那就是现在要与我为敌了?"

"是。"他以一个字回答了她。在阿苏依薇还在思考如何接话的时候,他刺出了一剑。

她偏了一下身子,可还是被刺中肩胛,正是她刺他的那个位置。

阿苏依薇笑出泪水。"扯平了。"她说,随着一掌拍出,将曲里布打了出去,摔在前边草地上。曲里布吐出一口鲜血,捂着肩膀站起身。就在这时,万拉苇来了。

万拉苇一身红色衣裙,满头白发,眼神凶狠无情,手中握有一条花蛇。她威风凛凛,眉毛挑得很高,唇色很艳。她蓄了长长的指甲,涂成褐色,鹰爪似的抚摸着手中花蛇的头颅和身子。她的冷淡令人胆寒,让人不敢相信她就是从前特儿果看起来性情温和的拉苇姑姑。

204 | 骑鹤来迎

"主人!"曲里布走上前,向她躬身行礼。

"你做得不错。"万拉苇说。

"阿苏依薇,你不使用神力,可就怪不得曲里布技高一筹。他如今可是我座下最得力的帮手。我早就跟你说过,少年时的情情爱爱都是假的,不过一时兴起,当不得真。那时你若放手让我杀了他,今天也不会落得如此可怜。你这个人太重感情,也太相信感情,以为你这么痴情于他,他就必定——不,他就必须这么痴情于你吗?男人到了一定年纪,都会去追求他们最想要的东西。女人终归不是他们乐意付诸一生去追求和爱护的。几千年了,特儿果谷主个个生得美貌绝伦,那些武力高强的男子不还是一次次要杀死她们?没有人会真正放弃整个天下来守护你。杀了你,他们可以坐拥天下,可以娶比你更年轻漂亮的女子。虽然那些女人不是神族后裔,可是比起拥有权势、地位,神族后裔又有什么稀罕?我活了这么长时间,在特儿果的灭灵园进进出出,经历无数岁月,早已看透人心。所以,庄密云虽然真心待我,我也不信那真心能坚持多久。就算他用一生相待又如何?他们的一生短暂,而我们的一生很长,何必自取其苦?多少孤独的日子都熬过来了,早已跟石头、泥土,跟万事万物一样,有多茂盛便有多虚无。爱情是最不值得较真的一种东西,它连空气都不如呢,除了给人短暂的快乐,剩下的尽是苦痛和折磨。你却偏偏当了真。我早前是有善心的,我提醒过你,你不听。

"如今想来,你不听才是好的,你如果听了就遇不到今天这样的'好事',眼睁睁看着心爱的人翻脸无情,拿剑杀自己。

"阿苏依薇,你其实一点也不了解曲里布。虽然又过了几年时间,可你还是和从前一样幼稚。一个从荒山出来的人,既然不愿意当鸟,自然是要当别的。在特儿果曾经短暂迷失,那都是少年人的心思,过了也就过了,如今他梦醒了,要飞向更广阔的天空了。"

"真是这样吗?"阿苏依薇望着曲里布。

他面孔冷冷的,没说什么话,却比说什么更让人难堪。

敏云早已跑来站在阿苏依薇旁边。万拉苇出现的时候她就跟过来了。

"你这个毒妇!"敏云骂道。

"看来你知道一切了?"

万拉苇看见她脖子上戴着一把钥匙,是重新接在一起的钥匙。

"父母之仇我一定会报的。"敏云咬牙说道。

"那就看你和柯风的本事了。想不到他真是你的亲哥哥。当年我就怀疑那两个人肯定还有一个孩子。我就知道你身上的半截钥匙一定有什么秘密。"

"我兄妹二人一定会杀了你!"

"志气不错。"

阿苏依薇挡住敏云。敏云虽有雾灵护体,可是不知为何,那雾灵在她体内也有散失的迹象。最能体现的就是,它不如从前那样遇到危险时迅速开启。它有时根本不会开启,变得迟钝了。阿苏依薇探测过,要不了多少时日,敏云体内的雾灵也会消失。她不知道为什么会这样。

"我们找机会撤。"阿苏依薇悄悄提醒敏云。

敏云领会她的意思。

阿苏依薇伤得不轻,看着比曲里布的伤更严重。

万拉苇并不打算杀死她们。她只想折磨她们,让她们看着自己要维护的一切化为乌有,以报复自己多年在特儿果所受的煎熬。阿苏依薇和敏云的心里都很清楚万拉苇的心思。可是她们不知道,如果曲里布亲手杀死阿苏依薇,万拉苇会更高兴。这一点逃不过庄柏瑜的眼睛。当她们二人决定去魔界打探曲里布下落的时候,庄柏瑜也悄悄跟在后面来了。他刚到,看见阿苏依薇受了伤,曲里布也受了伤,大概知道之前发生了什么。他在观察,等待机会。

机会来了。

万拉苇对曲里布说:"你去杀了阿苏依薇,她们想逃走呢。"

曲里布毫不含糊："是！"

曲里布转身，握紧他的两把短剑，眼神里没有犹豫之色。

敏云挡在阿苏依薇身前。

"让我自己来。"阿苏依薇说。

"你的伤……"

"根本不碍事。我想明白了，曲里布不值得我手下留情，我不会再犯傻了。"

敏云退开一步。

曲里布身形轻盈，鸟，最拿手的就是上飞下跳，这会儿看阿苏依薇动了要杀他的心，也不敢轻敌，使出全部本领。

"我让你三招。"阿苏依薇说。

曲里布哪里肯领她这份情？说道："不用！"

"好！"阿苏依薇也怒气冲冲。

"你尽管使出你的本事！"曲里布补了一句。

这句话更加刺痛阿苏依薇，也令她心里顿时生出愤恨。她双手一抬，电闪雷鸣似的，一道刺眼的亮光从她掌心跳出来，逐渐凝聚成两颗金色火球。

"你现在磕头求饶还来得及！"阿苏依薇说。她的眼睛成了红色的，头发也成了红色，整个人被一片红色的光芒包裹起来，这是万拉苇从来没有见过的样子。这是特儿果谷主最上乘的神力。根据记载，历代谷主只有在三十岁以后才能修炼成，而阿苏依薇却在二十二岁就将它练出来了。若这一掌拍出，曲里布必定粉身碎骨。别说他是鸟，就算他是一头庞大的水牛，恐怕也再难找到半根牛毛。

"依薇！"敏云喊了一声。她从未见过阿苏依薇这个样子，她有点儿害怕了。

阿苏依薇完全被红色的光芒裹住，渐渐地，再也看不清她的轮廓，整个就是圆形的红色火球。敏云被光芒逼得睁不开眼，急匆匆向后退去很远,也还是被光芒刺着眼睛。就连万拉苇也不得不使出上等神力将自己护住——不过万拉苇并不害怕,因为她觉得,即便如此,阿苏依薇也不是她的对手。庄柏瑜早已从巨石背后走出,他是被阿苏依薇这个样子吸引出来的,他第一次看见特儿果谷主真正的神力。这才是能保护天下太平的神法。可是,为什么呢？一个小小的曲里布根本犯不着用这么上等的神力。

庄柏瑜来到敏云身边。

"你怎么来了？"

"你们到哪儿,我当然在哪儿。"

"我劝你还是赶紧走,阿苏依薇并不想见你。"

"她怎么了？"

"你指什么？"

"她根本用不着使出这么上乘的神力啊。"

"也许她真的想要杀了曲里布。"

"不,不可能。"

"有什么不可能？薄情无义的人,杀了就杀了。"

红色火球向前移动,光体放大,仿佛太阳升起。

曲里布并没有感到慌乱,相反,敏云看见他嘴角有不易察觉的笑容。接下来,她以为他要退缩或者直接迎战,没想到他竟然变回原形,两只长长的翅膀,甩着脖颈上的长毛飞到半空。

在那高空之中,曲里布更是得心应手,将身上所有须发变成利剑,扎向阿苏依薇,也就是那颗硕大无比的红色火球。然而,利剑靠近光体时全被震断了。敏云和庄柏瑜以及万拉苇正看得惊心动魄的时候,那些折断的利剑从空中落下,险些扎中他们。折断的利剑在贴着地面那一刻变成了羽毛。

"难怪依薇要使出这么厉害的神力。"庄柏瑜说。

"说什么？"敏云随口问道。

"因为她早就看出来,曲里布也修炼成了他的最高功法,一般的神力已经没法对付他了。不管怎么样,他也是一只当扈,可不是一只普通的野山鸡。"

"那又如何?我特儿果谷主神力无边。"

"荒山神鸟也不是一般的鸟,我们最好还是见机行事,不要让万拉苇钻了空子。"

敏云这才将一半注意力放到万拉苇身上。

万拉苇很满意曲里布的表现,她仰着头,看他如何在那儿拼命搏杀。看来他确实对阿苏依薇已经淡了。

"你们两个凡人也不用盯着我看。你们想杀我谈何容易?还是别白费心思,免得我一失手取了你们的性命。不管怎么样,我是亲手将你养大并且调教出来的,是不是,阿苏敏云?"万拉苇说这些话时眼睛还是望着半空。

敏云不理她。

曲里布毫不留情,他将自己的翅膀变成了两只熊熊燃烧的翅膀,火苗全都受他控制,他抬起翅膀一扇,火苗就飞出去了,想要撞碎那红色火球。可惜同样属火,火球始终将火苗挡在外面。就在火苗足够多,火球快要挡不住的时候,阿苏敏云腾飞而起,拿剑杀向曲里布。这惊动了旁边的万拉苇,她也迅速飞上半空,将阿苏敏云截了下来。

敏云险些受伤。

"你不是她的对手。"庄柏瑜上前扶住。

敏云这才发现,自己体内的雾灵不见了。万拉苇肯定也发现了这个秘密,才会出手将她截落。

"你看!"庄柏瑜叫道。

敏云抬头一看,望见三颗红色、白色和绿色的发光珠子围绕在阿苏依薇,也就是红色火球周围,就连曲里布也看傻眼了。

"那是……"敏云皱着眉,望向庄柏瑜。

庄柏瑜摇头。

"雾灵？重生的雾灵！"万拉苇惊讶不已，自言自语。

敏云听后一阵高兴："是它们！"

"不是说雾灵一旦取出，就回不到谷主身上了吗？"庄柏瑜说。

万拉苇望着二人，突然像是想明白了什么："原来是魔障石帮了她！"

敏云大笑起来。"太好了！"她叫道。

庄柏瑜也高兴。虽然一直以来，阿苏依薇对他根本没有多余的心思，可是只要她好，他就好。何况找到魔障石也有他的功劳。

敏云激动道："我知道的虽然不多，但此刻也能跟你说清楚了，我先前的脑子被突然发生的事情搅得转不动。我想起来了，我们特儿果有记载，谷主的神力若失去后重新找回来，那么从前她交出去的雾灵也会受到召唤回归到谷主体内。没想到就是现在，它们回来了！那些消失的雾灵本来已经没有希望回归，可是万拉苇用魔障石取走了阿苏依薇的神力，你又找到另一颗魔障石，让神力回到她身上，雾灵也就回来了。庄柏瑜，我们特儿果真要好好感谢你！"

"这……"庄柏瑜说。他腼腆起来，做出高兴的样子。

"你好像不开心？"敏云问。

"没有啊……"庄柏瑜说。他心底冒出一股自己也说不清的感觉。

三颗雾灵逐渐融入了红色火球中。

曲里布回过神，发出更多利剑，先前那些被挡在光芒外面的火苗也熊熊燃烧，想要烧透红色火球。可是，火遇到火，只会越烧越旺，除了浪费时间和精力，谁也没法将对方烧成灰烬。

万拉苇眼见不对，立刻腾空而起，也倾出神力。

阿苏依薇这才现了身形。不过她仍然没有败下来。并且，当万拉苇再次推出她的神力，加上曲里布的利剑杀出的火苗，阿苏依薇突然用力一划，将这些力道引向地面的峡谷周围，树林中顿时火光爆闪，惨叫声连连。原来，这周围早已埋伏了万拉苇的人。而其中就有加入进来的庄密云的暗军,数量虽然不多,但也不少了。遵循先祖规定,她是不能用神力杀害这些人的,但是借力总可以!

阿苏依薇对峡谷周围的人大声说道:"我今日之所以使出神力,就是等着你们的主人万拉苇加入进来,引她的神力击溃你们。从今往后,你们的法术就别想继续使用了。"又对万拉苇说,"我得感谢你,为了杀我和敏云,你真是费了不少苦心,在周围布下数万徒子徒孙,想不用亲自动手便将我二人擒住。可惜你忘了,我是太阳神女的后裔。六年过去,我早已不是你口中那个幼稚而白痴的阿苏依薇。我确实对曲里布下不了手,无论何时,哪怕他现在要杀我,我也放过他。我放过他并不是对他还有什么指望,我只不过想要对得起自己的心。依靠他的法力,是不能将你布置在此的人全部击败的,何况这样做的话,曲里布会受到反噬,会受伤严重,可能会死。所以只能引你出来。你现在感觉一定不错吧?这些都是从你那儿学来的。我曾经试着原谅你,因为你确实过得很苦。多少年来,特儿果一代一代的谷主,一代一代的守卫,都过得身不由己,我是同情你的。"

"同情?哈哈哈哈!"万拉苇吐出一口鲜血,愤恨道,"为什么我只想当个特儿果谷主的时候,你们个个出来反对,如今我成了魔界之王,你们还要如此紧逼?"

"你怎么可以说得如此委屈?特儿果好不容易收拾出来的太平,你三两下就破坏了。你好好想想,这些年魔界都干了什么坏事。魔界之人所过之处,尸横遍野,民不聊生,百姓还得每年将村中新生的男婴进献给你,从小训练,成为魔界之人,成为你的傀儡。你让他们长大之后来杀他们的同族亲人,真是太恶毒了。天下怎么有你这样狠毒的心呢?我曾经替你认真清洗过,可是整条特儿果的清水都洗不净你的心。你让魔界之人将难民杀死,还将他们暴尸荒野,何等残忍无情!"

"那不是我做的,我没有让他们那样做。"

"总之是你下的杀令。"

"你们的手就是干净的吗?换句话说,你们神族后裔哪一代谷主身上没有背着我们特儿果守卫的冤魂？那些再也出不了灭灵园的亡灵,她们生生世世,成千上万年,都在灭灵园接受拷打和折磨,她们的亡灵不生不灭,想再死一次都不行。跟神族多少年所作之恶比起来,我万拉苇算是个顶尖的好人。我只是下令杀几个人树立魔界之威,并未整村屠杀,这点儿事情,算什么大奸大恶？

"走！"万拉苇对曲里布说。

阿苏依薇回到敏云身边,看了看庄柏瑜："你怎么来了？"

"依薇。"庄柏瑜喊道。

"我一直……"庄柏瑜想继续说。

"嗯。"阿苏依薇说,她打断他的话不让他继续。

"我们不追吗,趁她受伤？"

"不能追。我也受伤了。"阿苏依薇说完,脸上才露出苦色。

"那雾灵不是……"敏云急道。

"雾灵虽然回来了,重启却要七七四十九天。"

"那怎么办！"

"我没事。"

阿苏依薇捂着伤口,肩胛早已被血染红。引万拉苇的神力去击溃众人——如果是普通人无所谓,可那些伏击者都是山鸡化身,拥有不错的法力——本身就是冒险,自己受伤也在预料之中。她一直压制内伤,害怕万拉苇看出来。他们走后她才敢松懈。

庄柏瑜急忙上前,一把将她抱了起来。

阿苏依薇防不胜防,没想到他会这么莽撞。不过,她没有坚持让他放开自己。

第四十八章

突然拦在途中的人将阿苏依薇等人吓了一跳。

"你是谁?"庄柏瑜将抱在怀里的阿苏依薇放下来,扶着,问前方突然拦住去路的人。此人阴沉沉的装扮,蒙着脸,只露出两个冷冰冰的眼睛,仿佛刚从地狱里来。

"是个女的。"阿苏敏云悄声说。

阿苏依薇拨开庄柏瑜的手,走到那人前面。

"姑娘为何拦路? 是求财还是要命,给句痛快话。"

"阿苏依薇,看来你已经知道我是谁了。"

"不错。"

"你知道她是谁?"庄柏瑜靠近阿苏依薇低声问道。

"庄柏玉。"

"庄柏玉?"庄柏瑜走到前面,仔仔细细看了一下,"你……你果然是庄柏玉!"

"拜你所赐,我的亲哥哥!"

"杀你的人并不是我。"

"是你把我变成这副鬼样子!"

"比起你母亲对我生母所做的那些事,已经很便宜你们了。当年你的母亲故意挑唆我生母去特儿果寻仇,才让她走了绝路。"

"那是她该死,她差点毒死我,害得我从小胆战心惊,为了在密云山庄争得一席之地,我不得不孝顺有加,不得不像个男孩子一样打拼。可又怎么样呢? 你要害我,庄密云要杀我,你们哪一点像我的亲人? 在这里说得好像我是天底下罪大恶极的人,不看看你们自己,有为人父兄的样子吗?"

"你以为我真的对你下了毒吗?"

"还想狡辩!"

"不是狡辩,而是我根本没有给你下那种九头九身的毒。你的样子虽然有些奇怪,可那仅仅是吓唬你,不出两个月你体内的毒性就会消失,就能恢复原样。我确实恨你的母亲,可这件事说到底跟你没有关系,我只是不高兴你总是去找阿苏依薇的麻烦。你喜欢曲里布我不管,但你不能伤

骑鹤来迎 | 213

害依薇。我只是给你一点教训罢了。不管怎么说,我们从小一起长大,小的时候你还愿意叫我一声大哥。你瞧瞧你现在不是好好的吗?你得感谢我,要不是给你服下那颗药,庄密云刺中的就算不是要害,也足够使你残废。你被埋入土中——我去过永成客栈,看到你的坟墓,我就知道你不会死,你只是处于假死之中。我特意给你的坟墓开了一个口子,让空气进入,让你早日清除毒素。我算是救过你的命,只是这一切你并不知道而已。"

"说得好像跟真的一样。那你为什么不直接将我救出来,却让我继续躺在坟墓里受罪?"

"你在坟墓里毒素解得更快。"

庄柏玉犹豫了一下:"这是什么道理?"

"药理。你去九头仙山吧,外面的世界根本不适合你。"

"你别想收买我。"

"我收买你什么?除了你是我的妹妹,你还有什么值得我收买?你从前密云山庄的那些手下,早就被我们的好父亲庄密云杀死或者收服。你已经没有人可以使唤了,不是那个呼风唤雨的庄柏玉了,还要继续做美梦吗?"

"你说这些没有用。大仇不报,我心有不甘。"庄柏玉看看阿苏依薇,又说道,"我今日本来是要取你们性命,虽然不一定是你们的对手,但重伤其中的谁还是有把握的。从坟墓里爬出来那一刻我就发誓,要杀死所有伤害我的人,包括庄密云。庄柏瑜去过我的坟墓,在坟前他竟然哭了一场,我虽然说不了话,但听得清清楚楚。我承认自己心软了,这是多少年来第一次心软。自从母亲去世以后,我就感觉自己没有亲人了。那日庄柏瑜的到来使我心里很感动,那种久违的亲情再一次涌入。我便下了决心,如果还能活着出来,绝不为难庄柏瑜。所以今日我不杀你们,放你们走。"

"玉儿……"

"你什么都不用说。"

"你去哪儿?"庄柏瑜喊住向前走去的庄柏玉。

"我要报仇。"庄柏玉扭头说。

"你打不过庄密云,何况他身边还有曲里布和万拉苇,就连依薇都……"

"我的事情你不用操心。"

"你听我说……"

"再见!"庄柏玉抢了话,话未说完,人已经去远了。

"随她吧。庄柏玉的武功虽然不如那几个人,可是逃生的能力还是有的。她不傻。"阿苏依薇说。

庄柏瑜也不知道该怎么办,又对阿苏依薇说:"我很高兴看到你跟庄柏玉和好。"

"嗯。"阿苏依薇只说了一个字,态度不冷不热。

庄柏瑜眼睛望着远处,他还是挺担心庄柏玉。

"不放心就去找她吧!"阿苏敏云说道,她是对庄柏瑜说的。阿苏依薇没有反对,毕竟庄柏瑜救过自己的性命,这次帮助庄柏玉,算是报答他的救命之恩。

"好。"阿苏依薇对敏云说,她当然也是对庄柏瑜说,只是眼睛始终没有看他。

三人又转身追着庄柏玉去。魔界之地遥远凶险,别说三个人加庄柏玉,就算把九头仙山的人全部叫出来也不够。

为了让力量不要显得过于单薄,庄柏瑜用密信的方式,将九头仙山的人全部召集一遍,他指给他们出山的路。为了让他们死心塌地帮忙,他答应这件事过了以后,彻底解除他们身上的毒素,并且往后要不要继续留在九头仙山,完全尊重他们自己的意愿。

"你不是要打下整个天下吗?"阿苏依薇问他。这话有点儿别有用心的样子,隐藏着好像她开始对他有好感的那种意思。

"跟你比起来,天下算什么?曲里布能做到的我也能做到,曲里布如今做不到的,我更能做到。他可以随时改变自己的想法这个我做不到。我对你的心意天地可鉴。"

"柏瑜大哥……"

"你不要觉得有负担,我只是做我该做的事情,保护我该保护的人。你要如何选择,如何生活,我都顺其自然。你还把我当成过去那个柏瑜大哥就行。"

阿苏依薇听到这些话,心里特别酸楚,想到很长一段日子之前,还在特儿果的时候,曲里布说过比这些更动听的话,他的笑脸,他洁白的牙齿,为了使她开心而变成一只大鸟甩着脖颈飞来飞去,那些傻气的天真的日子就像流水一样过去,此刻又像流水一样回到脑海。

"依薇,我们快走。"敏云说。

阿苏依薇发觉自己站在原地没动,走神了。

庄柏瑜在前方带路。他知道阿苏依薇心里在想什么。他知道她想起的那些往事,跟自己不会有多少关系。他有点儿抑制不住的恼怒,逃避似的,脚步不由自主地加快了。

第四十九章

万拉苇半蹲在地上,在她亲手打造的院中的古树下,想起身却怎么也起不来,脸上尽是皱纹,十个手指突然失去血色,像剥了皮肉的骨头。她听到自己体内的关节嘎嘎响,似乎是秋风里就要被吹落的树叶。

曲里布来了。

"主人,你在想什么?"

"我在想,爱情来的时候,无论再理智再苦恼,你心里是欢喜的、渴望的、贪恋的,仿佛中了无解的毒,就算它同时给你带来更多烦恼,你都会全部接受。所以我在想,难道你真的舍得下阿苏依薇吗?就比方说,我从来不相信阿苏依薇把你忘了。那次跟你决斗,她并未对你起杀心。这就是说,你们之间可能还有阴谋?"

"主人这样说,让我觉得心寒。那次你也看到了,我可是处处对她下狠手。就算她还有什么幻想,那次决斗之后,也不会再有了。"

"你真是这么想的?"

"绝无虚言。"

"我是魔界之王,但事实上,我只想做特儿果谷主,我没有更大的野心。可人们在紧迫地寻找和推举他们之中谁出来做他们的王,这让我烦透了。曲里布,他们不是需要一个新的谷主,更不期待一个新的魔界之王,他们要的是一个真正能主宰他们的王。你觉得,我来做这个王可不可以?"

"不可以,你跟他们不一样。"

"哼,人可以做的,神更可以,何况能者居之。"万拉苇突然想到了什么,眼睛瞪着曲里布,"你想做他们的王?"

"不不,我没有。我怎么敢?"

"你最好不敢。他们要的王是他们自己人本身,不是一只野鸟。既然不是我,就更不可能是你。但如果是我,我相信他们早晚会接受。人是会怕的,一个人害怕不算怕,一群人害怕的那就是天灾。人们对待天灾是什么态度知道吗?是认命。他们现在就很害怕魔界。我们从前去搅乱他们的时候他们会反抗,当我们杀他们并且杀的人数不少,不管他们怎样求情怎样讲道理,都不给他们情面,不给他们活下去的希望时,他们就不太反抗了,为什么呢?因为害怕。他们聚在一起的时候聊的就是如何害怕灾祸降临到自己的头上,他们觉得活着的每一天都是偶然,由不得自己做主,人的生死突然就成了魔界的一句话那么简单,这是他们心底不敢揭开却又时时浮现的恐惧。如果我突然像个男人一样有雄心壮志,宣布马上要去当他们的王,谁敢说不?人人都以为我没有野心,这便是我的隐身符,我用好它,必定让人防不胜防。"

"可你答应庄密云,让人对他俯首称臣。"

"如果庄密云心里真的有我,那么我来坐这个王位,难道他不应该高兴吗?"

"主人说得对,他应该高兴才对,只是我担心……"

"你怕他背叛我?"

"嗯。"

"那就把他关起来好了。然后你陪我演一场戏,一定要逼真,不能让人看出半点儿破绽,尤其是阿苏依薇。"

"阿苏依薇毕竟是特儿果主人,我们恐怕不是她的对手,也担心骗不过她。"

"你放心,就算我们这儿被拆穿了,也还有别的办法。她绝对想不到,我在她身边安插了谁。"

"谁?敏云?"

"你不用猜。你也猜不着。"

曲里布低头听完吩咐,离去了。

万拉苇蹲在地上,抬头望着背靠的古树。这是她从前在特儿果的时候每天要去树下坐一坐的那棵古树。她用了很多神力才将它从谷中迁出来。天气不热,她却一直冒着大汗。双脚已经透明了,能看见骨头,里面的骨节像死者的骨节。她知道这双脚很快就会像她的十指一样,皮肉失去血色,紧紧贴着骨头,让她像个死者一样活着。她最喜欢的那条小花蛇受了惊吓跑了。它跑前还咬她一口,好在毒性并不致命。

万拉苇动了动身子,想再次试着起身却仍然起不来。天旋地转。

第五十章

庄柏瑜扶着阿苏依薇,她是可以自己走的,可他就是一刻不离地扶着。无论阿苏依薇怎么说,他就是不肯放手。他对阿苏依薇的关心显得非常霸道。阿苏依薇偷偷看他。

庄柏瑜发现她在偷看,故意盯着她的眼睛喊了一声"依薇"。

阿苏依薇立刻转开视线,不看他。

庄柏瑜心里高兴得都快开花了。这一路走来,阿苏依薇已经偷偷观察他好几次。他扶着她的时候,能感觉到那种不一样的气息。

这会儿又走到先前跟曲里布交手的那个峡谷地带,前方还有好几座大山。

"如果不是担心打草惊蛇,真想飞过去。"阿苏依薇说。

阿苏依薇终于得了空子,好不容易脱开庄柏瑜的搀扶,来到敏云身边和她并排走。

"庄柏瑜对你好像是真心的。"阿苏敏云悄声说,脸上带着笑。

阿苏依薇还是头一回听敏云关心这个问题,故意说:"我怎么知道?"

"那个大傻子已经偷笑一路,高兴坏了。"

"他为什么要高兴?"

"因为你的心开始喜欢他了,离不开他了。是不是这样?"

"瞎说什么!"

"你还想骗自己。瞧瞧你的脸、你的眼睛、你的手脚,包括你走路留下的脚印,哪一处透出对他的不喜欢?"

"什么乱七八糟的,你哪一点看出我喜欢他了?别胡说。"

"这怎么叫乱七八糟了?我说的都是真心话、大实话。你这种喜欢才叫真的喜欢。我是很看好的。别相信以前那些花言巧语。那些喜欢太轻了,就像谎言一样不可当真。"

"你又没喜欢的人,说得这么有经验。阿苏敏云,你现在话越来越多了,跟以前简直不像一个人。以前的你都是端着的,这样,瞧着没?这么端着的,走路眼睛看着天,像一只老公鸡,又严肃又无聊,哪会像现在这样,说一些乱七八糟的疯话。"

骑鹤来迎 | 219

"那还不是跟你混得太久了,把我原来的样子混丢了。"

"你这个样子挺好的,只要不是跟我谈什么……"阿苏依薇看向庄柏瑜,庄柏瑜走在前面,也不知他有没有在偷听。

"谈什么?你说。"敏云故意激她,嬉笑着。

"谈你个头。"

"你听我的没错,庄柏瑜哪儿差了?你瞧瞧,他个子高大,虽然瘦了那么一点儿,但英俊挺拔,风度翩翩,对你说话时那语气简直让人着迷。还有,他知道你喜欢白色衣物,就一直穿着白色长衫,他爱你爱得很沉,虽然有时候觉得这份感情太霸道,可你不觉得这样挺好的吗?爱一个人就是要热烈,要像一场大火——不,要像一场大水,浩浩荡荡……虽然他年岁比你大了那么一点儿,可他又不是个老头对不对?你瞧瞧那身姿……"

"阿苏敏云,你不懂……"

"你别打岔。我是认认真真给你挑可靠的人。我们特儿果未来的男主人,不能随随便便找一个,得找个好的。"

"敏云,你有喜欢的人吗?"

"没有啊。怎么了?"

"你以为,挑一个人回去就行了吗?"阿苏依薇面色忧伤。

"我是没有喜欢的人。你有不就行了?我看也看会了。"阿苏敏云说道。

"你说话小声一点,别胡说了。"

阿苏依薇甩开敏云,自己走一边。

庄柏瑜扭头笑。

阿苏依薇只好再走开一点,离他也再远一些。

庄柏瑜突然停下脚步,阿苏敏云还以为他发现了什么危险,也跟着停下来。

"怎么了?"敏云问道。

"多谢敏云姑娘美言!"

敏云双手一摆:"不必客气。"

第五十一章

魔界恍如翻版的特儿果,一花一木,景致相似。阿苏依薇等人走入其中,毫不费力就找到了万拉苇的居所。

"简直一模一样。"阿苏敏云说。她转着圈子左看右看。

"看来她是忘不了那个地方,倒也是个重情的人。"庄柏瑜说。

"重情的人?你现在不恨她了吗?是她让你母亲气得自杀。"敏云不管不顾地说,阿苏依薇使了眼色她也没注意。

"我很矛盾。"庄柏瑜摇头,目光落在阿苏依薇身上。

"你变了。"敏云又说。

"先别说这些。"阿苏依薇急忙插嘴,"防备如此松懈,像是故意放我们进来。"

阿苏敏云这才收了心,观察四周。

"你们看,我们在里面走了一路,居然连一个守卫都没遇到。"阿苏依薇说完,钻入路旁的竹林,想知道是不是埋伏了人。

没有。竹林和其他地方都没有人影。

敏云也随着阿苏依薇钻入竹林。二人并排蹲在地上走,走了几步又停下来观察。

"也许曲里布想不到我们会这么快折回来进入魔界。"敏云压着嗓门儿。

"你踩到我的裙子了。"阿苏依薇说。

"什么?"

"我是说……"

阿苏依薇话没说完,发现踩到她裙子的是庄柏瑜。庄柏瑜不声不响地站在她二人身后。

"这里一个人都没有,你们蹲在地上干什么?"

"这……"

阿苏依薇和敏云互相看一眼,傻笑。

庄柏瑜笑着摇摇头,扶起阿苏依薇:"这么多年了,你俩还跟孩子似的。"

阿苏敏云不说话。阿苏依薇也不说话。只有她姐妹二人心里明白,先前那蹲着走路的滑稽样子全是在特儿果的时候养成的习惯。突然进入万拉苇的居所,某些藏于记忆深处的习惯又被激活了。小的时候她们一起被罚,就站在万拉苇门前那棵古树下背诵特儿果神规,照着大太阳或顶着大雨,趁万拉苇不注意便钻入竹林做游戏。她们觉得蹲在地上走路非常有意思,就好像土里冒出来两个脑袋在竹叶上滚来滚去。这样蹲着走上一程,再站起来的时候会觉得两只脚特别有劲儿。

阿苏敏云的脸色突然变得忧愁。

阿苏依薇的脸色也变得忧愁。

她们都知道对方想起了往事——想起了万拉苇,那时候,她们叫她拉苇姑姑。

阿苏敏云想到万拉苇是杀害她父母的仇人,眼里顿时又燃起一股怒火。但是紧接着,那记忆深处的一些暖色又将那股怒火压下去。毕竟她是这个仇人亲手养大的。她给过自己许多严厉冷酷的经历,也给过自己缺少的人生的温情。万拉苇有时候特别像一个慈祥的母亲,虽然神族护卫长到三十岁便永远保持三十岁的容貌(除非受到什么伤害,否则容颜不改),很年轻,可在一个幼童的眼中,她见到的除了自己无法用美好言辞赞颂的容貌,更多的就是这位"母亲"脸上流露出来的母爱的感觉。可惜万拉苇极少展露她温柔的一面,总是一副冷冷的面孔。也正是极少露出的真情,令人偶尔想起来是那么深厚、那么珍贵和难以忘记。

阿苏敏云在心里叹了一口气,仰起脸。"我们走。"她收起伤感,望着那道熟悉的门。

"我们不能贸然进去。"庄柏瑜说,他伸手拦住去路。

"没事。"阿苏依薇说。

阿苏依薇向着大门走去。她侧身站在门边,捅开窗户纸向内瞧了一眼,对着身后庄柏瑜和阿苏敏云摇摇头,意思是房间里没有人。

敏云上前一把推开房门,里面空空的。

"怎么回事?"庄柏瑜走到阿苏依薇身旁。

敏云耸耸肩:"也许她并不住在这儿,只是个障眼法。"

"不会。"阿苏依薇说着走到床边,抓起床前柜子上的一把梳子。这是用特儿果清水河中的石头打造的一把精致的石梳子,上面还缠着一根白头发。"她一定住在这儿。"

她放下梳子,四周看了看,发觉房间右侧还摆着一只箱子。

"敏云,你去打开,小心点。"阿苏依薇说。

敏云轻轻打开了箱子。

"一套衣裙。"敏云说。

"衣裙?"阿苏依薇有些惊讶,"将箱子故意摆在显眼处,里面就装一套衣裙?"

"不是普通的衣裙。"敏云瑶头说。

阿苏依薇走近一看,发现是她早前在特儿果的时候请人缝制了送给万拉苇的。

"她还留着干什么?"阿苏依薇有些生气,心里却被往事塞得满满的。

庄柏瑜将箱子合上。就是这么一个简简单单合上箱子的动作,触发了某处机关,三人所处的地方裂开一道口子,脚下不稳,全都掉了下去。敏云险些摔伤。阿苏依薇先前的伤口也裂开了。庄柏瑜急忙割下自己长衫的衣角,匆匆给她包扎。

"痛吗?"庄柏瑜关切道。

"不。"阿苏依薇皱着眉。她自小就怕痛。

庄柏瑜心里再清楚不过,阿苏依薇虽然身为特儿果谷主,但除去这个身份她就是娇滴滴的小姑娘,柔柔弱弱,却处处表现得像个强大的野丫头。这个外表会让人觉得她不需要保护。只有他一开始就看穿了一切,也只有他,知道她最需要什么。

"痛就叫出来呗。"阿苏敏云故意说话酸溜溜的。

"眼前什么情况,还有心思开玩笑!"阿苏依薇瞪了一眼。

庄柏瑜嘴角有笑意。现在她们姐妹说什么他听了都很开心,因为这些话题跟他都有关系。

掉入的是个兵器库。万拉苇虽然不需要什么武器,可她手下那一众人马却不能少了它们。这里面棍棍棒棒、长枪短剑,还有一些前所未见的武器填满了屋子。之前三人所坠之地是在墙边——像是特意留出来摔他们的空地,要是落在这些刀剑上面……

"敌人在暗,我们在明。"庄柏瑜说。

阿苏依薇观察了一下,发现兵器库是按照从前那位魔界之王的房间打造的,长长的一间,宽敞,如地道,却并不粗糙。看来万拉苇不仅将特儿果的景致搬到这儿,还对一些看中的房屋样式进行仿造。也就是说,早在她和庄柏瑜之前,万拉苇就去过魔界之王的房间。

库房顶上那道使他们掉落下来的口子已经合上。库房里有松明火把照亮,像是隔一段时间就有人进来添置松油。

"小心点儿。"庄柏瑜说。他不放心阿苏依薇,始终护在身旁,即使这个举动是多余的,如果有人要杀他们,那么最先败下来的只可能是他。原本他想让九头仙山那些人来帮一把,他们没来,大概听说与魔界为敌,他们宁愿死也要违抗命令,宁愿永远顶着丑怪的身躯。

"柏瑜,你抓痛我了。"阿苏依薇缩了一下手。

庄柏瑜这才发觉自己走了神:"对……对不起。"

"你刚才叫我什么?"庄柏瑜高兴坏了,又抓着阿苏依薇的手,"你叫我柏瑜!太好了,我喜欢你这么称呼。"

"不就一个称呼吗?"

"不一样,不一样的。"

阿苏依薇低着头,把他的手抛开。

庄柏瑜手足无措,高兴得要死,像是谁往他嘴里塞了一颗糖似的。

前面像是一直走不到头。

火把逐渐变暗了,地道变黑。

阿苏依薇变出一束薄薄的亮光,照亮敏云和庄柏瑜脚前,不至于什么也看不清。她发现此处虽然很像魔王的房间,可实际上只仿造了一点"像"的意思,细节完全不同。

"你不要用神力。"庄柏瑜说。他担心她的伤口。

"别担心。"阿苏依薇回答。

地道被照亮的时候,三人已经走到一处高大出口。外面是一大片空旷之地,高大的柱子将这片场地撑起来,仿佛重新开辟了天地。阳光从地道顶上那些经过细致打造的孔眼中漏下来。

场地上站着一个人,背对着他们。

阿苏依薇对这个背影再熟悉不过了。

那人转过身来,一张俊俏的脸庞。

"等你们很久了。"曲里布说。

阿苏依薇镇定心绪,看了看庄柏瑜,让他别跟上去的意思。她自己走到曲里布跟前。

"你用心良苦,我阿苏依薇怎么能不赴约?"

"你见到那些鸟了?"

"每日从我特儿果上空飞几遍,就算眼盲,听它们的叫声也知道是你从荒山派来的神鸟。"

"依薇,你是说那些……"敏云插嘴。

"对,正是曲里布派去的,时时刻刻观察我特儿果动静的神鸟。"

"曲里布,你为何……"庄柏瑜不知道怎么说。

"你有资格跟我说话吗?"曲里布怒视着庄柏瑜,一掌推出,不等阿苏依薇阻拦,将庄柏瑜击中。

庄柏瑜后退好几步站稳脚跟,嘴里一阵腥味儿,知道自己受了内伤。曲里布这一掌可是没有留情的,他早就恨不得杀了庄柏瑜。

曲里布变得如此强劲,阿苏依薇暗自吃惊。

"你不用担心你的庄柏瑜,他死不了。我不过给他一点教训罢了。"

"你为何变成这样?为什么?"

"阿苏依薇,你是真的不知道还是装傻?我为何变成这样你不知道吗?"曲里布说着,凑近阿苏依薇的脸,一脸怒气,又站直了身子说道,"因为你跟我在一起的时候,就已经爱上了别人!"

"胡说什么!"

"你问问你的心,我是在胡说吗?你敢说你对庄柏瑜没有一丝爱意吗?"

阿苏依薇扭头看向庄柏瑜,撞上庄柏瑜深情的目光。

"为什么明明是你疏远我,是你对我不冷不热,对我不管不顾,对我疑心重重,一走就是六年,什么退路都不给我留,直到我心灰意冷,现在却说得如此委屈,像是我背叛你的感情?难道一早离开的那个人不是你吗?虽然爱情不是必须相等,但至少我们当初两情相悦,算是一见钟情。曲里布,我的确很累了,真的,爱情不能一头热,既然你要退出我的视野如此之远,如此之久,我为何还要苦等下去?别说我心里没有别人,就算有,你现在也没理由跟我抱怨。我给过你足够回头的时间,你派去的当扈从特儿果上空飞过,我以为总有一天它们会传给我一张你亲手写的什么话给我。可是没有,半个字也没有。你只是在魔界呼风唤雨,当上了得力大将。早有传言你要当天下之主,我以为那只不过是个谣传,曾经无数次我还抱着幻想,等你回去跟我说,那一切传闻都是假的。"

"等我回去?我受够你这句话了。"

"曲里布,你真的这么想吗?过去的一切……"

226 | 骑鹤来迎

"过去的一切只是一场误会。"突然插话的是万拉苇。

万拉苇竟然是坐在一把可以自由转动的椅子上过来的。在特儿果的时候,万拉苇曾经给一位老守卫做过一把这样的椅子。阿苏敏云惊讶得说不出话,以为自己看错了。

"她怎么会……"庄柏瑜指着万拉苇,问敏云。

"不知道。"敏云说。

"你这是怎么了?"阿苏依薇上下打量万拉苇,不敢相信她居然成了这副样子,看那面色,跟死人比也就多了一口气的差别。

"你们快离开这儿吧。"万拉苇说。她的声音很弱,底气全无。

阿苏依薇迟疑着,上前伸手探了探她的额头:"你的神力呢?"

"没有了,受了歹人坑害。"万拉苇微微抬起眼睛。

"谁做的?"

"曲里布。"

曲里布交叉着双手,一副想听听万拉苇还有什么话说的样子。

万拉苇又看向阿苏敏云,突然眼里流出泪水:"你过来。"

敏云站着没动。

万拉苇又对庄柏瑜说:"关于你母亲,我没想害她,是她自己想不开。我从来没有打算破坏她和你父亲之间的感情。庄密云确实对我情深,到了眼下我也才感觉到,我曾经或许做错了,如果我干脆接受他的心意,那么你母亲或许也会彻底死心,一个女人一旦对男人死了心,她是不可能为他去死的。庄柏瑜,如果你还想替你母亲报仇,你可以杀了我,但请你让我跟阿苏敏云和依薇说完话,可以吗?"

庄柏瑜面色沉沉的,没说行,也没说不行。

"敏云,你父母不是我杀的。"万拉苇说。

"不,是你杀的!"柯风竟然也从身后那间兵器库的大门走了出来。

"我没有杀你们的父母。"

"我亲眼所见!"柯风又说。

"你见到的人并不是真正的我,你见到的是……"万拉苇停住,看了看庄柏瑜。

她看庄柏瑜做什么?众人也不明白,也跟着看庄柏瑜,又扭头看她。

"你还想将罪名嫁祸到谁的头上?"柯风追问。

"我不能说。"万拉苇说,她很坚定。

"那就一定是你。"

"不是我。我敢对天发誓。"

柯风不信,他举起长剑。

"你们叙旧也叙得差不多了,就到这儿为止。"曲里布大声说道,又向前方喊了一声,"带上来!"

瞬间,远处突然押着两个人过来了,一个是庄密云,一个是庄柏玉。

"妹妹!"庄柏瑜喊道,想奔上前去,被曲里布用神法束缚了双脚。

庄密云早已被拷打得不成样子,伤势很重,但是见到万拉苇的时候,忽然奔溃了似的连声喊道:"拉苇!拉苇!拉苇!"

万拉苇只抬头看了庄密云短短一眼,就匆匆将视线移开。

"曲里布,你这个畜生!"庄密云骂道。

"如果你知道真相,就不会骂我了。"曲里布走近庄密云,凑近他的耳朵说。庄密云满脸疑惑。

"你放了他们!"庄密云想了想,还是说。

"你这是求人的样子吗?"曲里布怪笑两声。

"他变得可真难看。"敏云说。

庄柏玉愤怒地瞪着曲里布:"想不到你以前那些没用的样子都是装出来的,你的野心可真大,我们所有人都上了你的当。从始至终,你的目的就是做天下之王。"

"你连亲爹都想杀,比起你来,我这点野心算什么?"

"曲里布,你这个伪君子,我真是瞎了眼才……"

"说下去。"

"没什么。"庄柏玉说。

"没有就好,我可不想跟你有什么联系。"

庄密云侧脸看向庄柏玉。

"曲里布,你又想要什么诡计?"敏云问道。

曲里布走到阿苏依薇跟前,却不看阿苏依薇,歪着头看向敏云等人,说道:"自然是将你们全部杀死。"又扭头看向阿苏依薇,"至于你,我不会让你死,我要让你亲眼看见我登上王位,看我娶天下最漂亮的女人为妻,跟她生儿育女。"

"你娶谁跟我有什么关系?可别妄想杀死我的朋友,至于登上王位,那就看你的本事了。曲里布,一切可是你自找的。"

"是你无情在先!是你先对不起我!别用这种高高在上的语气!"

"你让我觉得,你很可悲。"

"可悲?确实可悲。"

"多说无益。今日你想杀我同伴,得问我同不同意。"

阿苏依薇话音刚落,突然跃起。她双手向上一托,竟然将曲里布苦心打造的地道顶揭开,往边上一挪,天空顿时露了出来,地面亮堂堂的了。

敏云和柯风一人一边,将万拉苇带到地面上。庄柏瑜等人也跟了出来。他们退到安全之地,仰头看着阿苏依薇将揭开的地道顶轻轻送到旁边的山顶。

"她还有伤。"庄柏瑜叫道。

"没事,她没事。"敏云说,心里十分担忧。

曲里布也腾飞而起。

二人都使出了最高神力。

曲里布使出的神力比先前更高一等。也就是说,这才是他最高的本事,先前峡谷之战他有所保留。

地面变得通红,着火一样,突然又变得漆黑,仿佛夜晚。二人神力不分上下,谁也没有讨着多少便宜。

骑鹤来迎

突然,空中落下许多柳叶。众人抬眼细看,发觉是柳尘依加入二人的激战之中,自然是帮着阿苏依薇去的,她以柳叶为暗器。

曲里布吼道:"你也要背叛我吗?"

柳尘依趁其不备,刺中曲里布一剑。按常理,她不可能得手,连她自己也觉得不可思议,像是曲里布故意输给她。

曲里布回过神,一掌拍向柳尘依,力道不足,又加上阿苏依薇挡了一下,真正落在柳尘依身上的力道就弱了更多。柳尘依平日里打打闹闹,疏于修炼,法术也就够对付神力不足的人,对付曲里布这样的高手力量就悬殊了。哪怕落在身上的力道不大,她也狠狠受了伤,那些落到地面的柳叶是从衣袖里掉出去的。她原本想要将它们全部变成利器对付曲里布,谁知法术不精。先前得手一剑,全凭运气。

"尘依!"

一道身影疾速飞向柳尘依,将她抱在怀里,托着落到地面。

"永成公子也来了。"敏云说。

永成公子心疼不已,摸着柳尘依的脸。

"带她回特儿果治疗——清水河出水口的疗伤池。"万拉苇说道。

永成公子抬眼看去,简直不敢相信万拉苇变成了这个样子。不过他还是很感激她,给她行了一礼,抱着柳尘依匆匆离开了。

庄柏瑜调息片刻,仍然放心不下阿苏依薇,拔剑而起,与曲里布打了起来。

"他是不是疯了!"万拉苇说道。

敏云也没料到庄柏瑜会冲上去,他这是送死。

阿苏依薇更是没想到,眼前这个男人竟然会不顾性命试图帮她一把。

庄柏瑜侧脸一笑:"我的武功虽然不是天下第一,恐怕还打不过你,可在任何时候,我都会是第一个站出来保护你的人。"

阿苏依薇心里酸楚。她在想,这句话如果不是从庄柏瑜嘴里说出来的,该多好。眼泪瞬间涌出。她抹掉眼泪,伸手一挡一送,将庄柏瑜送回地面,并用神力缚住他的双脚。

庄柏瑜拔了几次脚,纹丝不动。庄柏瑜竟然偷偷抬眼看了一下万拉苇,万拉苇没吱声。这个举动却落在阿苏敏云眼中。阿苏敏云心中狐疑,却又弄不明白。

庄密云跌跌撞撞走到庄柏瑜跟前,扶着他的肩膀,突然放声大哭。

庄柏玉走到父亲和哥哥身前,靠在他们身上掉起了眼泪。他们像是瞬间和好如初。

之后,庄密云走到万拉苇身边,此时地面黑漆漆的,他看不见她,伸手摸着她的头发、她的脸,最后摸着她的手时,颤抖着将它紧紧握在手心。

万拉苇下意识抽了一下手,没抽回去。

"拉苇。"庄密云喊了一声,苍老的声调。

万拉苇什么都没说。

天地时红时黑,时间也在这些黑红交替中过去了。足足两日,阿苏依薇和曲里布都没有将对方杀死。只是二人都受了伤。早已不能凌空决斗,而是落到地面,如凡人那样继续厮杀。

阿苏依薇身上在流血。

曲里布身上也在流血。

白芯儿的到来是谁都没有料到的。更没料到的是周倩也来了。

"真真?"庄柏瑜脱口喊道。

"我不是真真。我是周倩。"周倩说,面色极冷。

庄密云瞪大眼睛,又气又恼。很快他就不生气了。他看出来周倩已身中剧毒,回天乏术,就算她自己会研制解药也晚了,死去就在瞬息之间,暂时残喘。

"你来做什么?永成和柳尘依都受了伤,你该守住特儿果。"柯风对白芯儿说。

白芯儿说不了话,恼怒地瞪着周倩。她中了周倩的毒。

白芯儿是来杀万拉苇的。既然她做了柯风的妻子,当然也有报仇的

骑鹤来迎 | 231

责任,谁料半路突然遇到赶往魔界的周倩,周倩发现了她并且给她下了毒,将她揪到众人面前。

周倩不放过任何机会。她伸手一撒,众人顿觉一股奇异香味冲入鼻孔。

"有毒!"庄柏瑜喊道。

曲里布和阿苏依薇停止打斗,但已经晚了一步,二人都吸入部分毒气,好在他们都有神力护体。

庄密云和万拉苇都中了毒。

庄柏瑜被解开束缚,但也吸入毒气。白芯儿瘫倒在地,柯风急忙跑去将她揽住。柯风护住心脉,想跟周倩动手,却有心无力。

"她身中剧毒,不用害怕。"庄密云说。

"你不记得我了吗?庄柏瑜,我是你周叔叔的女儿!"周倩说。

庄柏瑜看看父亲。

"是她。"庄密云点头。

"真真怎么是周倩?"庄柏瑜不敢相信。

"拜你们密云山庄所赐,我父亲是被庄密云害死的,我母亲也是!就连我也落入庄密云的圈套,身中剧毒。我知道自己时间不多了,也好,今日我来,就是要让你们一起陪葬!"周倩疯了一样狂笑,笑完突然咳嗽不止,吐出一口黑血。

"是我一个人做错的事情,你犯不着让别人跟着受罪。"

"庄密云,你现在想当英雄了吗?我呸!"

"你!"

"我就是要让你亲眼看着他们去死!"

"周倩!"

"哈哈哈!"

"疯子!你是个疯子!"

"我就是个疯子,是被你们逼疯的。"周倩眼含泪水,突然很凄凉很悲怆的味道,转身对庄柏瑜说,"我早知道你不再研制解药,庄柏瑜,就算你现在研制也来不及了。你就看着你的父亲和妹妹以及心爱的人通通都去死吧!"周倩又指着曲里布,"还有你也去死!什么王位、魔主,都去死!"

"疯女人。"曲里布不屑地说。可他也不敢贸然出手,虽有神力护体,可与阿苏依薇交战两日,早已精疲力竭。

周倩走到庄柏瑜父子跟前,望着庄柏瑜,突然泪流满面。

"我曾经多么希望你能认出我,可是从来没有,你心里眼里只有她。既然如此,那我今日便第一个杀了她。"

"你敢!"

"我一个将死之人,有什么不敢?再说,你现在还动得了吗?你先前受了重伤,心力交瘁,这会儿又中了毒,更是急火攻心,自顾不暇的人还有什么资格跟我谈条件?你还是想一想,接下来怎么样才能死得稍微没那么痛苦。"

"周倩,我求你……"

庄柏瑜突然改变语调,一副恳求的面孔。

"为了她,你居然能舍下面子。"

"她没有做错什么,你跟她无冤无仇……"

"她跟我冤仇大着呢。如果没有她,你就不会全部身心放在她身上。这就是她的错。她为什么不好好跟着曲里布,为什么一边爱着那个,一边又与你纠缠不清!"

"胡说什么!"庄柏瑜吼完看向阿苏依薇。

庄柏瑜抬手打出一掌,周倩向后一退,闪开了。庄柏瑜心力不足,血气上涌。

"我等一下再来取你性命。"周倩一脸得意的笑。她走向阿苏依薇和曲里布。

曲里布往旁边挪了几步,离阿苏依薇稍微有点儿距离了。

"看见了吗?男人大多是无情的。今天你也好好看清楚一点,死前弄个明白,到底他们二人谁值得爱。曲里布心里只有权势地位,就算你是神族后裔,在他眼中也就是个普普通通的女人,变不成宝贝。"周倩是看着曲里布说的,又回头看了一眼庄柏瑜,"那个人就不同。我周倩嫉恨不已,希望他对你少几分用心。比起曲里布,他更有机会和能力得到天下,然而为了你,所有努力他都废掉,说不要就不要了,每日像个丧家犬似的藏在特儿果外面的山林之中,你等别人多少年,他就等你多少年。"

"你怎么知道这些?"

"因为他等你多少年,我也曾等他多少年。现在我累了。我中了毒,就要死了,什么情情爱爱,我不稀罕了!"

"你这又何必?"

"你是在同情我还是嘲讽我呢?"

"我没有那些意思。只是觉得一切都是天意,对于这些上天注定的东西,人没有半点改变的能力和机会。就算我是特儿果神族后裔,该得不到的人心,始终得不到。周倩,我知道你并不是一个坏人,你能等他这多年,说明你心里爱得比谁都彻底。我也没想到你之前的遭遇,中了毒——如果不中毒的话,你是不会如此愤怒,不管不顾地追到魔界寻仇,你原本是打算一个人藏起来了此一生对不对?庄柏瑜始终没有对你下狠手。周倩,你快给庄柏瑜解毒,让他看看你身上的毒是否还有解除的办法。"

"没用了……"周倩突然委屈沮丧,悲愁不已。

"你可以试……"

"你住嘴!我何时需要你来同情!"

周倩又变得严厉无情,眼中含着怨恨。

"既然这样,你想杀便杀。"阿苏依薇说。

曲里布好像中毒不轻,毕竟他的法术再怎么厉害也高不过阿苏依薇。这场决斗,要不是用了全部力量,他恐怕早已败在阿苏依薇手中。他吐出一口血,脑袋也昏痛起来。他急忙吹了一声竹口哨,周围便出现许多穿着黑色衣服、戴着面具的魔界之人。那些面具全是用骨头做成,看上去阴森可怖,仿佛一个个活鬼。

曲里布对身旁的面具人说:"看好他们,我等下来收拾。"他就退走了,短短看了阿苏依薇一眼,什么也没说。

庄柏瑜害怕阿苏依薇被周倩伤害,硬生生冲了过去,准备跟周倩一搏。

第五十二章

"我就知道最终还是你会冲上来保护这个女人。"周倩对庄柏瑜说。她伤心不已,语气中带点儿类似于祈求庄柏瑜不要再为了阿苏依薇跟她作对的味道。可她先前跟阿苏依薇说的话,又像是要成全庄柏瑜。只能说,周倩自己也不知道自己心里的复杂和矛盾。看着庄柏瑜冲上前来,一股伤心和怒气就在心里纠缠乱窜。

庄柏瑜气愤难平,到了周倩跟前,二话不说,又是一掌拍出。

"你为了她都快发疯了。别忘了你也中了毒,只要一动武,毒性就会加速,就算不死也会残废。你放心,我是不舍得将你毒死的。实话告诉你也没关系,我的药是看人下的。这都是得了你的真传,只恨我没有你细心,也不够聪明,才会着了庄密云的道。至于庄密云,再过一炷香工夫,他就可以去死了,我其实只不过想要取走他的性命,不想伤及无辜。就像阿苏依薇说的,我怎么说也算个好人。"

庄柏瑜听后也不知道该说什么。

"你很吃惊我会如此手软吧?我并不想你死。"

周倩走上去,深深地、痛心无比地看着庄柏瑜。她离庄柏瑜只有半步距离,而脸和脸之间,也就一个手掌宽的距离,她是想要跟他的脸贴近一些。

庄柏瑜没想到周倩这么盯着自己,一时不知怎么处理。看见周倩神情中对他也没有恶意，反而看出那双眼睛里无限的情意。他急忙躲开视线。

周倩仍然追着庄柏瑜，让他的目光无法闪躲，让他万分无奈和疑惑不解地看着自己，她只想让庄柏瑜知晓，她对他的心还没有死。

可她就要死了，就要死了！周倩心如刀绞。她疼得很，多么希望庄柏瑜能看出她心里已经伤痕累累，多么希望他知道今日她所受的灾祸，都是自己太爱他所致。

"如果我是一个彻头彻尾的坏蛋就好了。"周倩自言自语，同时也恨自己是个无能的人。

"周姑娘……"阿苏依薇想安慰周倩，却不知如何说。

"你闭嘴！"周倩打断阿苏依薇的话。她知道阿苏依薇又要劝她放了所有人，这样以便给自己寻得半点生机。

周倩眼里突然滚出两颗泪水。她趁着众人走神，又悄悄放出毒烟，此毒无色无味，连烟雾也看不出来，等到人们觉得不对劲的时候已经中了毒，动弹不得。

庄柏瑜也动弹不得。

那些戴了面具的人也没有逃过毒烟。在用毒方面，周倩确实得了庄柏瑜的真传。

面具人全部歪倒在地。

"你要杀了所有人？"庄柏瑜说。

"该死的人当然要死。不该死的人自然会有活路。"周倩说。她擦干脸上的泪。

"周倩，我求你放过所有人，我马上给你研制解药，我相信一定能找到救治你的办法。"

"庄柏瑜，你早就知道我无药可救，又何必自欺欺人？我就要死了，很快会死在你的眼前。"周倩哽咽。

庄柏瑜也觉得很愧疚，眼睛望着周倩，看着她的脸色发青、发紫，她体力更虚。

突然,周倩走近庄柏瑜,身子贴近他,向上踮了踮脚尖,双手将他的脖子搂住,吻了上去。庄柏瑜想要扭开自己的头,却被周倩搂得死死的。庄柏瑜又慌张又愤怒又害怕,害怕阿苏依薇生气。

阿苏依薇竟然没有生气,庄柏瑜反而心里酸楚起来。"她为什么不生气?"他觉得生气。

阿苏依薇很为周倩的痴情感动。她和周倩其实是一类人,如果早一些认识,她们或许能成为最好的朋友。

周倩回头看了一眼阿苏依薇,已经说不出什么话来,脸上有一丝虚弱的笑容,眼神惨淡,是那种弥留之际的目光。

周倩闭上了眼睛,睡着了似的,头枕在庄柏瑜的脚背上。

阿苏依薇等人突然能活动身体了,被束缚的感觉消失。

庄柏瑜脱下长衫,盖在周倩的身上和脸上。长期受毒害而死的人,面貌总是不好看的。

庄密云一直在吐血,身上插着一把长剑。庄柏玉像傻了一样,握着长剑的手柄,看上去是她亲手杀了庄密云。"不是我杀的。"她说,像是要解释这一切。

庄密云死了。他死前的眼神里充满痛楚。他睁着眼睛死去。他睁着的眼睛盯着万拉苇。

柯风和白芯儿互相看看,也不知该说些什么。

第五十三章

万拉苇登上了自己梦寐以求的王位。天下事都落入她的掌控,天下人敢怒不敢言。魔界之人各自掌控着哪怕小小的一个角落,凡有异心者,立即被打入地牢或斩首示众。她的残暴统治令人不得不屈服,也让阿苏依薇等人吃惊不已。人间仿佛太平了许多,再也没有四处逃难的人,因为处处皆是磨难,无处可逃。再也没有人起来反抗,因为人们没有反抗的力气和条件。人们必须夜以继日地劳动,交上所有粮食和布匹、所有山珍海味、所有稀世珍宝,而人们自己的吃穿用度,都必须由万拉苇来发放。也就是说,即使他们双手不停地劳动,也不能收获属于自己的一粒粮食。所有人都只能依靠万拉苇才能活下去。并且,人们必须每日清晨起来念一首赞词,全部集合在一个地方,面对着万拉苇王城的方向,大声有力地念诵,赞美她比男人更英勇无敌,赞美她宽厚仁慈,赞美她独一无二,赞美她终于让人们过上了有王的日子。

阿苏依薇给特儿果下了封印,仿佛特儿果已经从人间消失。

万拉苇派无数人寻找,还亲自寻找过,也没有找到特儿果所在。

阿苏依薇在养伤。

阿苏敏云再也没提要去找万拉苇报仇这件事。不过,她曾偷偷潜入万拉苇的王宫,亲眼所见的万拉苇令她不敢相信:万拉苇越来越瘦,坐在椅子上,仿佛一张稍稍吹胀的人皮,没有半点儿女王的神姿。

几天前,阿苏敏云收到庄柏玉差人送来的一封密信,信中装着的竟是一封庄密云留下的遗书。遗书所述,当年杀死阿苏敏云和柯风父母的人不是万拉苇,而是假扮成万拉苇的庄柏瑜的母亲。庄柏玉自从背上弑父的罪名以后,就躲入深山,不再与外界接触。又听说她后来占山为王,成了一个凶残的女飞贼。也有人说她在寺庙之中躲藏。庄柏玉送来的这封信,敏云还没告诉阿苏依薇。她不知道阿苏依薇心里对庄柏瑜是什么感情。庄柏瑜离开了特儿果,不知去向。

第五十四章

"今日我要出去跟曲里布决一死战。敏云,早在你照顾我的时候,我已经给曲里布下了战书。听说他是女王最看重的人。他还不知悔改。"

"我觉得你还没有想清楚,也许有些事情不是我们看到的那样,比如庄柏瑜,我始终觉得他可能比曲里布更可怕。依薇,你先放开我,你为何要锁着我呢?"

"我不能分心,我知道你会跟着。"

"我不会让你分心的,我保证只在远远的地方看着。"

"不。"

"为什么?"

"我知道你不会袖手旁观,而这件事我只想自己解决。"

"你不能把我一个人丢在特儿果。我求你让我一起去,不管遭遇什么样的结果,我都想和你共同面对。"

"敏云……"我感到心被撕扯,不知怎么跟她说。我没有把握将曲里布杀死,也觉得……我不想他死,对他下不了手。可我又必须杀了他,然后是万拉苇,天下人的安危全部系在我身上,今日注定是我最痛苦的日子。我想一个人面对。

"你不能这样。"敏云红着眼睛。要不是她使劲忍着眼泪,眼泪就出来了。

我急忙转身走出来。

飞姑也来了,是我让她来的。

"看着她。"我说。

飞姑向我保证,她一定不会离开月清园半步。

月清园是我特意给敏云修建的住所。说来也奇怪,自从我将永成公子和柳尘依,以及柯风和白芯儿安排住进特儿果以后,特儿果里面的东西,包括花花草草,我都可以重新布置甚至舍弃。当然,唯独那棵死树仍然去不掉,早上将它拔了,晚上去看,它又站在那儿了。可这已经很令人惊喜。就连那些往日有气无力的特儿果的神族护卫,也因为高兴而面色红润。她们私下议论,说特儿果从未有过任何谷主可以做主,真希望今后特儿果的样子永远是这样，自由，生机蓬勃，如果没有五十年之期就更好，她们也就不必进入灭灵园。

  我不知道如何才能解救灭灵园中那些永远被禁锢的神族护卫的灵魂。万拉苇在特儿果的时候从不让我去解救。她说，那些灵魂并不是谷主想救便能救，灵魂是认主的，不管是凡人还是神族的灵魂都认主，在这一点上，凡人与神族没有差别。只有主人能使灵魂飞升，使它超脱而最终复活。不过，万拉苇也说，我们可以唤醒它们，不让它们沉睡。

  所有的灵魂进了灭灵园只做一件事：沉睡。它们不再回忆和关心过去，不再感到疼痛，不再憧憬未来，时刻觉得疲累，除此之外便是毫无来由的愤恨的情绪，为了掩盖这种情绪便更加愿意堕入梦境。梦境是白色的，有时灰色。不管是白色还是灰色，相对来说都是平静的，它们就更愿意沉睡。它们忘记自己曾经作为人或神的样子生活过。

  我知道它们可以听见声音，也知道它们一直假装听不见。不管怎么样，我每日到灭灵园跟它们说话。

  现在不能再去说话了，我有自己的事情要办。我曾让敏云每日跟它们聊一聊外界和特儿果的事情。我让敏云告诉它们，就算是个光秃秃的灵魂也不能一直沉睡，谷主园中那棵死树还一直顶天立地不肯倒下，每日清晨，它给人的感觉都是——它会活过来。

  我不知道敏云有没有去说那些话，也顾不上了。

  把敏云交给飞姑看着，我离开了。在特儿果山顶上，我给月清园加了封印，又给特儿果加一层封印。

第五十五章

  这就是曲里布的荒山，寸草不生，一眼望不尽的荒漠。

  曲里布站在远处，身穿白色长衫，风吹着他。

阿苏依薇站在低处的沙石上,也穿了白色衣裙。

今日他们所穿戴的,都是过去他们彼此喜欢的。

我费了多少努力也没留住这个人,阿苏依薇心想。这么想着,便向四周看了一眼,满眼的荒沙和灰色的天。这里没有杜鹃花,就算有,那也只有两朵,一朵叫阿苏依薇,一朵叫曲里布,而今日,正是凋落的时刻。

曲里布心里不知道在想什么。他已经高高在上,此刻也站在高处,阿苏依薇要抬头才能看见他。灰色的阳光——仿佛这儿的颜色只有灰色和黄沙的颜色。天空是没有颜色的。曲里布就是在这样一片单调的颜色中长大。阿苏依薇心里突然有种说不出来的滋味儿。到这个时候她仍然不想杀他,可他不能继续活着,如果他活着,更多人就会死去。

"你看到了,这儿就是荒山。"曲里布说。他没有看向阿苏依薇,看向远处无尽的黄沙。

"我就是在这里长大。这里没有鲜明的太阳,就算晚间的月光也是灰色的,也没有太多雨水,当扈要飞出荒山才能找到食物。我们一出生就注定要飞很远的路。我们的一生都在路上,早已经习惯在路上了。当年我想,我要做逃走的那一个,不做再回来的那一个。可是我遇到了你。我曾经想,什么天下之主,什么魔界之王,都比不上一个阿苏依薇。我用心爱过你,可惜在荒山住得太久了,那种荒漠一样的情绪始终贯穿我,它使我的心始终处于冷寂的状态。每当我要接近你的时候,心里升腾而来的是荒山无尽的黄沙和灰色的天空,即使面对你这样一个好看的姑娘,我的心里仍然是荒凉的。我只能寻找别的东西,将我心里无尽的绝望驱赶,让我的心亮起来,接纳更多一些颜色。我选择离开你,这使我痛苦,也让你痛苦。你有理由抱怨,我曲里布对你不够全心全意,对你的爱非常浅,这一切我都只能接受,能有什么办法跟你解释呢?然而在你看来很浅的那份爱,我其实耗费了全部的心力。你不明白我,我也不明白你。我们是注定不能彼此明白的两个人。"

"为什么你现在才告诉我?"阿苏依薇几乎要哭出来。

"因为现在我要让你死得明白,或者让我死得明白。"

"为什么!"

"我们之间根本不需要那么多为什么,不是吗?这还有什么用?"

"曲里布,你太绝情了——或者说,你太绝望了。"

"你不用手下留情。我做下那些坏事让人恨我,也让你恨我,就是为了今天你我做个了结。你以为我真的那么喜欢登上万拉苇给我的那个位子吗?不。它还不如荒山的一块石头坐着舒服。一直以来,我作为神鸟的时候不明白的东西,作为人的时候仍然得不到答案,为何老天将我抛于此处,又让我的心时刻觉得空荡荡?"

"你到底怎么了?"

"这正是我想知道的。"

"你可以爱我的……我……我是说曾经。"

"都晚了,不是吗?"

"你为什么特意选在荒山决斗?"

"因为我曾告诉过你,这儿有大片大片的杜鹃花,有我亲手饲养的成群的鹤。其实一无所有。除了荒山本身、我们本身,灰色的天空本身,什么也看不到、触摸不到、想象不到。我想让你看到,我跟你说的那一切都是假的。曲里布一直活在他的想象里。可是依靠想象并不能排解烦恼,只会越来越使自己脆弱、自卑,甚至暴戾。你肯定会觉得曲里布是个可怜的人,对不对?如果这样的话你又错了。曲里布是个很有野心的人。在这样的环境中长大的人,要么如荒漠的灰山石一样沉默和死去,要么就逃离此地,找更多不一样的东西将自己的心填满,让它丰富起来,让它活起来。"

"可你还是很悲伤。"

"是啊,这是我没有想到的。"

"你是唯一一个让我恨,但杀不了的人。"

"你不该告诉我这个。"

"说了又何妨?"

"但你必须杀了我。你的眼神非常坚决,是下了决心的。"

"是的。"

"你未必赢。"

"可你也未必杀得了我。"

"对。"

"所以呢?"

"我们相识一场,都不想看到对方的血,我们等到晚上再决斗吧。晚上有月亮,在灰色的月光下,流出的鲜血不论是你的还是我的,都是模糊的、灰色的、不刺眼的。"

"荒山不是只有灰色和黄沙的颜色吗?难道血是红色的吗?"

"也是灰色。"

"那何必等到晚上?"

"晚上有月光。"

"我不喜欢月光。"

"晚上有月光。"

二人席地而坐,一个坐在高处,一个坐在低处的沙石上。

第五十六章

夜间风起,黄沙漫漫,月亮灰灰的,还在天边,曲里布非要等到月亮爬到中天才开始决斗。

阿苏依薇只好等着。风越来越大,吹得睁不开眼睛。

曲里布就是在这样的环境中长大的,他早已习惯了满地黄沙,此刻似乎还很享受。他闭着眼睛,面色沉静。

阿苏依薇起身走走,一直干坐着太无聊。

然而并没有什么地方可去。从脚前望过去的远方都只有黄沙。人生在这儿有什么意义？阿苏依薇心想。她回头看了一眼曲里布。

曲里布很可怜。她心想。

"你致命的弱点就是心太软。"她想起万拉苇曾经说的话。

我必须杀了他。她想到来这儿的目的。

风沙将月光也挡住了。夜里的灰色比白日更令人绝望。

夜里应该无风才好，无风便掀不起悲愁。

夜里应该没有月亮才好，哪怕是灰色的月光其实也不需要。无光的黑夜能掩埋所有。

夜里应该有酒才好。

夜里应该有歌才好。

夜里应该有它该有的一切。

夜里应该……

——不该等到夜里来决斗。月色太凄苦，既不适合杀人，也不适合被杀。

阿苏依薇拉起裙角，撕下一条将头发束起来。她觉得这样看上去会干练很多，像个冷酷无情的人了。为了公平决斗，她封住了雾灵。雾灵是可以由谷主封印的。当然，必须修炼出最上乘的神力才能办到，在几年前她是做不到的。

月亮一点一点爬到中天。

阿苏依薇突然觉得内心翻江倒海，仿佛命运的底牌就要被翻过来了。她更紧张和伤感。

曲里布仍然闭目呆坐，不用睁开眼睛仿佛也能看到月亮到了哪个位置。

月亮到达中天了。

曲里布起身。

阿苏依薇抖掉被风吹到身上的黄沙。

曲里布睁开眼睛。

"我知道你封印了雾灵。你不必这样。"

"那是上古神力,我不会用。我用自己的神力打败你。"

"好。"

"你还有什么话要说吗?"

"你觉得我会死吗?"

"天知道。"

"我无话可说。你呢?"

"我也无话可说。"

二人提起长剑。曲里布抬眼看了一眼月亮:"我曾经很爱这枚月亮,即便它是灰色的。"

阿苏依薇握剑的手颤了一下,她觉得胸腔都是痛的。

曲里布就是趁她走神之际逼到眼前,若不是阿苏依薇迅速回过神来,早已中剑。

"你在故意扰乱我。"阿苏依薇觉得气恼。

"我说的实话。"曲里布说。他面色沉寂,一点温情都没有,却始终牵着阿苏依薇的情绪。

"依薇!"阿苏依薇听到这声呼唤时觉得像从梦中醒来。是阿苏敏云在喊她。

"你怎么来了?"阿苏依薇责备的语气。

"你受了他的魔音干扰,快塞住耳朵。"敏云说。

阿苏依薇这才意识到自己落入了曲里布的圈套,先前那些心软都是受了魔音的蛊惑。他的唇间夹着一粒有孔的珠子,吹出的声音和风声吻合。

"你真的无药可救。"阿苏依薇说。她终于明白为何曲里布非要等到晚上决斗,晚上能更好地掌控一切。比如那灰色的魔音珠子,在夜色掩盖下几乎看不出来。

"想不到阿苏依薇没有发现的,让你给看出来了。"曲里布对阿苏敏云说。

就在这时,庄柏瑜来了,这是阿苏依薇都没料到的。

庄柏瑜一身蓝色衣衫——阿苏依薇猜测那一定是蓝色的。但是此刻到了荒山,颜色都是灰色,唯有白色衣物勉强看得出来是白色。

阿苏依薇抬高了剑。

"你从前一直喊我神鸟当扈,怎么来了新人就真的打算把我忘了吗?"

"你非要说这些吗?"

"说一说有什么不可?"

曲里布说完,飞起一剑,直奔庄柏瑜。

阿苏依薇没想到两个人的决斗变成了三个人。曲里布竟然不顾事先说好的规则:决斗不牵扯第三人。

阿苏依薇心想,庄柏瑜哪是曲里布的对手?可其实,曲里布一剑刺去,竟然没有落在庄柏瑜身上。

"看到了吧?有的人并不是你所了解的那样。"曲里布在和庄柏瑜继续拼杀的时候,对阿苏依薇说出了这句话。

阿苏依薇想挺身而出,却不知该如何加入其中。他们杀得不可开交。

"你还有没有一点气节!"阿苏依薇听到曲里布居然这么跟庄柏瑜说了一句。庄柏瑜脸色阴沉,不像她平日里认识的庄柏瑜了。

"柏瑜大哥?"阿苏依薇自言自语似的喊道。庄柏瑜没有理会。以往他从不会这样对待她。

"气节是什么玩意儿?跟我有什么关系?"数招之后,庄柏瑜回了曲里布一句。

"小心!"阿苏依薇喊道。

曲里布左手被庄柏瑜的剑划伤。

阿苏依薇愣住。没料到在他二人决斗时,她最关心的人,依然是曲里布。曲里布也怔了一下,很快收起情绪,继续向庄柏瑜发起攻击。

庄柏瑜退到阿苏依薇身前。

"我没事。"他说。

阿苏依薇觉得茫然,觉得看不清庄柏瑜。

庄柏瑜剑尖指着曲里布,紧接着挑起黄沙,直接穿到曲里布眼前。曲里布猝不及防,险些被击中双眼。

"你是下了狠手。看来今日你是做好了准备的。"曲里布说。

"不错。"庄柏瑜毫不掩饰。

"我曾说过,对凡人,概不用神力。但是对你……"

"曲里布!"阿苏依薇急忙喊道,她只是喊,却不知该怎么说。

庄柏瑜和曲里布都停下来,互相愤怒对视之后,都望向阿苏依薇。

曲里布跟阿苏依薇说:"你很纠结,不知道该不该救他。或者,你仍然希望我还是你当初认识的那个曲里布?"

阿苏依薇看看庄柏瑜,又看曲里布,最后茫然的目光落在自己脚前。

"你还是那个样子,优柔寡断,孩子思维,最简单的太阳神女后裔,可以说,你是个傻子。"曲里布直言不讳。

"你不要让人失望。"阿苏依薇说了这样一句,模棱两可,似乎更没脑子的话。

"失望?如果不让别人失望,那失望的就是我……还有你!"

阿苏依薇抬起眼睛,不知道曲里布这话什么意思。

庄柏瑜突然露出温和的笑容,又让阿苏依薇想起他之前对她无微不至的关心。此刻,他什么话都没有对她说,只是那眼神似乎对她说了一百句令她着迷的话。

阿苏依薇感到慌张,不敢看庄柏瑜这样的眼神,一直以来,她对这股眼神怀有歉疚和……也许是恐惧……无法形容出来,但肯定跟爱情没有多大关系,这一点她是清楚的。当然,她肯定有过一点儿心动,某个瞬间,她不知道的情况下,因为落寞和失望,庄柏瑜悄无声息来过她的心里,却又悄悄退出去了。她急匆匆从庄柏瑜那里抽回目光,对曲里布说道:"你明明可以过另一种生活。"

"另一种生活我尝过味道,和荒山的生活一样,压抑,无意义。大风大浪才能填补我内心的空缺。上天用这样一个地方囚禁我,那就是在逼我用自己的方式跳出牢笼。我从这样一个荒凉的地方出去,你还希望我做到什么样子呢?我之前跟你说过实话的,你自己不注意听。我说过,我们是注定不能彼此明白的两个人。"

"对,你说过。但现在醒来也不晚。"

"你放心吧,我不会对他使用神力,更何况……阿苏依薇,可能你并不了解他呢。我觉得他已经学了魔王的功夫,也许我们两个使用神力也未必是他对手。别说你一点怀疑都没有。到了这个时候,你还不肯承认自己的怀疑,是因为他救过你的命吗?"

"你胡说……"

"你不敢承认。"

"你不要听他胡说。"庄柏瑜终于忍不住出来说话,说得异常冷静。当然,他的眼睛始终温柔地看着阿苏依薇。

"既然你不相信,那就睁大眼睛看好了。"

曲里布说完,飞出一剑,直指庄柏瑜的喉咙。庄柏瑜挥出长剑,硬生生挡住曲里布的招式。二人厮杀了起来。阿苏依薇跟了过去,但总也找不到插手的机会。庄柏瑜不让她插手,曲里布也不让她插手,他们今日都想亲手置对方于死地。

阿苏依薇恼了,也觉得可笑。这算什么决斗?她气得站在一旁。

就在阿苏依薇走神之际,曲里布的剑却冲着她来了。

阿苏依薇正在气头上,也在走神,没有及时反应过来。她没想到曲里布如此多的伎俩,一个不慎,中了他的剑。不过,这一剑是先穿过另一个人的手臂再扎进她的肩膀。为她挡剑的人就是庄柏瑜。

阿苏依薇平生最怕见血,这个弱点只有阿苏敏云和万拉苇知道,她看到庄柏瑜的血从胳膊上一直往下滴,虽然血是灰色的,可是她曾经见过血,知道那是鲜红的。她一阵眩晕,觉得要站不稳了。

"你就是这么没有出息,知道吗?别人给你一点儿小恩小惠,你就变成了糊涂蛋。"曲里布大笑。

庄柏瑜急忙用手堵住伤口,退到阿苏依薇跟前。"别怕,我没事。不要听他胡说八道。跟女魔王万拉苇能混在一起的人,他说什么话都不可信。"他避过身,撕下一块衣袖将伤口包起来。

阿苏依薇也受了伤,却顾不得伤势——要是有雾灵的话它会顷刻间愈合,可她之前封印了雾灵。

"敏云呢?"阿苏依薇问庄柏瑜。庄柏瑜说他让她回特儿果了,以免万拉苇趁机偷袭特儿果。

阿苏依薇觉得奇怪。除她之外,敏云从不听人使唤。可眼下她也顾不及细想了。

"依薇,你必须杀了他,这样才能断了万拉苇的臂膀。"庄柏瑜说。

曲里布愤恨地盯着庄柏瑜,像是在等着自己的愤怒升到最高点。

突然,阿苏依薇察觉到一股剑风,她一掌推开庄柏瑜。向她杀来的曲里布,眼里像黄沙一样弥漫着灰沉沉的怒气。

阿苏依薇急忙退后,连连退后。愤怒让人变成疯子,尤其是由爱而恨喷涌而出的愤怒,更是挡不住的灭顶之灾。曲里布的眼神中只有一个讯息,那就是要毁了一切。

庄柏瑜眼睁睁看着阿苏依薇被逼得退去很远。不过,不管她面对感情的时候是否痴傻,她也无疑是特儿果历来最优秀的谷主,她的神力上乘,机敏灵活,退到无路可退时往往急中生智。她一个反击,把曲里布给压了下来,倒逼着他向后闪躲。

黄沙漫漫,裹挟着曲里布和阿苏依薇,两人杀得难解难分,灰尘滚滚,仿佛天上掷下一团团灰色云浪。庄柏瑜被沙尘逼得睁不开眼睛。

阿苏依薇似乎被曲里布彻底激怒了,发出尖厉的喊杀声。庄柏瑜定睛看去,看不见什么,只有黄沙和灰云。

突然,庄柏瑜听见曲里布痛叫一声,紧接着,阿苏依薇低沉地说了一个字:"你。"

灰云散去,黄沙落地,风还吹着余下在空中的尘土,露出曲里布和阿苏依薇的身影。二人互相刺中对方,相望着,愤怒的眼神和惊异的面庞。

庄柏瑜赶到二人身前,望着这一幕,也不知该说些什么。

阿苏依薇和曲里布都抽出剑,两人各自捂住伤口。

"我说过你杀不了我。"曲里布说,又恢复那自信的神采了。

"我也说过,你必须死。"阿苏依薇说。

二人都有些疲惫,都受了伤。

阿苏依薇突然使出神力,在曲里布还没有反应过来的时候将他封印了。

曲里布挣扎两下,使不出法术。

"为什么你能拿走我的神力?你如何能做到?"曲里布大惊。

"因为我体内有魔障石的引力。它已经汇入我的神法之中,为我所用。只要我想拿走谁的法术就没有做不到。我只是不甘心,原本我想着过去自己对你一片真心,只要你肯放下一切,不为祸人间,我是可以不杀你。"

"既然如此,你杀了我吧。"

"我曾经跟你承诺过,无论何时都不会要你死。这个承诺现在依然有效。"

"阿苏依薇,你才是薄情寡义。"

"我们走。"阿苏依薇说,回头看了看庄柏瑜。

庄柏瑜低头看看曲里布,曲里布瘫坐在地上,睁着沮丧而仇恨的双眼。

"阿苏依薇,你为什么不干脆杀了我?!"曲里布大喊,用他全部的力气。

"依薇,我觉得你应该……"庄柏瑜欲言又止。

"应该什么?"

"杀了他。"

"你想让他死?"

"我是觉得,也许他确实不想这么活下去的。他该死,他杀了那么多无辜的人。"

"是吗?"阿苏依薇有点儿冷淡的语气,又说,"我觉得他还没到死的时候。我没有永远封印他的神力。他如果有勇气活下去,早晚还是那个厉害的曲里布,说不定那时候他比现在更强。然而现在,我认为他罪不至死。这样说你可能很意外。如果没有来到荒山,没有看到这儿的一切,在任何地方决斗,我都可能会杀了他。可是看了这儿的一切以后,我忽然不想杀他了。至于那些被他杀死的人,我现在想来,他们并不那么无辜,他们也为非作歹,他们也烧杀抢掠。杀人者,必然被人杀,一切都是他们自己造成的,也许流了他们自己人的血,他们才会感到疼和清醒。一味地同情他们没有用,唯有他们自己清醒了才有用。"

"可是……"

庄柏瑜还没有说完,听到背后一声剑响。曲里布想要自杀。但是他竟然连杀死自己的能力都没有了。因为阿苏依薇的封印阻拦了,他的剑无法穿过封印杀死自己。

阿苏依薇回头看了一眼,眼中有泪花。她压住情绪,故意露出笑脸。她伸手一挥,曲里布身旁顿时起了一座高楼,和从前在特儿果时居住的房子一模一样。

"你可以过这样的日子。"阿苏依薇说道。

"我想过怎样的日子你说了不算!想将我封在此地一辈子,你做梦!"

"我会让特儿果的人在荒山边境看着你的,你不会感到寂寞。"

"你不如杀了我。"

"我说过不杀你。"

"今日你不杀我,总有一天我会找你报仇。"

阿苏依薇始终没有回头看曲里布。她说完就走。

曲里布哈哈大笑,丢了手中长剑。黄沙弥漫。他抬头,对着天上灰冷月色。谁也不如他自己清楚此刻的心情。他很单薄,像荒山表层的黄沙,风来随风吹,雨来任雨淋。

曲里布笑出眼泪,手里握着黄沙,就像曾经握着阿苏依薇的手。可是黄沙捏得越紧漏得越多,就像阿苏依薇的心,越是想抓住越是将她逼得远远的。他偷偷扭头看了一眼,只看见她的背影,那么决绝,在黄沙中走得像一粒坚强的尘埃。她是真的将他放下了吗?

阿苏依薇走出去很远了,曲里布的笑声还被风带着钻入她的耳朵。

第五十七章

谁都没想到我会掉下深渊。我自己也没想到。我是被万拉苇和庄柏瑜逼到悬崖边的。但是在靠近悬崖的那一瞬间,我并没有使用神力让自己脱离悬崖跳到地面,我顺势掉了下来。因为我掉下的地方,正是特儿果谷主五十年之期一到,要自己跳下去的地方。我想,既然注定有一劫,那就早点儿完成它。我并非战败。

我在掉落的瞬间杀了万拉苇和庄柏瑜,我没有手软。以我的能力,早可以杀死他们。我破了神族不可对凡人动用神力的规矩,我不想再遵守这些,何况要杀庄柏瑜,不用神力根本无法取胜。曲里布说得对,我并不了解庄柏瑜。他最终选择去当天下之王,他和万拉苇一起出现在特儿果,向我杀过来的时候,我才知道他瞒了我多少事。庄柏瑜差点儿毒死敏云。那天在荒山与曲里布对战,他偷偷对敏云下了毒手。要不是隐居在山林的庄柏玉突然出现,将敏云带走,敏云已经死了。庄柏玉并没有杀死庄密云,杀死庄密云的人是庄柏瑜,他只是利用了庄柏玉手中的长剑。他已经疯狂了,为了至高无上的位置,他什么人都可以牺牲。

至于万拉苇,在她一掌劈向敏云的瞬间,我毫不犹豫杀了她。我和万拉苇虚假的母女之情也就完全结束了。

我将曲里布永远封印在他的荒山。我没有杀他,我是在保护他。当我知道他是为了掩人耳目保护我,故意与我为敌,故意配合万拉苇做戏时,我没有拆穿他的好意,也故意让他以为我看不出他的用心,故意让他将我看作一个感情上的白痴。我故意说一些伤心的话给他听,让他觉得我心里已经没有他了。他在荒山会比在特儿果更安全。等一切结束后,他还可以是自由的神鸟当鼋。

我知道特儿果的深渊除了谷主谁也别想跳下去。外人就算跳下去也是飘浮着的,落不到底。这是先祖给特儿果谷主的绝路,其实也是生路,因为从未有谷主飞升而被认定成绝路。

神有时候也羡慕人生的短暂,一眨眼,好的坏的就结束了。少有人钻研长生不老。通透的人早已看破生死,他们相信作为肉身的自己是脆弱和偶然地活着,而灵魂不灭才是永生的,在这一点超脱的思维中,人跟神并没有多大区别。

我是当着敏云的面跳下来的。此刻我已经到了中途。我睁不开眼睛,始终处于一片混沌之中。我仿佛回到了婴儿时期,肉体似乎分散了,我感觉不到它们——我的手,我的脚,我的头颅和躯干,就像风一样轻,不,是虚无的。我飘浮着一点一点下落,我仿佛正在死去,生不认魂,死不认尸,我似乎到了这样一种境地。

我看到我举起的火把,我在山林中奔跑,有人在山林的边缘呼喊我的名字,渐渐地,他们不再喊我的名字,而是称我为"寻找太阳的姑娘"。他们跟我说,天地原本是黑色的,太阳在人间消失了很久,我是寻找太阳的姑娘,希望我能找到太阳神女,希望太阳神女能产下有用的女儿,让她光芒万丈,让她重新照耀土地。太阳神女太老了,她退去了光芒,隐匿在人间的地底。她偶尔走到地面,想要产下有用的太阳姑娘,可她持续性难产,仿佛她受了诅咒,也仿佛人间受了诅咒,多少年来,总是诞下一些酷似太阳却完全不是太阳的东西。这些东西在人间变成了石头和悬崖,它们除了阻挡人的出路,还时常使人类和牲畜摔死。还有一些产下的东西变成了人类自己,他们像石头一样活着,更像悬崖一样心肠坚硬,他们坑害同类,他们时常唱歌赞美自己,也逼着同类赞美自己。他们活得滋润却并不温柔。

我在恍惚中知道,我是人们寄予厚望的寻找太阳的姑娘,我是阿苏依薇,我曾经在寻找太阳的路上死去,后来,我是太阳神女产下的女儿,我从一个寻找太阳的人变成了太阳神女本身。

我在向下坠落,像太阳从山边坠落。

我还记得敏云那绝望的伤心样子,她想抓住我,嘴唇颤抖,说不出半句话。她跟着我跳下深渊,却像云彩一样浮在表面,这更让她绝望。她张着眼睛对我摇头又摇头,倒不是怪我不与她商量便做出如此决定,她是惊异为何跟不上我下落的速度——她的眼里含着泪水。她没有当着我的面哭出来。她就是这样一个人,什么伤心的事情咬咬牙就吞下去了。

我闭上眼睛,仿佛听到有人在喊我:"阿苏依薇——依薇……"这样长长的声音,在我的头顶上空始终像飞鸟一样哀鸣。

我可以放慢速度,跳下的那一刻我就察觉到了——这让我感到惊喜——我可以缓慢地几乎是停在原地跟敏云说一些话。我对她说,我不是软弱无能的谷主,我是唯一一个打破了特儿果神族定下的规矩的人,尤其是将外人,甚至男性引入特儿果居住。我们总是遵守,总是没有人起来反驳,总以为那些规矩都是对的。要说最有勇气的人,其实是万拉苇,只是她走得太极端了。我得承认,是她给了我勇气。她是第一个起来想要改变一切的人。我之所以这个时候选择跳进深渊,也是一种反抗的举动,既然我无法逃避五十年之期,既然我命中注定有这一跳,那我起码可以选择早跳或者晚跳。

敏云总算平复了情绪,她对我的决定抱着担忧。

"你没有把握,对不对?"她说。

"我有把握。"我说。

"你没有。"她说。

"我能做到。"我只能这样强调。

我和敏云的对话仿佛还在耳边,像头发一样被风一阵一阵吹起,在耳边轻响。

她说得对,我并没有把握出去。

我害怕。

我想起了曲里布。想起他将我抱在怀中,想起我们刚刚出谷那会儿,我还是个不知世事的傻子,我们被茶铺的老板追打,像狗一样蹲在路旁。我有点儿难过和动摇,仿佛在怪自己为何不再等一些日子跳下来,再去看曲里布一眼。我其实很喜欢他的荒山,虽然那儿寸草不生,可那儿有他。

第五十八章

那灰白色的雾气正在向她涌来,大朵大朵的,就像什么东西一直在迷雾的那边吞吐。阿苏依薇一直飘浮着向下落去,估摸着时间已经过去很久了,敏云在上面呼喊的声音早已听不见。

白茫茫的。混沌之中。没有风。但是更冷了。

阿苏依薇抱紧双臂——当然,她不确定自己的双臂有没有抱着,她感觉不到自己的身体,也看不见它们。她只作为一双眼睛的样子存在。她能看到另外的东西,除了自身。她仔细用眼睛观察四周。

"你是谁?"她惊恐地问道。

因为她看见眼前突然出现一个人,和她一样飘着。更怪异的是,这个人长得跟她一模一样。

更让她吃惊的事情出现了——那个跟她长相一样的人突然像是分散了,雨水似的泼开,导致周围全是她自己,分不清是影子还是什么。一定是做梦了! 她想。

"你们是谁?"她再次问道。

那些人只是笑,不搭腔。

阿苏依薇顾不上许多,想要使出神力将她们挥散,却发现无法使出神力。

"没用的!"一个女人的声音突然响起,苍老的、从很高很远的地方传来的声音。

"你是谁?"阿苏依薇又问。

"去!"那人像在下什么命令。

阿苏依薇被一个一个长得和自己一样的人撞了过来。她们像雨点一样冲向她,可是,她没觉得被撞痛,反而觉得自己身上的皮肉似乎又回来了。她抬起手——看到自己的手了! 她抬起脚——看到自己的脚了! 她正从先前那种虚无中显现。

她看到自己了,一个全新的自己,和之前不一样的自己。

"我这是……"

"你还是你,但也不是你。"

还是那个苍老的声音。突然间她觉得这个声音很亲切。

"我不是我,什么意思?"

"从未有谷主能得到这样的修炼和机缘。你是有福的,我的孩子!"

"你的孩子?"

"你还没有认出我,不过不要紧。"

"你是……"

"你快想到了。"

"我想不到。"

"你会的。"

"为什么你要给我这些——她们?"

"因为你改变了规矩。你是特儿果主人中唯一有自己的立场和信念的人。我们反复让你重生,就是在等这样一天。暴戾并不能解决问题,沉默也不能解决问题,遵守规矩更不能解决问题,只有找到恰当的方式才能解决问题。你违背特儿果规矩的理由合情合理,但都需要勇敢的坚毅的心。你敢于不顾后果做你认为该做的事情,这就是好的方式。你救了一些人,也杀了一些人,你也摒弃前嫌,敢于相信人心,这也是解决问题的最好方式。你虽然给人的感觉是特儿果最没出息的谷主,但实际上,你是最有英雄气的谷主。你心里非常清楚自己该做什么,这当然也源于你天性宽厚的胸襟,无论是外界还是特儿果,你都知道不能妄想用粗暴的手段来统管,你找到了最符合人心的方法,终于使他们信任。"

"你说我一次一次重生是什么意思?"

"你还是你,但也不是你。好好想想吧,你很快就会想起来了。"

"我还是我,但也不是我……为什么?另外……实际上,我很羞惭,我并没有让人信任,外界之人还在四处张贴绞杀我的告示。"

"那是你还没有从这儿出去。当他们知道你就是当年在漆黑的世间为他们找寻太阳的那位姑娘时,他们就不会再对你喊打喊杀。你原谅他们吧。人在漆黑的世间与爬虫没有区别,他们本来也看不清什么。"

阿苏依薇捂着脑袋。头突然疼起来,往下坠落的速度更快了。许多她拦也拦不住的景象巨石般从记忆中翻滚而来。她看到了曲里布,看到了万拉苇,突然,还看到那个实际上从未见过的已经死去的魔王。看到魔王时,她觉得心里特别难过,竟大哭起来。她爱他。这份爱已经很遥远了,是在遥远的过去,她不是作为阿苏依薇的样子爱他的,是作为另外一位谷主。

"我知道了!"阿苏依薇心里大喜。她知道为何刚才那位长辈会说"你还是你,但也不是你"。原来所谓一次一次重生,指的是特儿果谷主自始至终是一个人。每到五十年之期,太阳神女后裔的身份就会在特儿果更新一次,记忆暂时被抹去,只有到了深渊之中才恢复过来。

她看到魔王那痛苦的脸。当然无法对话,太遥远了,她只不过看到过去他的样子罢了。难怪在魔界之中,对于魔王的住所她会那么熟悉。原来在遥远的从前,她作为另外一个谷主的样子与他相爱过。

阿苏依薇快崩溃了,她没想到自己比曲里布还可怜。多少年来,她经历得再多也不属于自己。一次一次的重生只意味着一次次抹杀,她连自己都不属于自己。

阿苏依薇放声大喊:"你出来!"

"你想到我是谁了。"那苍老的声音再次响起。

"你就是一次次将我重生于特儿果的人。你掌握着所有一切。"

"不错。你很聪明,你是唯一让我没有失望的——新的你。我很高兴等到这一天。"

"你为什么反复将我重生,一次次抹去我的记忆?"

"有的记忆不如没有,不是吗?对于人们来说,一切能从头再来是天大的恩赐。"

"我不是人们,我是阿苏依薇。"

"事实上你并不排斥。"

"我……"

"人是善变的,神也是。"

"我不明白。"

"人生百年,他们像春草一样更替,而你始终是你,无论斗志还是别的方面,你都不如他们合起来强大。"

"所以呢?"

"所以,你只有一次一次地更新自己,抹去一些不必要的负担和麻烦。"

"说来说去,我始终不能掌握自己的命运。接下来特儿果会有新的谷主降生了是吗?"

"不,不再有了。"

"我不懂你的意思。"

"你会知道结果。"

"你想让我永远葬于深渊?"

"你会知道结果。"

那声音不再传来,又恢复了先前的寂静。

下落的速度很慢很慢,慢得几乎感觉不出来。阿苏依薇闭上眼睛再睁开,发觉已经落到深渊底下了。这是个奇妙的地方,从未见过的硕大的花朵、白色的泥土、天蓝色的草和树木。她更吃惊于前方一棵古树,和特儿果那棵死树一模一样。她每靠近一步,古树的树枝上就吐出一枚新芽,之前吐出的新芽迅速生长并且开出形状不同、层次分明、五颜六色的花朵。阿苏依薇惊喜万分,恨不得这个场景让所有人都看到,尤其是……曲里布。等她走到古树旁边,树上已满是硕大的花朵。

一片硕大无比的花瓣从树上掉下,阿苏依薇下意识俯身去捡,却被突起的大风一吹,双脚踩到了花瓣上。

花瓣平地而起,托着阿苏依薇到了古树顶端。更大的风吹了过来。她发现自己的衣裙变成了天蓝色。她觉得心情舒畅。她看到古树上升,拔根而起,向着深渊的上空飞去。

上升的速度一直飞快,几乎眨眼之间,阿苏依薇已经感受到了之前那种来自特儿果地面上的泥土的味道。突破最后一层迷雾,像太阳从山边升起。她听到几声玄鹤的叫声。

"依薇!"

一个苍劲男声,如此熟悉的声音。

阿苏依薇抬眼看去,在深渊上面,她头顶上空盘旋的两只玄鹤,其中一只背上驮着的人正是曲里布。

曲里布一身白色长衫,他的头发也是白色的了。

阿苏依薇含着热泪,又几次将泪水忍住。她怎会不知道曲里布的头发为何变白?

古树托着她到了深渊洞口的上方,曲里布降下飞鹤,将她揽到身前,一同坐在玄鹤背上。

"祝贺找寻太阳的阿苏依薇重生,我跟你说过,你别想将我困在荒山之中。"

阿苏依薇泪流满面。

曲里布又说:"你知道吗?今日是八月十五。"

阿苏依薇还没从先前的感动情绪里走出来。

"是真的。我每一天都算着日子,今日是你重生的日子,也是你飞升的日子。"曲里布说。

"虽然我获得了自由,却仍然是落在注定之中的自由。"阿苏依薇伤感地说。

"人或神,都没有绝对的自由。总要受着某些牵制,才能得以长久地平衡。"

"我很过意不去,你的头发……"

"我的头发是月光照白的,不是生病,也不是苍老。从荒山出来以后,我就一直在特儿果等你。特儿果长久的秋天,秋天里长久的月光,每个晚上我都在这里等你出来,等了足足七年。七年的月光照亮一头黑发是很平常的。你不要难过,因为我也不难过。我总算把你等了回来,这才是我最高兴的事情。"

"曲里布……"

"你能重新回到我身边,比什么都好。"

阿苏依薇靠在曲里布的胸口上。

阿苏敏云、柯风和白芯儿、永成公子和柳尘依,以及特儿果所有护卫,都守在深渊(现在是古树)旁边。每到八月十五,他们都在这里聚集,他们和曲里布一样抱着信心,相信阿苏依薇一定可以从深渊中出来。

曲里布降下玄鹤,阿苏依薇飞身而下,站到众人跟前。

她一身天蓝色长裙,面容竟然回到了十八岁时候的样子。

"依薇!"敏云奔到阿苏依薇跟前,上上下下打量一番,突然向后退了一步,行了拜见谷主的大礼。

众人一见,也跟着敏云行了拜见大礼。

"贺喜谷主飞升成功!"敏云哽咽道。

"往后不会再有深渊之劫了。"敏云高兴地回头跟人说,"根据先祖定下的规矩,只要特儿果谷主得到飞升,那么今后特儿果一切事情都归谷主自己管制。也就是说,我们神族护卫不会再有灭灵园之劫。但今后谁若有异心,我阿苏敏云会有更厉害的法子惩办。望众人在高兴之余,不要忘了谷主对大家的再造之恩。"

众人一致表示了自己的忠心,永远爱护特儿果。

阿苏依薇仔细看了一下,发觉这之中许多人都不认识。但她们都怀着感激心情,那脸上有藏不住的喜悦和诚挚。众人散去以后敏云才说,那当中的陌生面孔,都是从灭灵园里面重生的神族护卫。敏云还说,眼前这棵古树正是谷主园中的那棵死树,它是在深渊里复活了,她亲眼看见谷主园中的死树逐渐模糊。

第五十九章

那两只玄鹤总是一前一后飞在空中,一只驮着曲里布,一只驮着阿苏依薇。它们偶尔飞到密云山庄察看,偶尔飞到九头仙山绕一圈。世间太平。人们终于撕掉所有关于要绞杀阿苏依薇的告示。或许,他们真的相信了阿苏依薇就是那位在人类处于黑暗中时勇敢站出来钻入黑暗森林寻找太阳的姑娘。也许他们并不是要感恩于阿苏依薇,他们只是害怕阿苏依薇,一个能将太阳找出来的人,如果杀死她,也就等于重新将自身置于黑暗。任谁都喜爱光明。除了黑暗本身喜爱黑暗。

阿苏依薇和曲里布在荒山驻留得最久。后来,他们春天常住荒山,秋天回到特儿果。曲里布在荒山播种了许多杜鹃花种子,是他一次一次从外界弄来的,经过数年,总算长大,总算开花。阿苏依薇曾用神力护住了杜鹃树,才使得它们不被荒山的大风刮走。